Thérèse Lambert
Die Konturen der Liebe

AF179040

atb aufbau taschenbuch

Hinter THÉRÈSE LAMBERT verbirgt sich die Autorin Ursula Hahnenberg, die in München aufgewachsen ist und mit ihrer Familie in Berlin lebt. Als Schwester von vier Brüdern und spätere Studentin der Forstwissenschaft hat sie früh gelernt, unter Männern ihre Frau zu stehen. Nicht zuletzt deshalb gilt beim Schreiben ihre besondere Leidenschaft starken Frauen wie Ray Eames. Auch ihre Romane über Lou Andreas-Salomé und Alma Mahler »Die Rebellin« und »Alma und Gropius – Die unerhörte Leichtigkeit der Liebe« liegen im Aufbau Taschenbuch vor.

Cranbrook Academy of Art, Michigan, 1940: Für einen Wettbewerb arbeiten die 28-jährige Bernice Alexandra Kaiser, genannt Ray, und ihr Professor Charles Eames an einem innovativen Stuhlkonzept. Gemeinsam belegen die Malereistudentin und der Industriedesigner den ersten Platz, doch ist das Möbelstück leider untauglich für eine Massenproduktion. Vom Ehrgeiz gepackt arbeiten die beiden Seite an Seite weiter an ihrer Vision und verlieben sich dabei. Um mit Ray zusammenleben zu können, lässt Charles sich von seiner Frau scheiden, und im Gegensatz zu ihren Zeitgenossen ist für das Paar eine gleichberechtigte Beziehung selbstverständlich. Doch schon bald holt sie die Realität ein: Aus Sicht der Öffentlichkeit sind all ihre gemeinsamen Design-Innovationen die Verdienste von Charles Eames allein, wodurch ihre Beziehung erst kleine, dann immer größere Risse bekommt – aber Ray und Charles beginnen, für ihre Liebe zu kämpfen.

Thérèse Lambert

Die KONTUREN der LIEBE

Roman

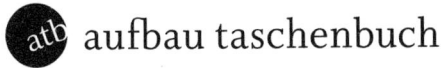 aufbau taschenbuch

ISBN 978-3-7466-3939-0

Aufbau Taschenbuch ist eine Marke
der Aufbau Verlage GmbH & Co. KG

1. Auflage 2024
© Aufbau Verlage GmbH & Co. KG, Berlin 2024
www.aufbau-verlage.de
10969 Berlin, Prinzenstraße 85
Der Verlag behält sich das Text- und Data-Mining nach § 44b UrhG vor,
was hiermit Dritten ohne Zustimmung des Verlages untersagt ist.
Umschlaggestaltung www.buerosued.de, München
unter Verwendung eines Motivs von
© CollaborationJS/Trevillion Images
Satz Greiner & Reichel, Köln
Druck und Binden CPI books GmbH, Leck, Germany

Printed in Germany

Zu allen Zeiten
haben Liebe und Disziplin
zu einer schönen Umgebung und
einem guten Leben geführt.

Charles Eames

Kapitel 1

Bloomfield Hills, Michigan, September 1940

Das war nun also ihr neues Zuhause.

Ray bezahlte den Taxifahrer, der sie vom Bahnhof Detroit bis nach Bloomfield Hills gebracht hatte, ließ sich ihr Gepäck geben und blieb einen Moment am Straßenrand stehen. Vor ihr lag die Cranbrook Academy of Art, und sie hatte nicht erwartet, dass der Campus so grün und anheimelnd und gleichzeitig modern aussehen würde. Es war eine parkähnliche Anlage, mit hübschen zweistöckigen Backsteinhäusern an der Straße, vermutlich die Unterkünfte der Professoren.

Sie nahm die beiden Koffer und ging ein Stück weiter auf der Suche nach dem Verwaltungsgebäude. Es war unglaublich friedlich, hier fuhren kaum Autos, sie hörte Vogelgezwitscher. Und das in der Stadt. Was für ein Unterschied zu New York.

Sie blieb stehen, stellte die Koffer wieder ab und wischte sich den Schweiß von der Stirn. Es war einfach zu warm. Aber wenn sie den Mantel auszog, musste sie den auch noch tragen. Ray sah sich um und entdeckte endlich einen Wegweiser, der sie zum Büro der Universitätsverwaltung führte.

Eine halbe Stunde später betrat sie das Wohnheim für die weiblichen Studenten und suchte ihr Zimmer. Sie stieg eine Holztreppe hinauf in den ersten Stock, fand die Nummer 14, öffnete die Tür und stand in einem kleinen Raum mit Bett, Schreibtisch und einem Einbauschrank. Ray ließ das Gepäck fallen und den Mantel von den Schultern gleiten. Sie schlüpfte aus den Schuhen und sank aufs Bett. Das Baumwollkissen fühlte sich kühl an, frisch und irgendwie tröstlich. Es erinnerte sie an glückliche Kindertage, wenn ihre Mutter alle zwei Wochen die Betten frisch bezogen hatte und sie, Ray, erst hatte baden müssen, bevor sie sich sauber, müde und zufrieden in die duftenden Laken hatte kuscheln dürfen. Ray schloss die Augen und atmete tief ein. Fast konnte sie das leise Lachen ihrer Mutter hören und wie sie sie ermahnte, sich nicht mit Rock und Bluse auf das Bett zu legen.

Alexandra Bernice Kaiser, hätte sie gesagt, *du bist nicht achtundzwanzig Jahre alt geworden, um jegliche Erziehung, die du genossen hast, mit einem Mal zu vergessen!*

Der Gedanke, dass ihre Mutter nie wieder so mit ihr sprechen würde, hinterließ einen scharfen Schmerz in ihrer Brust. Sie würde auch nicht wieder ihr angestrengtes Gesicht machen, wie sie es immer getan hatte, wenn sie ein Bild, das Ray gemalt hatte, betrachtete. Mit sehr viel Ernst und dem ehrlichen Versuch zu verstehen hatte sie die Stirn gerunzelt und sich bemüht, in die abstrakten Formen Gegenständliches hineinzuinterpretieren. Vergebens natürlich.

Mehr als ein Jahr war vergangen, seit Mutter gestorben war. Der Schmerz war nicht weniger geworden. Nun war Ray allein auf der Welt. Nicht ganz, wenn sie ehrlich war, doch ihr Bruder Maurice hatte sein eigenes Leben, eine eigene Familie, er brauchte keine kleine Schwester, die Platz und Unterhalt beanspruchte. Und sie wollte nicht ein fünftes Rad am Wagen sein, die unverheiratete Tante, die bei schlechtem Licht in einer

Ecke die Strümpfe der Kinder stopfte, um eine Daseinsberechtigung zu haben.

Ray stemmte sich hoch, stand auf und ging zum Fenster. Es führte nicht zur Straße, sondern auf den Campus, der hier wie ein Park wirkte. Sie schob die Scheibe hoch und ließ die Szenerie auf sich wirken. Ein lauer Wind fuhr durch die Eichen und die dunklen Pinien, der Rasen war kurz gemäht und saftig. Ein strahlend blauer Himmel ließ die verschiedenen Grüntöne umso mehr leuchten. Man hätte gleich den Koffer mit den Malutensilien auspacken mögen und loslegen. Ray überlegte kurz, ob sie es tun sollte, dann fiel ihr ein, dass ihre Mutter sie auch deswegen gescholten hätte. *Kind, Kunst ist schön, aber achte bitte zuerst darauf, dich und die, die dir anvertraut sind, gut zu versorgen.*

Nun, abgesehen von ihr selbst gab es niemand zu versorgen. Ray machte sich trotzdem daran, zuerst ihre Kleider in den Schrank zu räumen, danach verstaute sie Zeichenfedern, Pinsel und Farben im Schreibtisch.

Als sie damit fertig war, suchte sie den Waschraum und machte sich frisch. Sie zog eine frische Bluse und ihren blauen Lieblingsrock an. Es sollte ein guter erster Abend in ihrem neuen Leben werden.

Als sie nach dem Abendessen im Speisesaal, wo sie einige andere Studenten und Studentinnen kennengelernt hatte, wieder in ihrem Zimmer war, wusch sie sich und schlüpfte müde, aber hoffnungsvoll ins Bett.

Sie sah zum Fenster, draußen war es dunkel, trotzdem konnte sie selbst vom Bett aus noch die Spitzen der Baumkronen vor dem Sternenhimmel erkennen. Sagte man nicht, was man in der ersten Nacht in einer neuen Umgebung träumte, hätte besondere Bedeutung? Vielleicht konnte man Träume ja beeinflussen. Sie sehnte sich nach einem Leben voller Freude und mit ihrer Kunst. Und warm sollte es sein. Am liebsten wollte sie zurück nach Kalifornien gehen, dort hatte sie glückliche Zeiten verbracht. Und es war definitiv warm. Sie wollte malen, von ihrer Kunst leben. Ray wusste, dass sie begabt war, sie hatte Modedesign und Malerei studiert, und sie hatte noch so viele weitere Interessen. Deswegen hatte ihr alter Freund Ben ihr geraten, an die Cranbrook Academy zu gehen. Hier würde sie Vorlesungen in Architektur besuchen, vielleicht auch in Schmuckherstellung, Keramikbearbeitung und Fotografie. Es gab noch so viel zu lernen.

Und dann, eines Tages in nicht allzu ferner Zukunft, würde sie sich ein Haus bauen, in dem sie leben und arbeiten würde. Und wenn sie von ihrer Malerei allein nicht leben konnte, dann würde sie eben Unterricht geben. Ray spürte ein warmes Brennen in ihrem Körper, und sie sah ganz genau vor sich, wie ihr künftiges Leben sein würde. Glücklich und voller Kreativität.

Sie seufzte zufrieden, drehte sich um und schlief ein.

Kapitel 2

Bloomfield Hills, September 1940

»Du bist ein Nichtsnutz und ein Träumer, Charles Ormand Eames.« Catherines Stimme klang nicht aufgeregt oder wütend wie so oft zuvor, sie klang resigniert, weshalb sich Charles' Magen erst recht zusammenzog. Er merkte, wie er auf dem Küchenstuhl regelrecht zusammensackte, konnte aber nichts dagegen tun.

»Catherine …«, fing er an, aber seine Frau brachte ihn mit einem einzigen Blick zum Schweigen.

Sie lehnte sich an die Küchenspüle und verschränkte die Arme vor dem Körper. »Ich kann nicht mehr, Charles. So viele Jahre habe ich darauf gewartet, dass du herausfindest, was du tun willst. Stattdessen jagst du einem Traum nach dem anderen hinterher, und sobald die Dinge in ruhigen Bahnen laufen und Geld bringen, schmeißt du alles hin. Wir haben nichts, wir leben von der Hand in den Mund, nur weil dir immer etwas Neues einfällt. Lucia braucht Ruhe und Sicherheit, sie ist doch noch ein Kind. Und ich kann Dad nicht mehr um Geld bitten. Du bist Architekt, du solltest Häuser bauen, keine Wolkenkuckucksheime.«

Charles öffnete den Mund, um sich zu verteidigen. Schließlich konnte er nichts für die Wirtschaftskrise, und Catherine sollte froh sein, dass er immer neue Möglichkeiten fand, um überhaupt etwas Geld zu verdienen. Geld für die Familie, Geld für Lucia. Wie konnte sie ihn bezichtigen, sprunghaft zu sein?

»… sprunghaft und egozentrisch bist du.« Catherines Tirade ging weiter. Sie lief in der kleinen Küche ihres Hauses auf und ab und redete.

Charles gab auf. Er würde sie einfach lassen, bis sie fertig war. Er sah aus dem Fenster, auf den Academy Way, hinaus ins Kleinstadtleben. Sie hatte zum Teil ja recht, das musste er zugeben. Er war es gewohnt, mit den Händen zu arbeiten, ein Praktiker. Und er arbeitete ja auch noch als Architekt, so wie Catherine es wünschte. Sein Chef im Büro, Eliel Saarinen, hatte ihn aber eingeladen, auch an der Akademie zu lehren, deren Leitung Saarinen ebenfalls hatte. Die Cranbrook Academy of Art hier in Bloomfield Hills hatte es sich zum Ziel gesetzt, die Entwicklung des internationalen Designs nicht allein den Europäern zu überlassen. Die Bauhaus-Idee, dass Handwerk und Design zusammen gedacht werden sollten, hatte die USA erreicht, und in Cranbrook sollte sie umgesetzt werden. Charles fühlte sich klarer und gerader im Denken als je zuvor, und in ihm war das Bedürfnis erwacht, diese neuen Ideen umzusetzen. Design in die Tat umzusetzen, Möbel und andere Gegenstände zu entwerfen, die den Alltag der Menschen angenehmer, leichter machten.

Und das warf Catherine ihm vor.

»Wir hätten jeden Sommer mit unserer Tochter am Meer verbringen können. Aber du wolltest lieber herumtüfteln und zu Hause bleiben. Ich brauche Luft, Charles. Ich will etwas erleben. Lucia sollte mal etwas anderes sehen. Und was hast du diesmal in den Sommerferien gemacht? Du warst mit deinem bescheuerten Stuhl beschäftigt!« Catherine war mittlerweile ziemlich rot im Gesicht und außer Atem.

»Es tut mir leid. Ich werde mit Eero den Wettbewerb gewinnen, den das Museum of Modern Art in New York ausgelobt hat, und nächstes Jahr werden wir fahren, Liebes. Ich verspreche es.« Charles bemühte sich um einen freundlichen Ton, und die Angewohnheit, immer eher leise zu sprechen, half ihm dabei. Doch er war dieser Diskussionen dermaßen überdrüssig, was er wohl nicht vollständig verbergen konnte.

Catherine sah ihn kalt an. »Ich habe es dir schon mehrmals gesagt. Ich werde keine weiteren Ausflüchte akzeptieren. Ich werde die nächsten Ferien mit Lucia bei meinen Eltern verbringen. Und dorthin werde ich jetzt fahren. Ich brauche eine Pause. Ich kann dich nicht mehr sehen, ohne mit dir zu streiten, ohne dich schütteln zu wollen, bis da wieder der Charles von vor zehn Jahren ist. Der, den ich geliebt habe.«

Charles konnte nur hilflos zusehen, wie sie aus dem Wohnzimmer rauschte und nebenan im Schlafzimmer geräuschvoll die Koffer packte. Er stand auf und nahm sich ein Glas Wasser aus dem Hahn. Was erwartete Catherine von ihm? Etwa dass er die Zeit zurückdrehte? Er war mehr als zufrieden, hier an der Cranbrook Academy zu sein, wo er die Möglichkeit hatte, so vieles nachzuholen und zu lernen. Eliel hatte ihm die Möglichkeit gegeben, sein Architekturstudium zu Ende zu bringen, das er in Missouri hatte abbrechen müssen, weil die Professoren mit seiner Faszination für Frank Lloyd Wright und dessen moderne Ideen nicht einverstanden gewesen waren. Und nach nur einem Jahr in Eliels Büro war er Lehrer am Design Department der Cranbrook Academy geworden. Das machte ihn stolz und zeigte ihm, dass etwas Besonderes in ihm steckte. Verdammt, er wollte und er konnte nicht zurück in alte Bahnen. In ihm passierte so viel, seit sie in Bloomfield Hills angekommen waren. Seine Kreativität explodierte förmlich. Er war nie ein Mensch gewesen, der sich gern an Regeln hielt, doch hier hatte er gelernt, dass Dogmen vor allem die Freiheit des Denkens einschränkten, was ihm wie eine Offenbarung vorgekommen war. Er spürte einen tiefen Groll gegen Catherine, weil sie ihn einfach nicht verstehen wollte. Er war ein Familienmensch. Er liebte Lucia, seine wunderbare Tochter, und er liebte Catherine, wenn auch nicht mehr so heiß und vorbehaltlos wie am Anfang. Er trank das Wasser in einem Zug aus und stellte das Glas in das Spülbecken.

»Ich gehe jetzt.« Catherine stand in Hut und Mantel vor ihm. Ihre Züge waren weicher geworden. »Ich brauche einfach eine Woche, um in Ruhe über uns nachzudenken. Vielleicht haben wir noch eine Zukunft, vielleicht auch nicht. Vergiss nicht, Lucia rechtzeitig aus der Schule abzuholen.« Sie wandte sich zum Gehen.

Charles stutzte. »Aber ich muss arbeiten!«

»Ja, und ich bin nicht da. Lucia muss in die Schule, sie braucht etwas zu essen und sollte abends pünktlich ins Bett. Du wirst das ja wohl schaffen, oder?« Mit diesen Worten verließ sie das Haus.

Charles hörte, wie der Wagen in der Einfahrt gestartet wurde und Catherine wegfuhr. Er seufzte und sah auf die Uhr. In einer Stunde musste er seine Tochter aus der Schule abholen. Und obwohl das seinen Zeitplan gehörig durcheinanderbrachte, freute er sich schon darauf, Zeit mit ihr allein zu verbringen.

Am späten Nachmittag fand sich Charles in der Cranbrook Academy ein, um mit Eero an dem Stuhl für den Wettbewerb zu arbeiten. Die zehnjährige Lucia hatte er einfach mitgenommen. Sie interessierte sich für alles, was ihr Vater tat, vor allem, wenn es mit Farbe und Form zu tun hatte. Charles wusste, dass aus ihr eine Künstlerin werden würde, und er wusste auch, dass Catherine das missbilligen würde. Sie hätte gern gehabt, dass sich ihre Tochter mit Mode, Frisuren oder Handarbeit beschäftigte. Doch Charles spürte, dass Lucia solche Dinge nur ihrer Mutter zuliebe tat. Lieber malte und baute sie wunderbare Traumschlösser, die größten und aufwendigsten Türme, die man mit Bausteinen bauen konnte. Er konnte sich ein Lächeln nicht verkneifen, wenn er daran dachte. Sie war eben seine Tochter. Unverkennbar.

Etwas abgehetzt betrat Charles die Werkstatt, in der sie arbeiten wollten, Lucia an einer Hand und in der anderen eine Aktentasche, in die er Papier und ein paar Stifte für sie gestopft hatte. Im ersten Moment war er überrascht, so viele Leute vorzufinden. Abgesehen von Eero standen zwei Männer und eine Frau um den Tisch in der Raummitte und betrachteten interessiert die Entwürfe für den Stuhl. An den Wänden und unter den Fenstern waren Werktische und Maschinen aufgereiht, an denen sonst seine Studenten arbeiteten.

Charles schob Lucia weiter in den Raum und stellte seine Tasche ab. »Eero, entschuldige bitte, ich bin ein bisschen zu spät dran, ich hatte noch zu tun.« Er verzog den Mund zu einem schiefen Lächeln.

»Hallo, Charles. Und Lucia! Was für eine Überraschung. Wie schön, dich wieder mal zu sehen, junge Frau!« Eero trat auf das

Mädchen zu und gab ihr formvollendet die Hand, wobei er sich leicht verbeugte.

Lucia kicherte. »Hallo, Eero.«

»Es ist mir eine Ehre, dass du hier bist. Darf ich dir gleich unseren Stuhl zeigen? Ich möchte dir und deinem Vater nur zuerst unsere anderen Gäste vorstellen.« Eero grinste sein übliches Lausbubengrinsen und nahm Lucia an die Hand. Sie strahlte über das ganze Gesicht.

Zunächst blieb Eero vor der jungen Frau am Tisch stehen. Eine hübsche Brünette, vielleicht Mitte oder Ende zwanzig, die Charles in den letzten Tagen schon auf dem Campus auf-gefallen war. Sie musste eine Studentin sein, wirkte sehr selbst-bewusst, fröhlich, und ihre Nasenspitze reckte sich neugierig in die Höhe.

»Das ist Alexandra Bernice Kaiser, genannt Ray, wie mir ihre Kommilitonen verraten haben. Sie ist eine ausgezeichnete Künstlerin, das kann ich dir verraten. Ray, darf ich dich mit Lucia Eames bekannt machen? Diese junge Dame ist definitiv das Beste, was Charles Eames bisher zustande gebracht hat.«

Lucia knickste artig und grüßte, Ray reichte ihr anmutig die Hand und schüttelte sie. »Sehr erfreut, Sie kennenzulernen, Miss Eames.« Sie lächelte, dann hob sie den Kopf und sah Charles nachdenklich an.

Charles spürte, wie seine Wangen heiß wurden, und ärgerte sich gleichzeitig darüber. Warum sollte er sich dafür schämen, dass er eine so wundervolle Tochter hatte? Vor allem vor einer wildfremden jungen Frau? Noch dazu einer, die an seinem Un-terricht teilnahm, wie ihm jetzt einfiel.

Inzwischen hatte Eero Lucia auch mit Don Albinson und Harry Bertoia bekannt gemacht. Don war wie Ray eine studentische Hilfskraft, die Eero angeheuert hatte, um bei der Vorbereitung der Präsentation für den Wettbewerb zu helfen. Harry betreute die Werkstatt für Schmuckherstellung und Metallbearbeitung an der Cranbrook Academy. Er war schon lange in Cranbrook, und vor ein paar Jahren hatte er sogar bei Walter Gropius gelernt, worum ihn Charles beneidete, weil der praktisch einer der Begründer der Bauhaus-Idee war.

Eero übernahm jetzt die Präsentation ihrer Idee, nicht nur für Lucia, sondern auch für die Studenten und Harry. Die Aufgabe für die Teilnahme an dem renommierten Wettbewerb des MoMA unter dem Motto »Organische Formen im Möbeldesign« war, ein Möbel zu entwerfen, das einfach gebaut und leicht in Massenproduktion hergestellt werden konnte. Zudem sollte es natürlich gut und modern aussehen und die Jury überzeugen. Denn den Gewinner erwartete nicht nur enormes Prestige, sondern auch die sichere Zusage, dass der Entwurf in Produktion gehen würde. Was sich wiederum auch finanziell auszahlen würde. Und Catherine hoffentlich besänftigen …

Auf dem Tisch befanden sich einige Skizzen und zwei kleine Stuhl-Modelle aus Kupfer, Papier und Sperrholz. Der Stuhl, das war die Idee, sollte sich organisch an die Formen eines sitzenden Menschen anpassen. Lehne, Sitzfläche und Armlehnen sollten aus einem Stück gefertigt werden – ein spektakuläres neues Design. Der echte Stuhl würde aus Sperrholz sein, einem Material, das gleichzeitig leicht verfügbar war und eine angenehme Wärme ausstrahlte. Zum Test hatten sie dem Sperrholz des Modells vor ein paar Tagen mithilfe einer erwärmten Walze eine Wölbung verpasst.

»Wir wollen also«, nahm Charles den Faden auf, »ein Sitzmöbel entwickeln, das aus einem leichten und modernen Werkstoff wie dem Sperrholz hergestellt werden kann. Ist Ihnen allen klar, was Sperrholz ist?«

Don und Ray schüttelten den Kopf, und Lucia tat es ihnen nach, was Charles ein Lächeln entlockte.

»Gut, dann werde ich es Ihnen erklären. Wenn Sie einen Baum fällen und die Rinde entfernt haben, haben Sie mehrere Möglichkeiten, aus dem Stamm Werkstoffe herzustellen. Brennholz wäre eine Möglichkeit, Bretter im Sägewerk zu sägen, eine weitere. Man kann aber auch Furnier herstellen. Dazu werden die ausgewählten Stämme von der Rinde befreit und dann gekocht.« Er grinste, weil diese Information, genauso wie in seinen Vorlesungen, ungläubiges Staunen bei den Zuhörern auslöste. Immerhin hatte er so die volle Aufmerksamkeit. »Und dann wird der Stamm entweder gemessert, das heißt, man hobelt von oben nach unten dünne Scheiben ab. Oder er wird wie ein Apfel mit einem sehr scharfen Messer hauchdünn geschält. Der wesentliche Unterschied besteht in der Maserung, die zu sehen ist. Mit beidem kann man sehr hochwertige Furniere herstellen. Um 1860 herum kamen dann Techniker auf die Idee, Furnierblätter wechselseitig übereinanderzulegen und zu verleimen. So verlaufen die Faserrichtungen der Schichten rechtwinklig zueinander, und das verhindert weitgehend, dass sich das Holz bei einem Wechsel in der Luftfeuchtigkeit ausdehnt oder zusammenzieht. Voilà, das ist Sperrholz. Der Werkstoff ist leicht und stabil, er lässt sich einfach verarbeiten und ist günstig in der Anschaffung. Bisher wird er hauptsächlich flächig verwendet, man kann ihn aber mittels Wärme auch formen, wie Sie hier sehen. Und wir wollen nun herausfinden, was noch alles im Sperrholz steckt.«

Charles hatte sich bei seinen Ausführungen Zeit gelassen. Er war es immer noch nicht gewöhnt, vor Menschen zu sprechen, obwohl Vorträge zu seinem Leben an der Akademie gehörten. Wie hätte er sonst lehren können? Deshalb war er ganz stolz, dass er diese kurze Vorlesung über Sperrholz ohne zu stocken gehalten hatte.

Er spürte Rays intensiven Blick auf sich und sah ihr in die Augen. Hatte er etwas Falsches gesagt? Nein, das konnte nicht sein, er hatte schon so oft über Sperrholz gesprochen. Er schaute kurz zu Eero, der ganz zufrieden aussah, und dann wieder zu Ray. Sie hatte irgendetwas an sich, das ihn nicht losließ. War es ihre Präsenz, die er spürte, als stünde sie direkt neben ihm, obwohl sie sich auf der anderen Seite des Raums befand?

Eero hatte das gebogene Stück Sperrholz in eine Hand genommen, eine Zeichnung in die andere. »Und nun wollen wir mit der Idee und diesen Entwürfen einen Prototypen in der endgültigen Größe bauen. Wie wollen wir anfangen?« Tatendurstig klatschte er in die Hände. »Würdest du, liebe Lucia, vielleicht eine Zeichnung des Stuhls für uns anfertigen?«

Charles betrachtete seine Tochter. Sie war dem Gespräch mit großen Ernsthaftigkeit gefolgt. Trotzdem nagte das schlechte Gewissen an ihm, weil er sich nicht richtig um sie kümmern konnte. Aber das war jetzt nicht zu ändern. Es war immens wichtig, dass sie erfolgreich an dem Wettbewerb teilnahmen. Er wandte sich an die Runde: »Und wir brauchen eine Studie für den Herstellungsprozess. Jeder Schritt sollte in einer Zeichnung festgehalten werden. Wer könnte das übernehmen?«

Don Albinson meldete sich zu Wort. »Ray ist bei Weitem am besten mit Stift und Papier, meine ich.«

Charles nickte. »Einverstanden, dann fangen wir an. Und Sie

sagen mir einfach, wie Sie uns am liebsten unterstützen würden.«

Es war schon spät am Abend, als Charles mit der gähnenden Lucia an der Hand nach Hause kam. Catherine hätte einen neuen Grund gehabt, sich aufzuregen, wenn sie davon gewusst hätte. Aber sie war ja nicht da, also konnte er tun und lassen, was er für richtig hielt.

Er brachte Lucia ins Bett, küsste sie auf die Stirn, wie jeden Abend, und setzte sich dann im dunklen Wohnzimmer mit einem Glas Brandy ans Fenster. Er sah hinaus in die Nacht, hinüber zum Campus, und ließ den Abend Revue passieren. Sie waren gut vorangekommen, Eeros Idee, die beiden Studenten in die Arbeit einzubinden, war richtig gewesen. Don war ehrgeizig und genau, er wollte lernen und machte sich dafür auch die Finger schmutzig. Harry hatte einige wertvolle Hinweise beigesteuert. Und Ray ... Ray war eine faszinierende Frau. Sie hatte die Gabe, sich ganz und gar in ein Projekt fallen zu lassen, sie dachte blitzschnell und hatte ein feines Gespür für Formen und für Zusammenhänge. Mehr als einmal hatte Charles sie dabei beobachtet, wie sie über die Rundung des geformten Sperrholzes gestrichen hatte, mit geschlossenen Augen, so als säße sie in diesem Moment auf dem fertigen Stuhl. Er kannte höchstens eine Handvoll Menschen, die das konnten: sich in eine Idee so hineinversetzen, dass sie fast zwingend Wirklichkeit wurde. Dazu war Ray hübsch, sie bewegte sich anmutig und war freundlich und charmant. Charles freute sich auf die weitere Zusammenarbeit mit ihr. Sie schien ein angenehmer Mensch zu sein. Er trank den Rest Brandy aus und ging ins Bett.

Kapitel 3

Bloomfield Hills, September 1940

Ray stöhnte und sah ihre Freundin Lee finster an. »Ich meine, was ich gesagt habe. Ich bleibe allein, baue mir ein Haus an einem Ort, an dem es nicht viel kostet, und male. Um ein bisschen Geld zu verdienen, kann ich Malkurse geben. Meine Kleidung nähe ich selbst, Gemüse kann ich im Garten anbauen, und ansonsten brauche ich nicht viel. So wird es sein, und ich werde damit sehr zufrieden sein.«

»Sei nicht albern!« Lee runzelte die Stirn. »Wie willst du denn kreativ arbeiten, wenn du die romantische Liebe für dich kategorisch ausschließt?«

Ray seufzte. Sie saß mit ihrer Freundin in einem kleinen Café in Bloomfield Hills, nicht weit entfernt von ihrem Wohnheim in der Cranbrook Academy. Von ihrem Tisch am Fenster schauten sie auf einen verträumten Teich. Ganz Bloomfield war voller Teiche und bezaubernder kleiner Seen, Parks und Blumen, eine angemessene Umgebung für eine Universität, die sich auf die Fahnen geschrieben hatte, Kreativität und Design für alle Menschen in den USA zugänglich zu machen.

Ray nippte an ihrem Kakao. Lee hatte zielsicher die Schwachstelle in ihrem Plan erkannt. Natürlich. Sie kannte sie eben. Aber Ray hatte sich nun mal für ein Leben, wie sie es gerade skizziert hatte, entschlossen. Sie hatte gute Schulen besucht, Modedesign und Tanz studiert und Lee beim Studium der Malerei in Hans Hofmanns Klasse in New York kennengelernt. Und ja, sie hatte auch Männer kennengelernt. Künstler, Lebemänner, Soldaten und brave Jungs. Natürlich war sie niemandem wirklich nahe gekommen, das wäre weder schicklich gewesen, noch hatte sie es je gewollt. Es war einfach niemand dabei gewesen, mit dem sie ihr Leben hätte verbringen wollen. Ausgehen, tanzen, sich unterhalten, ja. Aber mehr war bei ihr nicht drin.

»Ganz ehrlich, Lee. Welche Wahl habe ich? Zu zweit von Luft und Liebe leben? Du weißt genau, dazu bin ich viel zu praktisch veranlagt. Wenn ich mich mit einem Künstler einlassen würde, würde ich mit allen Mitteln versuchen, Geld zu verdienen, und im schlimmsten Fall allein einen verhinderten Maler durchfüttern. Du kennst die Typen doch. Ihnen Butterbrote schmieren und die Füße nach einem langen Tag an der Staffelei massieren, statt selbst zu malen. Oder die andere ebenso wenig verlockende Möglichkeit: Ich verliebe mich unsterblich in einen fleißigen Mann, der eine Hausfrau braucht, und sortiere für den Rest meines Lebens Geschirr nach Farben in einen hässlichen Küchenschrank und bügle seine Unterhosen. Aber sehe ich aus wie eine Hausfrau?« Ray verdrehte genervt die Augen, und Lee lachte.

»Ach, Liebes, natürlich nicht. Du bist eine Intellektuelle, keine Hausfrau. Niemals darfst du dich von so einer Pfeife an die Leine legen lassen. Wenn überhaupt, brauchst du einen Mann, der ein Ehemann sein will, der deine Qualitäten erkennt und schätzt. Keinen, der eine Ehefrau sucht, weil er kein Geld für Hauspersonal hat. Du bist schlau, gewitzt, talentiert und hübsch. Warum läuft es denn nicht mit Ben? Er ist doch ein anständiger Kerl.«

Ray zuckte die Schultern und trank den Kakao aus. Ben Baldwin hatte wie Lee und sie selbst bei Hans Hoffmann studiert. Sie mochte ihn, er war in Ordnung, und sie gingen hin und wieder miteinander aus. Er malte ganz anständig. Aber das meinte Lee natürlich nicht.

»Ben ist ein netter Mann. Wirklich. Er ist talentiert, und er tanzt recht gut. Vielleicht wäre er ein toller Ehemann, aber irgendetwas fehlt. Er hat kein Feuer in sich. Verstehst du, was ich meine? Wenn, dann wünsche ich mir einen Mann, der Sehnsucht danach hat, etwas Großes zu erreichen. Der Träume wahr machen will. Nicht meine, nicht seine, sondern große Träume. Menschheitsträume. Und das Beste wäre doch, wenn man das gemeinsam täte. Kann man zusammen denn nicht mehr erreichen? Vermutlich bin ich zu anspruchsvoll. Eine Träumerin. Ben und ich … wir … wir sind einfach gute Freunde.« Jetzt, da sie es ausgesprochen hatte, bekam die simple Tatsache eine Wahrheit, die Ray selbst überraschte. Ja, gute Freunde, das traf es. War das nicht traurig? Sie wusste, dass Ben mehr in ihr sah. Er hätte sie gern öfter getroffen, hatte sie sogar geküsst. Warum war dann nicht mehr Gefühl in ihr? Vielleicht konnte sie gar niemand lieben? Ray betrachtete Lee, die durch das Fenster nach draußen sah und ganz in Gedanken versunken zu sein schien.

Dann sah Lee sie mit einem fast scheuen Lächeln an. »Hm, ja, ich glaube, ich verstehe, was du meinst. Ich habe kürzlich jemand kennengelernt, bei dem ich spüren kann, dass er ein außergewöhnliches Talent hat.«

Lees Stimme war sanft geworden, und ihr Gesicht, das oft einen etwas verschlossenen Ausdruck hatte, wirkte ganz weich. Wenn sie lächelte, erreichten ihre schön geschwungenen Augenbrauen fast den modisch kurz geschnittenen Pony. Rays Aufmerksamkeit war geweckt, denn Lee war eigentlich keine Frau, die schnell für jemand schwärmte. Meist zog sie sich auf einen eher zynischen Standpunkt zurück, wenn es um Männer ging. Schon der Satz, dass Liebe für die Kreativität unabdingbar sei, hätte Ray misstrauisch machen müssen. Da war doch etwas im Busch?

»Und, sieht er gut aus?« Ray ließ die Freundin nicht aus den Augen.

Doch Lee schien den Braten zu riechen und lachte ihr herzliches dunkles Lachen, das Ray so an ihr liebte. »Er sieht interessant aus. Ein ausdrucksstarkes Gesicht. Aber mach dir keine Hoffnungen auf Skandalgeschichten. Er arbeitet auch für das Federal Art Project, und da habe ich ihn getroffen. Das ist alles.« Das Federal Arts Project zur Unterstützung von Künstlern war eine Initiative der Works Progress Organization, die in der großen Rezession von 1935 sowie in den folgenden Jahren Arbeitsplätze für Menschen mit den unterschiedlichsten Qualifikationen schaffte. Ray hatte selbst schon Arbeiten bei diesem Projekt eingereicht und war dafür zwar bescheiden, aber immerhin überhaupt entlohnt worden. Schließlich war die Weltwirtschaftskrise noch nicht überwunden, und nur wenige Menschen konnten es sich leisten, Geld für eine unbekannte Künstlerin auszugeben.

»Aber hast du romantische Gefühle für ihn? Ich meine, macht er dich wirklich kreativer?«, fragte sie weiter, weil sie einerseits wissen wollte, was Lee fühlte, und andererseits, ob ihre eigene Sehnsucht nach gemeinsamer Kreativität nur ein Hirngespinst war.

Lee errötete leicht. »Ja, ich glaube schon, ein wenig. Das ist tatsächlich schwerer zu beurteilen, als man denkt. Oder als ich es mir vorgestellt habe. Aber du kennst doch dieses Hochgefühl, wenn man wie auf Wolken schwebt und denkt, dass man alles schaffen kann? Dieses Allmachtsgefühl, das man erlebt, wenn man jemanden gut findet und man spürt, dass es dem anderen genauso geht? Man spürt Flügel.«

Lee sah so selig aus, dass Ray unwillkürlich lächeln musste und sich mit ihr freute. Den kleinen Stich der Eifersucht, den sie spürte, ignorierte sie. Und auch, dass vor ihrem inneren Auge für den Bruchteil einer Sekunde das Bild eines Mannes auftauchte.

Lee war die Erste, die Ray an der Cranbrook Academy in Bloom-field Hills besuchte. Jetzt im Herbst war es wunderschön auf dem Campus. Die einzelnen Akademie-Gebäude lagen in einer Art Park, und das Wohnheim der Damen, wahrscheinlich eins der kleinsten Gebäude auf dem Gelände, stand mittendrin. Ray spazierte mit Lee bis an den kleinen See direkt vor ihrem Wohnheim, dann zeigte sie ihr die Unterrichtsräume und die Werkstätten. Das Gelände war voller Studenten, die das herr-liche Wetter genossen. Einige hatten sich auf Decken auf dem Gras niedergelassen und lasen. Es sah idyllisch aus.

»Und du willst wirklich Unterricht in Architektur nehmen?«, fragte Lee. »Ich meine, du willst Häuser bauen? Was ist mit der Malerei?« Lee sah sich um und Ray spürte, dass die Freundin Vorbehalte hatte.

»Du findest es trostlos öde hier im Vergleich zu New York, oder?«, entgegnete Ray. »Ich werde so lange hier bleiben, wie ich das Gefühl habe, etwas Neues lernen zu können. Ich habe von Mutter nicht viel geerbt und werde bald arbeiten müssen. Aber die Zeit bis dahin möchte ich nutzen, um ganz viele praktische Kenntnisse zu erwerben, damit ich mehr Möglichkeiten habe, zu unterrichten. Sobald ich genug Geld verdient habe, gehe ich zurück nach Kalifornien.« Sie sah zum Teich, auf dem zwei Schwäne majestätisch ihre Bahnen zogen. »Und gründe eine Malschule oder eine Modeschule. Oder eine Ballettschule.«

Lee lachte. »Du wirst am Ende eine Kreativitätsschule gründen, etwas ganz Neues, und sehr erfolgreich sein, das habe ich im Gefühl. Ich verstehe nur nicht ganz, wie du hier auf dem Land leben kannst. Ohne Ausstellungen und Theater und Ballett und so weiter. Als wir in New York waren, warst du jeden Abend unterwegs. Fehlt dir das hier nicht?«

Ray lenkte ihre Schritte zurück in Richtung Wohnheim. »Doch, du hast recht. Das wird mir fehlen. Aber wie gesagt, ich werde nicht ewig hier bleiben, denke ich. Und Detroit ist auch nicht so weit weg. Ich glaube, es wird schön hier in Bloomfield Hills. Vielleicht ist eine gewisse Ruhe ganz gut für mich.«

Lee blieb stehen, nahm Ray in den Arm und drückte sie. »Natürlich wirst du hier eine tolle Zeit haben. Genieße jeden einzelnen Tag, hörst du, Ray?«

Liste von Dingen, die ich an Menschen liebe:
(Jemand, den ich lieben könnte, muss
mindestens drei davon haben)

1. *Intelligenz*
2. *Kreativität*
3. *Schönheit*
4. *Liebenswürdigkeit, Herzlichkeit*
5. *Glamour*
6. *Vitalität, Ausstrahlung*
7. *Zärtlichkeit*

Kapitel 4

Bloomfield Hills, Oktober 1940

Charles hatte ein Problem, und er wusste es. Auch der Spaziergang durch den herbstlich gefärbten Park, den er sich verordnet hatte, um den Kopf freizubekommen, würde daran nichts ändern.

Sie kamen mit dem Wettbewerbsstuhl gut voran. Er liebte die Arbeit an diesem Projekt, vor allem weil Ray dabei war. Zwar war er Professor und sie seine Studentin, doch es fühlte sich so an, als arbeiteten sie zusammen, als Team. Ray schien intuitiv zu verstehen, was er wollte. Nein, mehr noch. Sie stellte die richtigen Fragen, was ihm half, seine manchmal vagen Ideen selbst besser erfassen zu können. Dabei sprühte sie vor Intelligenz und Kreativität und war einfach bezaubernd. Kurz: Er war verliebt.

Und das war ein Problem.

Er kickte einen Stein mit dem Fuß vom Weg ins Gras.

Seine Ehe mit Catherine war am Ende, sie war es schon gewesen, bevor er Ray kennengelernt hatte. Er wusste das und Catherine genauso. Aber Ray wusste es nicht, ebenso wenig der Rest der Welt. Wozu hätte er mit irgendjemand darüber sprechen sollen? Es brach ihm fast das Herz, wenn er daran dachte, wie verliebt und zuversichtlich Catherine und er gewesen waren – und wie unschön sich die Dinge über lange Zeit hinweg entwickelt hatten. Während Catherines Abwesenheit war ihm das erst richtig bewusst geworden.

In Rays Gegenwart hingegen … fühlte er sich wie auf einer Sommerwiese. Luftig, leicht und frei. Er konnte den Horizont sehen und glaubte, auch darüber hinaus zu sehen. In die Zukunft. Mit ihr an seiner Seite wäre nicht nur er ein anderer, glücklicherer Mensch, auch die Arbeit wäre anders, erfüllter. Allein beim Gedanken, dass es möglich wäre, Leben und Arbeit mit einem anderen Menschen zu teilen, durchfuhr ihn ein Glücksgefühl, das er bisher nicht gekannt hatte. Was für Möglichkeiten das eröffnen würde!

Charles atmete durch und schüttelte den Kopf. Catherine hatte recht, manchmal war er wirklich ein Träumer.

* * *

Ray genoss das Studium an der Cranbrook Academy, und sie mochte den Campus, über den sie in diesem Moment durch die Herbstnacht nach Hause ins Wohnheim schlenderte. Tatsächlich lernte sie hier mehr, als sie erwartet hatte. Eigentlich war es ihr vor allem darum gegangen, etwas über Architektur und den Gebrauch von Werkzeugen zu lernen. Denn von Handwerk hatte sie bislang keine Ahnung gehabt, wenn man von der Schneiderei absah. Dafür hatte sie sich immer mit Kunst beschäftigt. Schon als kleines Mädchen hatte sie begonnen zu malen, hatte später Kleider entworfen, Modedesign und Tanz studiert – die schönen Künste, wie man so sagte, die weiblichen vor allem. Doch wenn sie erfolgreich werden wollte, dann musste sie in der Lage sein, das, was sie sich ausdachte, nicht nur auf Papier oder Leinwand zu bannen, sondern auch in die Tat umzusetzen, ihm Leben einzuhauchen und einen Zweck zu geben. Egal auf welchem Gebiet. Besonders gefiel ihr das Projekt von Eames und Eliel Saarinen, weil sie dabei sofort umsetzen konnte, was sie von den beiden lernte. Sie hatte aus Blech ein Modell des Stuhls geformt, hatte Studien von diesem Modell gezeichnet, hatte sich Gedanken über Sitzfläche, Armlehnen und Rückenlehne gemacht und ihre Idee mit Eames besprochen. Besonders bei Charles – in Gedanken nannte sie ihn beim Vornamen, auch wenn sie es sich in der Realität nicht traute – spürte sie einen Enthusiasmus und Elan, den sie bei den meisten Menschen vermisste, selbst wenn sie kreativ waren oder sich Künstler nannten. Sie wusste instinktiv, dass in ihm ein Feuer brannte, das ihrem eigenen glich. Und sie fühlte sich wohl in seiner Gegenwart, so wohl und verstanden wie nie zuvor. In der ersten Woche der Projektarbeit hatte er zu ihren Treffen immer seine Tochter mitgebracht, Lucia, die Ray sofort liebgewonnen hatte. Auch in ihr steckte eine Künstlerseele, das merkte man gleich. Inzwischen kam er nur hin und wieder zusammen mit ihr, vermutlich wenn die Mutter eigene Pläne hatte. Vielleicht ging sie in einen Club oder traf Freundinnen. Oder einen anderen Mann? Wie konnte man an einen anderen Mann auch nur denken, wenn man mit Charles Eames verheiratet war? Ray sog tief die kühle Nachtluft ein und stieß sie seufzend wieder aus. Aber was überlegte sie denn da? Ray schüttelte unwillig den Kopf. Sie mochte Charles. An dieser Feststellung führte kein Weg vorbei. Und sie war ein kleines bisschen eifersüchtig auf seine Frau. Auf der anderen Seite war sie ihr sehr dankbar. Denn durch ihre bloße Existenz waren die Fronten geklärt. Charles und sie konnten Freunde werden. Nicht mehr. Und vielleicht war das ja die beste Basis für eine gute Zusammenarbeit. Liebe machte doch alles kompliziert. Und hatte sie nicht entschieden, dass sie ohne die Liebe besser dran war?

Bevor sie die Haustür aufschloss, schaute sie noch einmal hinauf in die sternenklare Nacht. Da! Eine Sternschnuppe. Rasch schloss sie die Augen, dachte nach. Doch das, was sie sich eigentlich wünschte, traute sie sich nicht einmal zu denken. Wieder schüttelte sie den Kopf über sich selbst, schlüpfte schnell durch die Tür und eilte leise die Treppen hinauf zu ihrem Zimmer.

Vor der Tür zögerte sie. Da lag ein Umschlag, vom Mondlicht beschienen, das durch ein Fenster in den Flur und vor ihre Tür mit der Nummer 14 fiel. Sie hob ihn auf und huschte endlich ins Zimmer. Es war heute Abend spät geworden bei der Arbeit an dem Stuhl-Projekt. Die anderen waren nach und nach gegangen, nur sie und Charles waren so vertieft in die Arbeit gewesen, dass sie einfach keine Müdigkeit verspürt hatten. Schließlich waren sie ganz allein gewesen. Sie hatte es genossen, mit Charles zu arbeiten. Ja, und Ray fühlte sich wohl in seiner Gegenwart. Sie fühlte sich gut, talentiert, respektiert und schön. Nicht einmal vor sich selbst gab sie das gern zu. Sie legte die Post auf ihren Nachttisch, zog sich aus, wusch sich und schlüpfte ins Bett. Dann nahm sie den Umschlag in die Hand und las die Karte, die sie daraus hervorzog, im Schein einer Kerze.

Cranbrook Academy of Art

Oktober 1940

Liebe Miss Kaiser,
Sie haben ergreifend schöne Augen.
C.
♥

Kapitel 5

Bloomfield Hills, Oktober 1940

Ray hatte ein Problem, und sie hasste es.

Sie war dabei, sich in Charles Eames zu verlieben. In einen verheirateten Mann, der eine Tochter hatte, die sie noch dazu sehr mochte.

Es war grau, kalt und regnerisch, zum ersten Mal, seit sie in Bloomfield Hills war. Sie hatte sich in die kleine vollgestopfte Werkstatt von Harry Bertoia zurückgezogen, die ihr ein heimeliges Gefühl vermittelte. Sie saß über der Skizze für ein Schmuckstück, das sie in seiner Klasse anfertigen sollte, doch sie hatte große Schwierigkeiten, sich zu konzentrieren. Ästhetik hatte sie immer begeistert, und die Arbeit mit Metall fand sie interessant und bereichernd. Trotzdem schweiften ihre Gedanken immer wieder ab.

Noch vor wenigen Wochen war sie überzeugt gewesen, dass sie niemals einen Mann finden würde, der ihr gefiel. Gefallen. Das klang so beliebig. Viele Dinge gefielen ihr, Blumen, Farben, Formen. Schmuck. Ja, auch Menschen. Aber es war doch ein gewaltiger Unterschied, ob einem ein Mensch gefiel oder ob man ihn lieben konnte.

Lieben hätte können, wenn nicht …

Ray kaute auf dem Bleistiftende herum, bemerkte es und verzog das Gesicht.

Aber so war wohl das Leben, oder? Es lief nicht unbedingt in die Richtung, die man selbst gern eingeschlagen hätte. Und trotzdem ging es einfach immer weiter. Musste es weitergehen.

Neben der Traurigkeit über den Verlust von etwas, das sie doch noch gar nicht gehabt hatte, spürte sie tief im Innern auch eine unbändige Freude. Sie konnte doch mehr als dankbar dafür sein, dass sie sich geirrt hatte. Dass es eben doch einen Menschen gab, mit dem sie sich hätte vorstellen können, ihr Leben zusammen zu verbringen. Mit dem sie Zeit verbringen wollte, so viel wie irgend möglich. Dessen Anwesenheit sich anfühlte wie ein Lebenselixier. Nun fuhr der Bleistift wie von selbst über das Papier, ein Ring entstand, viele winzig kleine Perlen schmückten ihn, strahlenförmig angeordnet. Oder sollte sie an Schneeflocken denken? An diese zauberhaften kleinen Kristalle, unendlich schön und doch vergänglich?

Wie gern hätte Ray mit Lee über Charles Eames gesprochen. Oder mit Helen, einer Freundin, die in Chicago lebte, gar nicht so weit weg. Oder mit ihrer Mutter. Die hätte ihr sicher die Leviten gelesen. *Worauf hast du dich da eingelassen, Mädchen? Komm sofort nach Hause.*

Dabei hatte sie sich noch auf nichts eingelassen, sie traf Charles nur bei der Arbeit und während des Unterrichts, wo sie sich Mühe gab, ihn nicht anzusehen, aus Sorge, man könne ihr die Gefühle nur allzu deutlich im Gesicht ablesen. Sie tauschten inzwischen regelmäßig kurze Briefe, Zettel und Zeichnungen aus, doch hatte sie ihm das Versprechen abgenommen, die ihren gleich zu verbrennen, nachdem er sie gelesen hatte. Wenn sie sich zufällig – war das zufällig? – berührten, war ihre Haut wie elektrisiert. Wenn sie sich sahen, zwang Ray sich mit eisernem Willen, Charles vor den anderen Studenten so normal wie möglich zu behandeln. Eben nicht ständig Blickkontakt zu suchen, eben nicht zufällig in seiner Nähe zu sein, nur um dieses gute Gefühl auszukosten, das sie überkam, wenn sie neben ihm stand. Sie fühlte sich gut, hoffnungsfroh und kreativ, gleichzeitig hatte sie Angst, abzuheben und später nur allzu hart auf dem Boden der Tatsachen aufzuschlagen.

Natürlich siezten sie sich. Niemand wäre auf den Gedanken gekommen, dass da mehr zwischen ihnen war als … ja, als was eigentlich. Mehr als eine Arbeitsbeziehung zwischen Professor und Studentin. Genau. Mehr war es doch nicht.

Und damit es nicht mehr wurde, damit es nicht realer wurde, sprach Ray mit niemand darüber, was sie wirklich für Mr. Charles Eames empfand.

Kapitel 6

Bloomfield Hills, November 1940

Die Präsentation für den Wettbewerb des MoMA war fertig. Ray hatte die Plakate gestaltet, auf denen auch der mögliche Herstellungsprozess für den Stuhl gezeigt wurde. Daran hatten sie lange getüftelt, denn mit ihren begrenzten Möglichkeiten in der Werkstatt hatten sie die Biegung im Sperrholz nicht ganz perfekt hinbekommen. Das Holz wollte sich einfach nicht in die gewünschte Form schmiegen, obwohl es technisch gesehen möglich sein musste. Dafür waren die Plakate perfekt, das wusste sie. Das war ihre Stärke. Farben, Schrift und die Form der Möbel harmonierten und forderten den Blick des Betrachters gleichzeitig heraus, sich intensiver mit der Darstellung zu beschäftigen. Es waren kleine Kunstwerke geworden, und Ray war stolz darauf. Heute würden sie alles einpacken und ans Museum nach New York senden.

Auf einem Podest in der Mitte des Raums, in dem sie so viele Stunden verbracht hatten, stand der Stuhl. Außerdem lagen die Plakate bereit, alles übrig gebliebene Material hatten sie aufgeräumt. Es war fast unwirklich, nach so langer Zeit das fertige Werk zu sehen. Den Stuhl, dessen Sitzfläche in die Armstützen überging und beinahe nahtlos in die Rückenlehne. Na ja. Eigentlich klaffte eine große Lücke zwischen Sitzfläche und

Rückenlehne, weil das Sperrholz immer wieder gesprungen war beim Versuch, es an dieser Stelle kräftig zu biegen. Die Lücke erinnerte ein wenig an das aufgerissene Maul eines Hais. Oder dieses empörten Mr. Smiths, der sich anlässlich der ersten Ausstellung der American Abstract Artists über den Niedergang der amerikanischen Kultur ausgelassen hatte. Die AAA war ein Verein zur Förderung der modernen Kunst in Amerika, notwendig geworden, als Ray festgestellt hatte, dass die Museen und Ateliers nicht bereit waren, sich auf Neues einzulassen. So war sie eins der Gründungsmitglieder geworden. Abstrakte Kunst war in den Köpfen vieler Amerikaner schlicht und ergreifend Kindergekrakel, und dagegen galt es etwas zu unternehmen.

Mit der Aussparung zwischen Rückenlehne und Sitzfläche hielt das Material, allerdings gab es durchaus noch Splitter. Schließlich hatte Ray vorgeschlagen, den Stuhl mit Baumwoll-Stoff zu beziehen und ihn damit gleichzeitig ein wenig auszupolstern. Außerdem verdeckte der Stoff die Splitter im Holz. Widerstrebend hatten Charles und Eero zugestimmt, es war nicht ganz der klare Look, der ihnen vorgeschwebt hatte, dafür war der Stuhl benutzbar. Sie hatten noch zwei weitere Modelle in Originalgröße angefertigt in jeweils einer anderen knallbunten Farbe. Ray hatte als Bezug ein Baumwollgemisch ausgesucht, das zwar dünn, aber trotzdem strapazierfähig und vor allem angenehm auf der Haut war. Die bunte Reihe wirkte modern und war hübsch anzusehen.

Ray, die sich zuvor nie mit dem Design von Gebrauchsgegenständen beschäftigt hatte, stellte fest, dass sie großen Spaß daran gehabt hatte, sich mit Dingen zu beschäftigen, die vielen Menschen nützlich sein könnten.

Das dachte sie noch, als die drei Stühle in den Verpackungen verschwunden waren und sie mit Charles Eames, Eero Saarinen, Harry Bertoia und Don ausging, um einen Drink auf den hoffentlich glücklichen Ausgang des Unternehmens zu nehmen. Don war ein Kommilitone von Ray, vier oder fünf Jahre jünger als sie und unglaublich wissbegierig. Ray machte sich manchmal einen Spaß daraus, ihn während der Vorlesungen zu beobachten und sich vorzustellen, wie er das Wissen wie über einen riesigen Trichter über seinem Kopf aufsaugte. Don erinnerte sie an einen kleinen Bruder, den sie nicht hatte. Sie mochte ihn. Eero war ein herzensguter Mensch, auf eine sehr jungenhafte Art manchmal ein bisschen ernst. Seine Frau Lilly hatte ihn ab und zu abends aus der Werkstatt abgeholt, wenn es wieder einmal spät geworden war. Sie hatte, was Kunst und Design betraf, großen Sachverstand, zeichnete auch und war Bildhauerin. Ray hatte sich ein-, zweimal mit ihr zum Tee getroffen, um mehr darüber zu erfahren. Skulpturen zu erschaffen, dreidimensional zu arbeiten, erschien ihr sehr erstrebenswert. Noch ein Punkt auf ihrer Liste der Dinge, die sie tun wollte.

Ray und die anderen stießen an diesem Abend mit einem Glas Champagner auf die getane Arbeit an. Sie ließen die vergangenen Wochen Revue passieren, lachten viel, und dann wurden die Unterhaltungen persönlicher. Eero erzählte, dass Lilly ein Kind erwartete und wie aufregend er es fand, endlich Vater zu werden. Don grinste und meinte, er ließe sich damit gerne noch Zeit. So jung wie Charles Vater zu werden, hätte ja nicht nur Vorteile. Man sei doch sehr gebunden und womöglich dann doch an die falsche Frau, wer wisse das schon.

In diesem Moment trafen sich Rays und Charles' Blick. Die

Erkenntnis, dass Don, ohne es zu wissen, eine exakte Beschreibung von Charles' Situation gegeben hatte, stand nur zu deutlich in seinem Gesicht geschrieben. Ray hätte Charles in diesem Moment zu gerne in die Arme geschlossen und geküsst. Oder mehr? Sie versank in diesem Blick. Wenn doch nur …

Dann schrak Ray aus ihrer Erstarrung und verabschiedete sich hastig. »Ich … irgendwie habe ich plötzlich schreckliche Kopfschmerzen. Bitte entschuldigt mich. Und trinkt noch ein Glas für mich mit, bitte.« Ray nahm ihren Mantel, ihren Hut und verließ das Lokal, so schnell sie konnte. Erst zu Hause in ihrem Zimmer konnte sie sich wieder beruhigen. Charles und sie – das durfte nicht sein, also würde sie sich so verhalten.

Nun hieß es, auf die Entscheidung des MoMA zu warten und sich in der Zwischenzeit wieder auf den Alltag an der Uni zu konzentrieren. Ray arbeitete an ihren Schmuckstücken und besuchte auch Kurse in Modedesign. Charles Eames sah sie in den Vorlesungen, die sie bei ihm besuchte. Hin und wieder schien er sie abzupassen, um ein paar Worte mit ihr allein sprechen zu können. Sie ließ diese Momente nicht einfach geschehen, sondern fieberte trotz schlechten Gewissens geradezu darauf hin. Charles war groß, dunkeläugig, verflixt gutaussehend und unglaublich charmant. Gleichzeitig brannte dieses Feuer in ihm, das Ray so sehr faszinierte, dass sie sich vorkam wie ein Kaninchen, das von einer Schlange fixiert wurde. Bewegungsunfähig. Unfähig, eine Entscheidung zu treffen. Nein, was für ein dummer Vergleich. Charles Eames war absolut fantastisch, kein bisschen beängstigend, ganz im Gegensatz zu ihren Gefühlen.

Immer wieder schienen sie zwar vordergründig über ein Design oder ein Werkzeug zu diskutieren, doch alles, was Ray wollte, war, ihre Lippen auf die seinen zu pressen und diesen Mann zu spüren, zu schmecken und zu lieben. Nur für einen winzigen Moment, denn sie wusste wohl, dass sie kein Recht hatte, so zu denken. Und sie wusste auch, dass es, abgesehen von der unleugbaren körperlichen Anziehung, gerade die Arbeit mit ihm war, die Art, wie sie beide im Gleichklang zu denken schienen, die sie an ihm so faszinierte.

Obwohl es in ihr brodelte, vertraute Ray immer noch niemandem an, was sie fühlte. Sie schrieb weder an Lee noch an Helen. Nicht einmal in ihr Tagebuch, das sie Abend für Abend dazu aufzufordern schien. Es fiel ihr zusehends schwerer. Es schien, als sei sie in eine bittersüße Sackgasse geraten. Und sie konnte niemand um Hilfe bitten.

Heute saß sie, wie an so vielen Abenden zuvor, an ihrem Schreibtisch vor dem Fenster in ihrem kleinen Studentenzimmer, sah in die sternenklare Nacht und träumte. Davon, wie es sein könnte, wenn Charles frei wäre.

***

Charles spürte Eeros eindringlichen Blick auf sich. Sie waren dabei, die Werkstatt, die sie die letzten Wochen für den MoMA-Wettbewerb in Beschlag genommen hatten, aufzuräumen. Eero hatte vorgeschlagen, das die Studenten machen zu lassen, doch Charles wollte es lieber selbst tun. Er wollte Abschied nehmen, denn in der kurzen Zeit, die er hier mit Eero, Harry, Albinson und vor allem Ray Kaiser verbracht hatte, hatte es sich angefühlt, als lebte er ein anderes Leben. Das Leben, von dem er träumte. Ein Leben voller Ideen und Design. Voller Kreativität und sprühender Faszination. Zusammen mit einer Frau, die er lieben, respektieren und mit der er arbeiten konnte. Ray. Nie hätte er gedacht, dass er einmal eine Frau kennenlernen würde, die so talentiert und kreativ war und die er gleichzeitig so heftig als Frau begehrte, dass es ihm Angst machte.

»Na, Charlie, trauerst du Miss Kaiser nach?« Eeros Stimme hatte einen spöttischen Unterton.

Charles verzog den Mund zu einem unbeholfenen Lächeln. »Sieht man mir das an?«

»Und wie. Was wirst du tun?«

Charles seufzte. »Was soll ich schon machen? Ich werde sie weiterhin aus der Ferne bewundern und mein Schicksal beklagen. Sie mag nur eine Studentin sein, aber sie ist auch eine Klasse für sich.«

»Und warum sagst du ihr nicht einfach, wie es dir geht? Dass du dich Hals über Kopf verliebt hast und dir ein Leben ohne sie nicht vorstellen kannst?« Eero zog ein paar Schubladen auf, musterte den Inhalt und schob sie wieder zu.

»Glaubst du nicht, sie würde das aufdringlich finden? Und Catherine …« Trotz seiner Worte glomm in Charles ein Funken Hoffnung auf. Wenn Eero dachte, dass es eine Möglichkeit gab …

»Miss Kaiser wäre bestimmt glücklich, wenn du ihr ein bisschen entgegenkommen würdest. Ein Blinder kann sehen, dass sie genauso verrückt nach dir ist wie du nach ihr. Aber sie ist sehr gut erzogen, und woher soll sie wissen, dass Catherine und du praktisch geschieden seid? Sie wird davon ausgehen, dass du ein verheirateter Mann bist, und ein anständiges Mädel wie sie

wird den Teufel tun, den ersten Schritt auf dich zuzumachen.«
Eero verschränkte die Arme und grinste ihn an.

»Du glaubst wirklich, sie mag mich?« Charles machte anscheinend ein derart erleichtertes Gesicht, dass Eero laut loslachte.

Charles dachte an die Briefe, die sie sich schrieben und von denen Eero glücklicherweise nichts ahnte. Und auch niemand sonst.

»Natürlich mag sie dich, du Trottel. Mehr als das. Und ehrlich gesagt wüsste ich nicht, wer mehr füreinander bestimmt sein sollte als ihr beide.«

Charles lächelte. Der graue Regentag erschien ihm plötzlich ganz wunderbar und warm, und er fühlte, wie der Mut zu einer Entscheidung in ihm wuchs.

***

Ray eilte sie mit klopfendem Herzen durch den nasskalten Abend. Auf der Straße spiegelten sich die Lichter der Straßenlaternen, und da es aufgehört hatte zu regnen und die Wolken sich verzogen hatte, erwartete sie fast, dass sich auch die Sterne spiegelten. Ihr Herz schlug ihr bis zum Hals. Worauf ließ sie sich da nur ein?

In der Tasche ihres Mantels tastete sie nach dem Brief von Charles, den er ihr am Tag zuvor geschrieben hatte und der sie mehr durcheinandergebracht hatte, als alles zuvor. Ray fühlte das Papier in ihrer Hand. Er hatte sie gebeten, ihn zu treffen. Er wollte ihr etwas sagen, sie ausführen, zum Essen einladen, in ein kleines italienisches Restaurant, das ein ganzes Stück außerhalb von Bloomfield Hills an einem kleinen See lag. Charles würde sie mit dem Wagen abholen. Nicht auf dem Uni-Gelände allerdings, sondern ein Stück entfernt, wo man sie nicht beobachten würde.

Ray hatte nicht geantwortet auf die Einladung, die Zeit war zu kurz gewesen, und sie war sich bis zum letzten Moment nicht sicher gewesen, ob sie wirklich gehen würde. Sie war in ihrem Zimmer auf und ab gelaufen, hatte den Mantel dreimal an- und wieder ausgezogen, bis sie sich schließlich alle Bedenken zur Seite geschoben hatte.

Vielleicht würde Charles ja gar nicht kommen? Vielleicht hatte er zu Hause keine Ausrede gefunden, vielleicht musste er seine Tochter ins Bett bringen? Sollte sie lieber umkehren?

Doch halt. Da im Wagen saß doch jemand? Jemand, der in diesem Moment aus dem Auto sprang und auf sie zueilte.

»Miss Kaiser, Ray ... ich hatte so gehofft, dass Sie kommen würden!« Charles blieb vor Ray stehen. Wie aufgelöst er war, ein über dreißigjähriger, charmanter, gutaussehender Schuljunge. Charles' Aufregung ließ Ray etwas ruhiger werden.

»Ich hatte ja keine Wahl, wenn ich wissen wollte, was Sie so dringend mit mir besprechen wollten, Mr. Eames.« Ray lächelte.

Charles' Gesicht verzog sich zu einem spitzbübischen Grinsen. »Ja, die hatten Sie natürlich nicht. Obwohl ... vielleicht hätte es Sie ja gar nicht interessiert? Aber lassen Sie uns nicht mehr davon sprechen. Ich freue mich so, dass Sie gekommen sind.«

Charles schien sie umarmen zu wollen, doch er ging mit schnellen Schritten ums Auto, öffnete ihr die Beifahrertür und ließ sie einsteigen. Dann glitt er auf den Fahrersitz und fuhr los.

»Es tut mir leid, dass ich Sie nicht in Bloomfield Hills zum Essen ausführen kann.«

Ray biss sich auf die Lippe. »Das würde nur Gerede geben. Ich kann verstehen, dass Ihnen das nicht recht ist.«

»Na ja, mir ist es nicht so wichtig, was die Leute reden. Aber ich möchte gern auf Lucia Rücksicht nehmen. Und ich weiß, dass Sie ebenfalls zurückhaltend sind. Umso mehr freue ich mich, dass wir uns jetzt sehen, weil …« Er verstummte.

»Weil?«, fragte Ray nach. Sie hoffte, er würde sagen, dass er sie mochte, sehr gern, zu gern, lieber, als es sein sollte. Gleichzeitig hatte sie Angst davor, dass er genau das sagen könnte. Was würde sie dann tun?

»Weil ich Sie so gern habe. Deswegen.« Charles sah sie an und lächelte warm.

Ray lächelte auch. In ihrem Bauch tanzten Schmetterlinge.

Sie waren erst ein paar Minuten gefahren, als Charles den Wagen weg von der Straße über einen Feldweg lenkte, der bald durch ein kleines Wäldchen führte, und schließlich am Ufer eines Sees zum Stehen kam. Es war nicht ganz dunkel, der Vollmond spiegelte sich im Wasser. Ray fand es sehr romantisch, aber auch ein bisschen unheimlich. Hier ging es doch sicher nicht zum Restaurant?

»Bitte haben Sie keine Angst, Ray. Ich weiß, es ist nicht nett von mir, Sie ohne Vorwarnung hierherzubringen.« Er parkte den Wagen und sah sie an, dann zeigte er nach draußen. »Ich wollte Ihnen meinen Lieblingsplatz zeigen. Ich komme hierher, wenn ich nachdenken möchte. Hätten Sie Lust, mit mir ein paar Schritte um den See zu spazieren? Die Nacht ist so hell, dass wir uns gut zurechtfinden werden. Das Restaurant liegt auf der anderen Seite des Sees.«

Ray stieg aus dem Wagen und sah sich um. Es war ein zauberhafter Ort, sogar jetzt im Mondschein und im November. Es war kühl, sie schlug den Kragen ihres Mantels nach oben und zog den Schal um den Hals fest.

Mit ein paar schnellen Schritten war Charles bei ihr und bot ihr seinen Arm an. »Darf ich?«

Ray nahm seinen Arm, allein schon, um ein bisschen seiner Körperwärme zu spüren. Er überragte sie um mehr als einen Kopf, und obwohl er sehr schlank war, fühlte sich das gut an. Irgendwie geborgen. Es war nahe an null Grad, und ihr Atem kondensierte in kleine Wölkchen. Zauberschön.

Sie gingen am See entlang, über dessen Ufer sich die blattlosen Zweige von Weiden beugten. Es war still, nur ihre Atemzüge und das leise Geräusch ihrer Schritte auf dem Weg war zu hören.

Nach einigen Minuten blieb Charles an einem Felsen stehen, der in den See ragte. »Hier sitze ich manchmal und schaue aufs Wasser. Finden Sie nicht auch, dass man viel mehr aufs Wasser schauen sollte? Der Kopf wird so klar dabei, und es entsteht Platz für neue Ideen.«

Ray sah sich um. Sie konnte Charles gut verstehen. Der See lag still da, als wartete er auf irgendetwas. In ihm spiegelte sich der glitzernde Sternenhimmel. Wie viel mehr Sterne man hier sehen konnte als in der Stadt.

Und da, eine Sternschnuppe. Ray wandte sich um, um sie Charles zu zeigen, und fand sich plötzlich nah an seiner Brust wieder. Charles schlang einen Arm um sie, wie um sie zu wärmen. Sie sah zu ihm auf. Ihr Herz schlug jetzt so heftig, er musste es spüren, selbst durch die dicke Schicht Kleidung. Ray reckte ihr Gesicht ein wenig nach oben, und Charles beugte sich zu ihr. Dann küssten sie sich.

Sie gingen an diesem Abend nicht in das Restaurant. Stattdessen setzten sie sich ins Auto, als Rays Zähne vor Kälte nicht mehr aufhören wollten, aufeinanderzuschlagen, so sehr, dass es fast unmöglich wurde, sich weiter zu küssen. Dabei hätte sie nie mehr damit aufhören mögen.

»Ray«, sagte Charles, »ich kann mir nicht vorstellen, dass ich jemals wieder ohne dich sein möchte. Ich denke, nein, ich weiß: Wir gehören zusammen.« Er beugte sich zu ihr, sein Mund war ganz nah an ihrem Ohr, es kribbelte in ihrem Bauch, als er sprach, so dass sie sich kaum auf die Worte konzentrieren konnte.

Ray schob ihn ein wenig von sich zurück in seinen Sitz, nur ein paar Zentimeter, sie genoss seine Nähe zu sehr. »Ich empfinde genauso wie du. Ich hätte nicht gedacht, dass ich so etwas einmal erlebe. So, nun habe ich es gesagt, nun ist es heraus. Aber, Charles, ich möchte nicht, dass du für mich irgendetwas aufgibst. Du hast ein Leben, eine Frau und eine Tochter. Ich bin nur ein Mädchen, irgendeine deiner Studentinnen …«

»Du bist nicht irgendeine Studentin, und komm mir ja nicht auf den Gedanken, ich würde regelmäßig Studentinnen nachts im Auto küssen.« Charles' Stimme klang weich, obwohl sein Tonfall nachdrücklich war. »Ich weiß, das alles ist überraschend, und vielleicht wirst du mich gleich für verrückt erklären. Aber hör mir zu: Wir gehören zusammen. Ich bin mir sicher. Ich möchte mit dir leben und arbeiten. Catherine und ich sind schon lange kein Paar mehr. Ich will mit dir zusammen sein.«

Er wollte was? Ray spürte, wie in ihr ein warmes weiches Gefühl aufstieg, und ihre Wangen erröteten.

»Ich …« Wie sollte sie nur ausdrücken, was in ihr vorging, Liebe und Vorsicht rangen miteinander. Sie war atemlos. »Ich …«

Charles verschloss ihren Mund mit einem Kuss. Sie ließ sich in das Gefühl fallen, beinahe mit ihm zu verschmelzen.

»Ja«, sagte Ray, als sie wieder zu Atem kam, »ich möchte mit dir zusammen sein. Nichts mehr als das.«

Kapitel 7

Bloomfield Hills, Dezember 1940

Charles wusste nicht ein noch aus. Alles, was er wollte, war, in Rays Nähe zu sein. Mit ihr zusammen fühlte er sich gut, voller Energie und Schaffensdrang. Sobald sie woanders war, wurde er rastlos und schlecht gelaunt. Mehrmals in den letzten Tagen hatte er Lucia eine unwirsche Antwort gegeben, es allerdings sofort bereut und sich bei ihr entschuldigt. Catherine war ihrerseits zunehmend streitlustig und kaum noch zugänglich. Diese Ehe erschien ihm immer mehr wie eine Farce.

Sobald er an Ray dachte, stieg in ihm das Bild einer anderen Zukunft auf. Einer Zukunft mit ihr, als Künstler, als Menschen, die etwas Besonders bewirkten, als Paar, das zusammen lebte und arbeitete.

Um ein wenig ruhiger zu werden, blieb ihm nur, ihr entweder zu schreiben, was er täglich tat, oder abends lange Spaziergänge zu unternehmen, die ihn am Studentenwohnheim vorbeiführten. Dann stand er unter ihrem Fenster, in der Hoffnung, einen Blick auf sie zu erhaschen oder wenigstens ihre Silhouette hinter der Gardine zu sehen. Und alle paar Tage schafften sie es, in der Universität oder außerhalb der Stadt ein bisschen Zeit miteinander zu verbringen. Allerdings heizten diese kurzen gestohlenen Momente, die sie küssend verbrachten, wenn sie sich unbeobachtet wähnten, seine Sehnsucht nur noch mehr an. Und ebenso die Qual, wenn sie sich trennten und wieder so tun mussten, als wären sie nur gute Freunde oder eben Professor und Studentin.

Charles wusste, es würde nicht lange so weitergehen. Er wurde zunehmend unaufmerksam bei der Arbeit, was Eero heute nicht zum ersten Mal bemängelte, als sie zusammen in der Holzwerkstatt saßen und versuchten, einen Lehrplan für das kommende Semester zu entwickeln.

»Charlie, ich habe bald die Nase voll davon, dir alles mehrmals zu erklären. Könntest du dich für einen Augenblick konzentrieren?« Er schnaubte und warf den Bleistift auf den Tisch.

»Tut mir leid, Eero. Ich weiß nicht, was mit mir los ist.« Charles fuhr sich mit den Händen über das Gesicht.

»Das weißt du sehr wohl, und ich weiß es auch. Aber so geht es nicht weiter, mein Freund. Entweder du handelst, oder du beendest die Sache mit Ray. Bald wird es Gerede geben.« Eero klang bestimmt, sogar ein wenig genervt. Er setzte sich im Stuhl zurück und verschränkte die Arme vor der Brust.

»Ich kann es nicht beenden, Eero, es hat ja nicht einmal wirklich angefangen. Sie ist der beste Mensch der Welt, mit ihr fühle ich mich vollkommen, verstehst du das nicht? Ich kann nicht ohne sie leben, selbst wenn das wie eine Plattitüde klingt.« Charles hatte sich selten gleichzeitig so verzweifelt und so glücklich gefühlt.

Eero sah ihn nachdenklich an. »Ich glaube, dass ich es verstehen kann. Trotzdem ist die Situation so nicht tragbar. Ray gefährdet ihren Ruf und setzt damit vielleicht sogar ihre Zukunft aufs Spiel. Du setzt ihre Zukunft aufs Spiel, verstehst du das nicht, Charlie?« Eeros Stimme klang eindrücklich.

Doch, Charles verstand nur zu gut. Aber was sollte er tun? Glücklicherweise klopfte es in diesem Moment an der Tür, die sich gleich darauf öffnete. Eine Sekretärin kam in die Werkstatt.

»Oh, wie gut, dass ich Sie beide hier finde«, meinte sie, ein wenig außer Atem, »es ist Post angekommen, vom MoMA, und ich dachte, Sie wollten das vielleicht sofort öffnen?« Sie hielt einen großen Umschlag in der Hand.

Charles sprang auf und war gleichzeitig mit Eero an der Tür. Sie rissen gemeinsam den Umschlag auf, und dann schrien sie los. Sie hatten tatsächlich gewonnen! Den ersten Platz! Sie waren die Gewinner des Wettbewerbs!

Charles fiel Eero in den Arm, oder umgekehrt, oder beide gleichzeitig. Es war nicht wichtig, wichtig war nur, dass hier schwarz auf weiß stand, dass sie erfolgreich waren!

Eero und Charles verbrachten einige Tage in einer Art andauerndem Freudentaumel, bis sich die Realität und der Alltag wieder in den Vordergrund schob. Einerseits hätte Charles den Gewinn am liebsten mit Ray allein gefeiert. Mit einem festlichen Essen, Champagner und dann … aber das ging ja nicht. Das durften sie nicht. So konnte es nicht mehr lange weitergehen.

Das andere Problem war, dass Eero und er nun eine zuverlässige Anleitung liefern sollten für die Maschine, die gebaut werden musste, damit der Stuhl mit seiner geschmeidigen, gerundeten Form, der Organic Chair, wie sie ihn nannten, in die Massenproduktion gehen konnten. Zu diesem Zweck hatten sie die kleine Runde reaktiviert, die die Einreichung erstellt hatte. Don Albinson, Harry Bertoia und Ray.

Sie arbeiteten also wieder zusammen, was süß und schmerzlich zugleich für Charles war. Zwar verbrachten er und Ray viel Zeit miteinander, aber sie waren dabei nicht allein. Er konnte Ray weder berühren noch küssen, sosehr er das auch wollte. Nur hin und wieder hatten sie Momente ganz für sich, wenn Ray länger blieb, nachdem die anderen gegangen waren. Dann tauschten sie nicht nur Zärtlichkeiten aus, sondern sprachen über den Stuhl und über eine mögliche Lösung für den Fertigungsprozess. Eine solche hätte er sich gewünscht, doch in Wahrheit schaffte er es weder mit Eero noch mit Ray oder den anderen, einen praktikablen Weg für die Massenproduktion zu finden.

* * *

Ray war innerlich zerrissen. Charles Eames teilte ihren Traum, das Leben der Menschen mit Kunst und Design schöner zu machen. Die Arbeit mit ihm war außergewöhnlich, gleichzeitig fand sie ihn als Mann attraktiv wie keinen zuvor. Sie hatte ihren Seelenpartner gefunden.

Und das Beste war, dass er es genauso sah. Erst gestern Abend, nach der Arbeit an der Maschine für die Massenfertigung, hatte Charles ihr vorgeschwärmt. Wie ihr Leben aussehen könnte. Wie sie zusammen lieben, leben und arbeiten könnten als gleichberechtigte Partner. Etwas, worauf Ray wirklich geglaubt hatte, in ihrem Leben verzichten zu müssen.

Es klang so gut.

Und gleichzeitig hatte sie Angst. Was, wenn es nicht gut ging? Wenn sie Catherine und Lucia ins Unglück stürzte, weil sie selbstsüchtig war, weil sie – die immer allein hatte leben wollen – dieses neue, andere Leben und Charles an ihrer Seite haben wollte. Mehr als alles auf der Welt, mehr, als sie irgendetwas je zuvor gewollt hatte. So viele andere Frauen hatten keine Wahl, konnten nicht allein leben, mussten sich einen Ehemann suchen, um irgendwie versorgt zu sein. Für sie, Ray, war es anders. Sie konnte allein sein, und sie hatte genug gelernt, um sich selbst zu versorgen. Durfte sie wirklich ihre Unabhängigkeit aufgeben, um einer anderen Frau die Versorgung wegzunehmen?

Es war Dienstag und bitterkalt. Die Sonne war längst untergegangen, und Ray zog sich ihre wärmsten Sachen an, wickelte sich einen dicken Schal um und setzte eine Mütze auf, die ihr weit über beide Ohren rutschte. Egal, Hauptsache, es war warm. Heute Abend wollte sie niemandem begegnen, sie musste nachdenken. Sie drohte innerlich zu zerreißen und konnte mit niemandem darüber sprechen. Sie zog sich dicke Wollhandschuhe an und verließ das Studentenwohnheim. In ihrem Gebäude wohnten nur Frauen, natürlich, deswegen war es kleiner als die anderen Wohnheime. Dabei war Ray bei Weitem nicht die einzige Frau, die hier studierte.

Eisiger Wind schlug ihr entgegen, Ray fühlte sich, als wäre sie in einen Pool mit Eiswasser gefallen. Sie war erst seit ein paar Monaten in Bloomfield und würde bestimmt Jahre brauchen, um sich an diese Kälte zu gewöhnen. In Sacramento, wo sie aufgewachsen war, war es nicht annähernd so kalt. Sollte sie mit Charles zusammenleben, würde sie sich an die Kälte in Michigan gewöhnen müssen.

Ray stapfte durch den Schnee, verließ den Campus und ging Richtung Bloomfield Hills. Obwohl sie so warm eingepackt war, fühlte Ray, wie sich die Kälte in ihre Wangen biss. Die Nacht war sternenklar. Ray schritt kräftig aus und versuchte dabei, die wirbelnden Gedanken in ihrem Kopf loszuwerden. Das Kreisen anzuhalten.

Dann blieb sie abrupt stehen. Ohne es zu merken, hatte sie ihre Schritte zum Academy Way gelenkt und stand jetzt vor dem Wohnkomplex, in dem Charles mit seiner Familie lebte. Sie wusste nicht genau, wo. Vom Weg aus konnte sie erleuchtete Fenster sehen, hinter denen Familien beim Abendessen saßen. Die Szenen wirkten geradezu schmerzhaft harmonisch. Wollte sie wirklich in so eine Idylle einbrechen?

Ray riss sich los und ging weiter. Noch ein paar Schritte bis zum Kingswood Lake, der zwischen den Bäumen im Mondlicht glitzerte. Der Anblick war zauberhaft. Wie gern hätte sie ihn mit Charles …

Ach, sie war eine alberne Kuh, nichts weiter. Sie hatte sich verliebt wie ein kleines Mädchen, und nun wusste sie nicht, was sie tun sollte. Aber sie war auch eine erwachsene Frau von achtundzwanzig Jahren. In diesem Alter galt man schon als alte Jungfer. Sie sollte eigentlich wissen, was zu tun war. Und sie wusste es ja tief in ihrem Innern. Es tat nur so weh.

Sie war nicht der Mensch, der eine Familie auseinanderbrachte und einem bezaubernden Mädchen wie Lucia den Vater raubte. Es blieb nur ein Ausweg. Es würde ihr das Herz zerreißen, aber es musste sein. Sie musste aus Bloomfield Hills fortgehen.

Ray stand am Ufer des kleinen Sees und merkte, wie eine Träne sich den Weg über ihre eiskalte Wange brannte. Dann wandte sie sich ab und ging, so schnell sie konnte, nach Hause, wo sie einen Brief an ihren Bruder Maurice in New York schrieb. Maurice würde sie ein paar Tage bei sich aufnehmen, wenigstens bis sie entschieden hatte, wie ihr Leben weitergehen konnte.

Kapitel 8

Bloomfield Hills, Januar 1941

Charles saß mit leerem Blick zu Hause auf dem Sofa und musste sich anstrengen, um die Tränen zurückzuhalten. Alles ging schief. Ray war weg. Die Maschine für den Organic Chair ließ sich nicht bauen, und Ray war weg. Weg. Er konnte an nichts anderes mehr denken. Ray war weg. Es schmerzte so sehr.

»Ich lasse mich scheiden.«

»Was?« Charles schrak aus seinen Gedanken hoch und schaute Catherine an.

»Wenn du mich weiter ignorierst, lasse ich mich scheiden, habe ich gesagt.« Catherine stemmte die Hände in die Hüften und starrte ihn wütend an.

»Catherine, ich habe jetzt wirklich andere Probleme als … als …« Er wusste nicht, was sie von ihm wollte. Er wiederum wollte den Brief von Ray lesen, der in seiner Jackentasche brannte. Sie hatte ihn durch Eero übermitteln lassen, mit der Nachricht, dass sie ihr Studium abgebrochen und Bloomfield Hills verlassen hatte. Er hatte das Schreiben bisher nur überfliegen können, er musste es noch mal lesen und ein weiteres Mal, um den Inhalt wirklich zu begreifen. Und dann die Schwierigkeiten, die sie mit den Plänen für die Maschine zur Massenfertigung der Stühle hatten. Dieses Thema lag ihm auch im Magen. Nicht mehr lange, und sie würden an das MoMA schreiben und zugeben müssen, dass es mit den aktuell vorhandenen Mitteln nicht möglich war, den Organic Chair zu produzieren. Die Weltwirtschaft hatte sich immer noch nicht richtig erholt, Ressourcen waren knapp, sie konnten nicht frei darüber entscheiden, welche Materialien sie verwenden wollten. Es war zum Haareraufen.

»Charles!« Catherine machte einen Schritt auf ihn zu, die Hand erhoben, als wollte sie ihn schlagen.

Er zuckte zurück, aber natürlich schlug sie ihn nicht. Sie schlug die Hände vor ihr Gesicht. Sie weinte.

»Aber, Darling.« Charles konnte Tränen nicht sehen, allzu schnell wurden seine eigenen Augen dann auch feucht.

Catherine schniefte, und er stand auf und reichte ihr das Taschentuch aus seiner Hosentasche. Nie fiel ihm ein, wie er sie trösten sollte, jetzt genauso wenig wie an all den anderen Tagen zuvor. Dabei war er doch der Grund für ihr Unglück.

»Charles, ich möchte nach Hause, nach St. Louis. Ich halte es hier nicht aus. Du hattest versprochen, dass wir nur ein paar Monate bleiben würden, bis du deinen Abschluss in Architektur nachgeholt hättest. Und nun sind es beinahe drei Jahre, die wir hier leben. Du bist Professor und scheinst das Leben in dieser schrecklichen kalten Stadt immer mehr zu genießen. Vorstadt. In diesem Dorf, dieser Ansammlung von Häusern ohne jegliches Leben darin. Wenn wir wenigstens etwas unternehmen könnten. Wenn wir tanzen gingen oder essen, und nicht immer nur in dasselbe Restaurant, weil es keine anderen gibt. Ich werde mich hier nie eingewöhnen. Und ich habe es versucht, das weißt du.« Tränen rannen ihre Wangen hinab, und Charles nahm seine Frau tröstend in den Arm. Wenn sie nicht mehr wütend war, dann half das manchmal.

»Catherine, du warst beinahe den ganzen Sommer bei deinen Eltern, um dich zu erholen. Weg von Bloomfield, von mir. Du hattest viel Zeit für dich. Da ging es dir besser. Jetzt ist es kalt, du bist hier, und wir finden nicht mehr so richtig zueinander. Ist es nicht so?« Charles stiegen endlich die Tränen in die Augen. Catherine hatte recht, diese Ehe war am Ende. Dass er mit Ray Zukunftspläne geschmiedet hatte, war weder Spielerei noch Träumerei gewesen. Es war ihm ernst damit. Er wollte mit Ray glücklich werden. Und wenn es nicht anders ging, wollte er mit ihr unglücklich werden. Hauptsache, mit ihr. Trotzdem verschloss es ihm jetzt fast den Hals, und er brachte die Wahrheit nicht über die Lippen, immer noch nicht. Was war nur los mit ihm?

Catherine atmete ruhiger und entzog sich seiner Umarmung. »Weißt du, Charles, ich habe versucht, hier glücklich zu sein. Ich wollte, dass wir beide glücklich sind. Aber es geht einfach nicht mehr. Wir wollen nicht mehr das Gleiche. Sei mir nicht böse, ich fahre noch einmal für zwei Wochen zu meinen Eltern. Ich brauche Zeit, um nachzudenken. Ich werde Lilian Saarinen bitten, sich um Lucia zu kümmern, während du arbeitest.« Sie straffte sich.

»Gut, Liebes, tu das. Und wenn du wiederkommst, reden wir, ja?« Hätte er die Gelegenheit sofort ergreifen sollen? Aber was sollte er sagen? Er musste sich die Worte zurechtlegen, bevor er sie aussprach, sonst würde Catherine die Führung in ihrem Gespräch übernehmen, und wer wusste, wohin das führen würde. Er durfte sie nicht zu sehr verärgern, sonst würde sie Lucia nehmen und weggehen und es ihm schwer machen, seine Tochter zu sehen.

Catherine nickte und ging in ihr Zimmer, um wieder einmal zu packen.

Charles bedauerte einerseits, dass sie nicht sofort reinen Tisch machen konnten. Andererseits war er froh, dass er nun Zeit hatte, mit Ray zu vereinbaren, wie es weitergehen sollte. Vielleicht konnte er sie überreden, zurückzukommen. Wenn Catherine von hier wegginge, konnten sie in Bloomfield Hills bleiben, zusammen ein neues Leben anfangen. Ein neues Leben, ja, das klang gut. Aber wie sollte das gehen, hier? Sie würden für die anderen für immer die Studentin und der Professor bleiben. Catherines Geist würde sie begleiten. Es gab nur eine andere Möglichkeit: Er musste mit Ray fortziehen. In den Süden, er hatte nicht vergessen, wie sehr sie, die in Florida aufgewachsen war, gefroren hatte. Los Angeles wäre gut.

Catherine winkte nur zum Abschied, und sobald er den Motor des Wagens hörte, setzte er sich an den Küchentisch, um einen Brief an Ray zu schreiben.

Cranbrook Academy of Art

Dezember 1940

Geliebte Miss Kaiser,

in der Akademie ist es öde und leer, seit du weg bist. Nein,
es ist die Hölle. Eine Hölle wenigstens. Wenn ich abends an
deinem Fenster vorbeigehe, wie ich es in den letzten Wochen
so oft gemacht habe, ist es dunkel. Dunkel ist es dann auch
in meinem Herzen, verzeih, wenn ich kitschig klinge. Wie
wir vereinbart haben, verbrenne ich deine Briefe, dabei sind
sie mir das Heiligste. Wenn die Sekretärin mir einen Brief
übergibt, habe ich Mühe, ruhig zu bleiben. Ich lächle sie
an und bedanke mich artig. Dann verlasse ich gemessenen
Schrittes ihr Büro, schließe leise die Tür und renne über den
Flur in eine leere Werkstatt. Ich schließe hinter mir ab und
öffne mit klopfendem Herzen und flatternden Fingern den
Umschlag. Wenn ich dann deine geliebte Handschrift sehe,
deine Zeilen lese, bin ich dir so nah, wie ein Mann unter
den aktuellen Umständen einer Frau nur sein kann. Seiner
Frau, denn nichts anderes bist du für mich. Die einzige
Frau für mich.
Catherine hat vor ein paar Minuten das Haus verlassen,
und am liebsten würde ich dich sofort in meine Arme schließen. Aber New York. Das ist weit weg. Ich verstehe, warum
du gegangen bist, umso mehr vermisse ich dich.

Ich möchte dir etwas vorschlagen: Wenn Catherine in zwei Wochen zurück nach Bloomfield kommt, werde ich sie um die Scheidung bitten. Ich muss noch für ein paar Monate meinen Lehrauftrag an der Akademie erfüllen, aber wie wäre es, wenn wir beide, also du und ich, das talentierteste, wenn auch heimlichste Paar von ganz Cranbrook, wenn also du, Miss Alexandra Bernice Kaiser, und ich, Charles Ormand Eames, dann zusammen nach Süden fahren würden? Wir könnten uns in Los Angeles niederlassen und zusammen an etwas arbeiten, woran, sollten wir überlegen, wenn wir uns endlich wieder in die Arme schließen können. Denn meine Gedanken jedenfalls sind klarer und zielgerichteter, wenn du in meiner Nähe bist. Solltest du da nicht immer sein?

In freudiger Erwartung deiner Antwort und
in noch mehr Liebe
Charles

Kapitel 9

An diesem Nachmittag kämpfte sich Ray in einem Schneesturm durchs East Village. In der 8th Street, die von Südosten nach Nordwesten verlief, pfiff ein eisiger Wind und wirbelte messerscharfe Schneegriesel durch die Luft. Ray war froh, dass sie den Weg gut kannte, denn die Straßenschilder waren kaum zu erkennen. In den letzten Wochen schien sie die ganze Zeit zu frieren. Äußerlich wenigstens, innerlich wärmte sie der Gedanke an Charles.

Endlich stemmte sie die Tür zu Hofmanns Haus auf, stieg die schier endlosen Treppen hinauf ins Dachgeschoss, wo das Atelier lag, und klopfte an der Tür, an der kein Schild einen Hinweis gab, was sich dahinter befand.

Hans Hofmann öffnete selbst, mit einem grimmigen Gesichtsausdruck, denn er mochte es nicht, wenn man während einer Unterrichtsstunde störte. Doch wie von Ray erwartet, verzog sich sein Gesicht zu einem strahlenden Lächeln, als er sie erkannte.

»Buddha! Was machst du denn hier? Lass dich umarmen!« Hans streckte die Arme aus und drückte Ray an sich. Dann schob er sie ein Stück von sich weg und sah sie an. »Gut siehst du aus. Wie geht es dir? Komm herein.« Er zog Ray in das Atelier und schloss die Tür hinter ihr.

Hans war ein Mann um die Sechzig mit vollem weißem Haar, der wie so oft einen Malerkittel mit zahlreichen Farbspuren über seiner Flanellhose trug. Dabei malte er nie selbst, zumindest zeigte er die Bilder nicht, er überließ das immer seinen Schülern. Von denen standen mindestens zwanzig im Atelier vor Staffeleien. Ray musste schmunzeln, denn obwohl die Schüler sicher neugierig waren, wer da so überschwänglich von ihrem Meister begrüßt wurde, bemühten sich alle, weiterzuarbeiten und nicht zu auffällig herüberzusehen. Hans war ein strenger Lehrer, der nicht duldete, wenn man unkonzentriert war. Dafür holte er aber das Beste aus seinen Schülern heraus. Ray hatte ihre Zeit bei ihm geliebt, und sie verdankte ihm viel.

»Ich dachte, ich komme auf einen Plausch vorbei, solange ich in New York bin.« Ray sah sich im Raum um. Wenig hatte sich verändert. Eigentlich war es nur ein Dachboden, in den Nachbargebäuden wurden auf den Dachböden sicher Dinge gelagert oder Wäsche getrocknet. Aber hier fiel trotz des grässlichen Wetters helles Licht durch die großen Fenster an beiden Stirnseiten herein. Weil viele Schüler anwesend waren, war es nicht so kalt, wie sie befürchtet hatte. Wenn sie nur nicht so durchgefroren wäre. Ray schlang die Arme um sich und rieb die Oberarme.

»Dir ist kalt. Komm, wir brauen uns eine Tasse Kaffee.« Hans ging zu einem Holzofen in der Mitte des Raums, der an einen unverputzten Kamin angeschlossen war, hantierte mit einer Kanne Wasser und einem Perkolator und drehte sich dann zu Ray um. »Komm her, little Buddha, wärm dich ein bisschen auf und erzähl mir. Ich sehe doch, dass du etwas auf dem Herzen hast.« Wieder benutzte er den Kosenamen, den er sich für sie ausgedacht hatte. Nur besonders gute Schüler bekamen Kosenamen von ihm. Hans zog zwei Hocker heran, und sie setzten sich nah an den Ofen. Doch kaum saßen sie, reckte Hans den Hals und ließ den Blick über die Klasse schweifen. »Warte bitte einen Moment, meine Liebe.«

Er stand auf und drehte eine Runde. Bei jedem Schüler blieb er kurz stehen, betrachtete kritisch das Gemälde und sagte ein oder zwei Sätze, zeigte auf eine Stelle. Einmal nahm er die Leinwand von der Staffelei, drehte sie um und stellte sie zurück, so dass der Schüler sein Bild aus der umgekehrten Perspektive bearbeiten musste. Oder war es eher eine Hilfe gewesen? Der junge Maler stand für einen kurzen Moment verdutzt vor seinem Werk, betrachtete es mit zusammengekniffenen Augenbrauen, bis sich seine Züge aufhellten und er mit neuem Elan seine Arbeit wieder aufnahm.

Hans war der erste und einzige Lehrer in den USA, bei dem man abstrakten Expressionismus studieren konnte. Er hatte in Europa von den großen Malern gelernt, Picasso, Braque, Matisse, bis ihn die Nazis aus Deutschland vertrieben hatten.

Ray wärmte langsam auf und beobachtete Hans, der hoch konzentriert und ganz im Augenblick zu sein schien. Er wirkte wie der zufriedenste Mensch auf der Welt. Gar nicht so, wie man sich heimatlose Menschen vorstellte. Aber war sie selbst nicht auch heimatlos? Ray hatte nicht das Land verlassen müssen, in dem sie aufgewachsen war. Doch seit sie durch den Tod ihrer Mutter zur Vollwaise geworden war, gab es nun mal keinen Heimatort mehr, an den sie zurückkehren konnte. Auch keine Großeltern, Onkel, Tanten oder Cousinen. Natürlich konnte sie ihren Bruder Maurice besuchen, wie sie es ja gerade tat, doch der hatte nun eine eigene Familie und ein eigenes Leben, das nicht mehr viel mit Ray zu tun hatte. Sie war froh, dass sie seinen Kindern eine Tante sein konnte, aber das genügte ihr. Die Eltern ihres Vaters waren aus Preußen eingewandert, es gab also eine gewisse Verbindung zwischen ihr und Hans. Allerdings war Rays Großvater ein Händler gewesen, und ihr Vater, Alexander, hatte wiederum als Juwelier, Versicherungsvertreter und auch im Theater gearbeitet. Keine Künstler. Die Familie ihrer Mutter war wohl schon mit den ersten Siedlern in Planwagen nach Kalifornien gekommen. Rays Mutter hatte sich immer viel mit dem Leben auf dem Land beschäftigt, ihr waren einfache, naturverbundene Dinge immer wichtig gewesen. Ray mochte keine Heimat mehr haben, doch sie hatte Wurzeln und die Anlagen, die ihre Eltern und ihre Vorfahren ihr mitgegeben hatten.

Hans kam zurück zu Ray an den Ofen. Der Kaffee war in der Zwischenzeit fertig, und Hans schenkte ihn in zwei Blechtassen ein. Er reichte Ray eine davon, und sie wärmte ihre immer noch kalten Finger daran.

»Also, mein kleiner Buddha«, wieder benutzte er ihren alten Kosenamen, »was ist los? Ich sehe dir doch an, dass dich etwas quält.« So ausschließlich, wie er sich vorhin mit seinen Schülern befasst hatte, war er jetzt bei ihr.

»Wenn ich behaupten würde, dass das ein reiner Höflichkeitsbesuch ist, würdest du mir nicht glauben, oder?« Ray lächelte.

Hans schüttelte vehement den Kopf. »Mir kannst du nichts vormachen, Ray. Ich habe mit dir gemalt, ich kenne deine Seele.«

Ray seufzte. Ja, er kannte sie gut. Sie nickte. »Ich bin verliebt.« Sie hörte, dass Hans ein leises Lachen unterdrückte. »Aber ...«

»Natürlich gibt es ein Aber, sonst wärst du nicht hier, oder wenigstens nicht allein. Außerdem gibt es immer ein Aber. Weißt du denn nicht, dass die Liebe alles überwindet, kleine Ray?« Hans' Stimme war ganz sanft.

»Er ist verheiratet.« Ray lächelte schief. Es hörte sich schrecklich an, es war schrecklich, aber es auszusprechen …

»Das mag sein, aber er ist nicht glücklich in der Ehe, oder?«

Ray schüttelte den Kopf. »Nein, nach dem, was er mir gesagt hat und was ich auch von anderen gehört habe, hat seine Frau schon oft verlauten lassen, dass sie sich scheiden lassen will.« Es tat so gut, endlich darüber zu sprechen. Und sie wusste, dass sie Hans vertrauen konnte.

»Das, meine Liebe, kommt vor. Und es ist nur richtig, weil nicht jeder schon in jungen Jahren den Partner findet, mit dem oder der er oder sie den Rest des Lebens verbringen will oder kann. Seit Menschengedenken trennt man sich. Was ist also das Problem?«

»Sie haben eine Tochter, ein bezauberndes Kind, das er sehr liebt.« Ray trank einen Schluck von dem heißen Kaffee.

»Das ehrt ihn. Aber auch das ist kein Grund, der dich wirklich hindern sollte, wenn du ihn liebst«, bohrte Hans weiter.

Ray seufzte wieder. »Ich weiß. Und es beschäftigt mich zwar sehr, aber es kann doch nicht das Einzige sein, das mich zögern lässt, oder? Ich will am liebsten immer und den ganzen Tag mit ihm zusammen sein. Ich fühle mich besser, kreativer, erfolgreicher, er gibt mir Energie. Und ich weiß, dass es ihm genauso geht. Dass wir zusammen mehr sind als zwei, etwas ganz Besonderes eben. Ich hätte nicht gedacht, dass so etwas möglich ist. Habe ich mir nicht genau das gewünscht? Warum bin ich dann nicht vorbehaltlos glücklich?« Tränen standen ihr in den

Augen, und sie wischte sich ärgerlich über das Gesicht. Aber es tat gut, für das, was in ihr schwelte, endlich einen Ausdruck gefunden zu haben. Ein Ventil. Sie hätte es malen können, aber die richtigen Worte hatten ihr bisher gefehlt.

»Mein kleiner Buddha«, sagte Hans und sah sie liebevoll an. »Ich weiß noch zu gut, wie wir vor einigen Monaten, als deine Mutter gestorben war, hier zusammensaßen und darüber sprachen, was nun aus dir werden sollte. Es war warm an dem Tag und im Atelier fast unerträglich heiß, erinnerst du dich? Wir haben von Kunst gesprochen und darüber, was es heißt, eine Künstlerin zu sein. Was Kunst von dir verlangt, was du geben musst, um dieser Gabe gerecht zu werden. Dass man wenig Kompromisse machen darf, wenn man an seine Sache glaubt. Du hast beschlossen, an die Cranbrook Academy zu gehen, um noch mehr zu lernen, und vor allem, um einmal in der Lage zu sein, dein eigenes Haus zu bauen. Du hast sogar überlegt, Schüler anzunehmen. Du hast ein freies, selbstständiges Leben geplant. Du hast dich gegen die Konvention und gegen den Wunsch deiner Mutter für ein eigenes, freies Leben entschieden. Und ein freies Leben bedeutet für eine Frau heutzutage nun mal, auf einen Mann an ihrer Seite zu verzichten. Ist es das, was dich quält?«

Ray nahm einen Schluck Kaffee. »Ja, das könnte durchaus sein. Wenn wir zusammen nach Kalifornien gehen sollten, und darüber haben wir nicht nur einmal gesprochen, dann werden wir beide arbeiten müssen. Zum einen gilt es, für unseren Lebensunterhalt aufzukommen, zum anderen muss er den Unterhalt für seine Tochter bezahlen. Daran geht kein Weg vorbei, ich möchte nicht, dass sich das Verhältnis zwischen Vater und Tochter verschlechtert.« Ray fühlte sich sicher, wenn sie über solche organisatorischen Dinge sprach, aber war das wirklich der Punkt?

Hans runzelte die Stirn. »Mädchen, um Himmels willen, versprich mir, dass du nicht in einem Diner bedienen wirst! Tu mir das nicht an. Und dir auch nicht. Hörst du?« Etwas ruhiger sprach er weiter: »Ray, hab nicht solche Angst. Liebe ist ein Wagnis, das ist sie immer. Man lässt die Mauern um sein Inneres fallen, lässt einen anderen Menschen in die eigene Seele schauen. Als Künstlerin bist du gewohnt, den Leuten Gefühle und Gedanken mitzuteilen, wenn auch eher über die Bildsprache. Ein Künstler, der sich nicht verletzlich macht, ist kein Künstler.« Er machte eine Pause, sah sie aufmerksam an. »Buddha, es ist eine Entscheidung, die du treffen musst. Willst du dein Leben allein verbringen und es nur der Kunst weihen, dafür aber riskieren, dass du einmal einsam sein wirst? Oder willst du dein Herz und deinen Geist für diesen Menschen öffnen auf die Gefahr hin, verletzt zu werden? Ich glaube, das hast du längst getan. Nun musst du entscheiden, ob du es wagen willst, dein Leben in seine Hände zu legen und sein Leben in deinen zu halten.«

»Ich möchte nichts lieber als das.« Ray bemerkte zufrieden, dass ihre Stimme fest klang, als sie das sagte.

Sie küsste Hans zum Abschied auf die Wange, versprach, bald wiederzukommen. Es schneite noch stärker, als sie auf die Straße trat und nach Hause eilte.

Sie wollte ihrer Freundin Helen in Chicago schreiben und sie um Obdach für ein paar Wochen bitten. Und sobald sie dort war, würde sie an Charles schreiben.

Kapitel 10

New York, Februar 1941

Charles war mit Eero nach New York gereist, eine endlos lange Zugfahrt, doch den Flug hatten sie sich nicht leisten können. Sie waren gerade rechtzeitig im Hotel angekommen, um an der Preisverleihung des MoMa teilnehmen zu können, und hielten nun endlich die Urkunde in den Händen. Im Anschluss an die Zeremonie hatten sie kurz mit den anderen Teilnehmern angestoßen, waren aber früh zurück ins Hotel gefahren und todmüde in ihre Betten gefallen. Sie teilten sich ein Zimmer, was kein Problem gewesen wäre, wenn Eero nicht so laut geschnarcht hätte, dass Charles kein Auge zugemacht hatte.

Es war vormittags, Eero wollte noch weiterschlafen, was Charles nur recht war, denn er hatte einen Plan. Sie würden erst am Nachmittag zurückfahren, bis dahin hatte er ein paar kostbare Stunden Zeit. Also hatte er seinen Mut zusammengenommen, eine Adresse recherchiert und ein Taxi bis zu einem Reihenhaus genommen.

Charles' Herz klopfte laut. Vielleicht hätte er Ray vorwarnen sollen, es war natürlich sehr unhöflich, sie einfach zu überraschen.

Um sie in seine Arme zu schließen. Und zu küssen. Und … Er musste seine Gedanken zügeln, vor allem jetzt, da er vor dem Haus stand, in dem Rays Bruder lebte. Wie hieß er noch?

Charles zog den Zettel mit Rays Adresse in New York aus der Jackentasche. Maurice Kaiser. Ja. Er war hier richtig. Charles atmete tief durch und drückte auf die Klingel.

Nach ein paar Sekunden öffnete sich die Tür. Der Mann, der Charles mit einem »Ja?« begrüßte, trug die Haare raspelkurz wie ein Soldat, seine Gesichtszüge wirkten jugendlich.

»Ich, also, ich bin Charles Eames, und ich würde gern Ray sprechen. Ray Kaiser.«

Der Mann musterte ihn interessiert. »Mr. Eames, ja? Ich bin Maurice Kaiser. Ich glaube, Ray hat Ihren Namen mal erwähnt. Sind Sie nicht Professor an der Cranbrook Academy?«

Charles räusperte sich. Der prüfende Blick des Mannes war fast unangenehm. Aber er musste ihm standhalten, er wollte unbedingt einen guten Eindruck machen, den besten. Schließlich handelte es sich um Rays einzigen Verwandten. Und er konnte verstehen, dass er seine Schwester beschützte. Selbst, wenn er diese Aufgabe in Zukunft übernehmen wollte. »Ja, ich lehre an der Akademie, das ist richtig. Ray hat uns geholfen, die Präsentation für einen Wettbewerb hier am MoMA zu erstellen und ...«

Maurice' Mundwinkel verzogen sich zu einem Lächeln. »Ja, davon hat sie erzählt. Und Sie wollten sie nun besuchen?«

Charles nickte heftig. Wie lange wollte dieser Mensch ihn denn noch hinhalten? »Ich hatte am MoMA zu tun, und nun ...«

Maurice schien seine aufkeimende Ungeduld zu bemerken und erlöste ihn. »Es tut mir leid, Ray ist schon vor zwei Tagen abgereist, sie wollte eine Freundin besuchen. Ehrlich gesagt hält sie es hier wohl nicht allzu lange aus. Zu wenig Kunstverstand bei mir und meiner Frau vielleicht. Zu viel Lärm von den Kindern vielleicht auch.« Er lächelte.

Ray war nicht da? Charles' Herz schien auszusetzen, und es fühlte sich an, als weiche alles Leben aus ihm. Er hatte sich doch mehr auf Ray gefreut, als er es sich eingestanden hatte. Und nun ... Er ließ die Schultern sinken. Was sollte er jetzt tun? Gehen? Am besten gehen und ... »Können Sie mir sagen, wohin sie gefahren ist? Also den Namen und die Adresse dieser Freundin?« Hastig stieß er diese Worte aus, er wunderte sich selbst darüber, wie dringend seine Frage klang. Aber so war es. Er musste unbedingt wissen, wo Ray war. Er sah ihren Bruder an, suchte nach Ähnlichkeiten mit Ray in seinen Zügen.

Maurice allerdings schüttelte den Kopf. »Ich kann Ihnen die Adresse nicht einfach geben, das müssen Sie verstehen. Es ist in Chicago. Ray wird Ihnen sicher schreiben, wenn sie möchte, dass Sie wissen, wo sie ist.« Er stockte. »Ich sehe, dass es Ihnen wichtig ist. Ray hat nicht viel darüber erzählt, wie es ihr in Bloomfield Hills ergangen ist. Ich glaube, es ist ein wenig kompliziert, oder? Ich habe selten eine derartige Mischung aus Freude und Verwirrung in ihrem Verhalten wahrgenommen. Eigentlich ist meine Schwester ein Mensch, der sehr genau weiß, was er will, und meist bekommt sie auch, was sie will. Trotzdem ist sie eine sehr sensible Person, und ich will nicht, dass sie verletzt wird. Verstehen Sie, was ich meine?« Maurice sah ihn streng an.

Charles nickte ernst. »Nichts will ich weniger, als Ray zu verletzen.«

Maurice quittierte das mit einer knappen Kopfbewegung. »Ich glaube Ihnen. Es tut mir leid, dass ich nicht mehr für Sie tun kann.« Er streckte Charles die Hand entgegen. »Hat mich gefreut, Sie kennenzulernen, Mr. Eames. Vielleicht sieht man sich ja wieder.«

Als Charles zurück ins Hotel kam, um Eero abzuholen, hatte er sich wieder im Griff. Und er wusste genau, dass er sich nie wieder so fühlen wollte. So schrecklich alleingelassen. Als fehlte ein Teil von ihm. Als vermisste er sein Augenlicht oder sein Gehör. Jedenfalls etwas Lebensnotwendiges. Er brauchte Ray an seiner Seite, zum Arbeiten und zum Leben. Das Gefühl, nicht zu wissen, wo sie war, nein, allein schon zu wissen, dass sie nicht in der Nähe war, das war nichts, was er lange ertragen konnte. Er liebte Ray, und er wollte sein Leben mit ihr verbringen. Wenn er noch einen Anlass gebraucht hatte, um Catherine um die Scheidung zu bitten, dann hatte er ihn jetzt.

»Was ist los, Kumpel«, fragte Eero neugierig, »geht es dir nicht gut?«

»Mir geht es sehr gut«, antwortete Charles und wusste, dass es die Wahrheit war. Er hatte eine Entscheidung getroffen, die er längst hätte treffen sollen. »Lass uns zum Bahnhof fahren, unser Zug fährt bald. Und ich glaube, ich hoffe, zu Hause wartet dringende Post auf mich.«

Kapitel 11

Chicago, März 1941

Es war wunderbar bei Helen. Noch wunderbarer war, dass Ray hier nach Herzenslust ihren Gedanken nachhängen konnte. Helen und ihr Mann hatten sie mit offenen Armen aufgenommen und sie angewiesen, es sich im Gästezimmer für unbestimmte Zeit gemütlich zu machen. Die Freundin hatte ihre Staffelei aus der Garage geholt und Ray geradezu genötigt, sie zu benutzen. Ray tat das, auch wenn sie nicht aufhören konnte, an Charles zu denken. Seit sie in Chicago war, tauschte sie mit ihm beinahe täglich Briefe aus. Seine bewahrte sie in einer Schublade des Schreibtischs im Gästezimmer auf, nur den jeweils neuesten steckte sie unter ihr Kopfkissen und träumte von dem neuen Leben, das sie und Charles in ihren Briefen entwarfen.

Sie hatte auf Hans gehört und war ihrem Herzen gefolgt. In den Briefen offenbarte sie Charles, dass sie sich nichts sehnlicher wünschte, als mit ihm gemeinsam zu leben und zu arbeiten, und schlug vor, in Bloomfield Hills zu bleiben.

Doch noch immer bedrückte sie der Gedanke, dass Charles ein verheirateter Mann war. Das widersprach allem, was ihre Eltern ihr jemals zum Thema Anstand beigebracht hatten. Deshalb hatte sie in Gesprächen mit Maurice tunlichst verschwiegen, dass er noch verheiratet war. Ihr eigenes Gewissen hingegen konnte sie nicht belügen. Ein verheirateter Mann! Ihre

Mutter hatte sie immer davor gewarnt, sich in so einen zu verlieben. *Nichts Gutes kommt dabei heraus, nur Kummer und Leid.* Alles, was ein verheirateter Mann von einem unverheirateten Mädchen wolle, könne nur in höchstem Maße unschicklich sein. Die Stimme ihrer Mutter klang in Rays Ohr, und sie war traurig, dass sie sich nicht mit ihr beraten konnte, auch wenn sie sie mit Sicherheit getadelt hätte.

Eigentlich konnte sie mit niemandem über ihre Gefühle sprechen, auch Helen hätte eine Affäre mit einem vergebenen Mann nicht gutgeheißen. Ihr hatte Ray nur gesagt, dass sie eine Auszeit von Bloomfield Hills brauchte, und die Freundin hatte sie mit offenen Armen aufgenommen.

Helen lebte hier in ihrer Vorstadtidylle, in dem großen Holzhaus mit den schweren Eichenmöbeln, den amerikanischen Traum, den man sich nur leisten konnte, wenn die Familie Geld hatte. Ray hatte ihr bisheriges Leben in solchen Häusern verbracht, aber wenn es irgendwie möglich war, wollte sie in Zukunft anders wohnen. Das war auch ein Grund gewesen, warum sie an die Cranbrook Academy gegangen war. Die Zukunft des Wohnens musste doch anderswo liegen als in schweren dunklen Eichenmöbeln. Eher doch in klaren Linien und organischen Formen. Häuser mussten sich doch an die Menschen anpassen und nicht umgekehrt. Sie jedenfalls wollte in einem Haus leben, das perfekt für ihre eigenen Bedürfnisse war. In dem sie malen konnte, in dem sie leben und mit Freunden Zeit verbringen konnte. Keines, das in erster Linie der Repräsentation diente, um den Nachbarn in der Straße zu zeigen, was man im Leben alles geschafft hatte.

Sie sah aus dem Fenster, vor dem sich ein großzügiger Garten erstreckte. Die ersten Frühlingsblumen streckten die Köpfe in die Nachmittagssonne. An den alten Eichen zeigten sich die ersten Blätter und der Rasen vor dem Haus zeigte ein hoffnungsfrohes Grün. Ein wunderbarer Platz, um den Frühling abzuwarten.

Ray beugte sich wieder über den Briefbogen, der vor ihr auf dem Sekretär lag. Ein zärtliches Gefühl stieg in ihr auf. Charles hatte ihr versichert, dass er sich frei machen würde. Dass er mit Catherine sprechen und einen Weg finden würde, mit ihr, Ray, zusammen zu sein. Für seine Tochter würde er sorgen, und das war Ray sehr wichtig. Sie mochte das Mädchen und tat sich schwer genug damit, einem Mädchen den Vater wegzunehmen. Da konnte Charles ihr noch so oft versichern, dass sie das nicht tat und seine Ehe mit Catherine sowieso längst am Ende war. Für Ray war wichtig, dass Lucia nicht leiden musste, und sie hoffte, dass sie ihr eine Freundin sein würde. Ein Traum, der wahr wurde.

Sie würde spätestens im Juni mit Charles nach Michigan gehen und von da an den Rest ihres Lebens mit ihm zusammen verbringen. Ray spürte, wie ihr Herz vor Aufregung klopfte.

Kapitel 12

Bloomfield Hills, März 1941

Charles lebte für Rays Briefe. Und er arbeitete an ihrem neuen, gemeinsamen Leben. An diesem Morgen hatte er ein Gespräch mit Richard Raseman, dem Verwaltungschef an der Cranbrook Academy. Richard hatte die letzten Wochen eine regelrechte »Bleib in Cranbrook«-Kampagne gestartet und machte Charles, wann immer er ihn traf, auf die vielen Vorteile aufmerksam, die ein Verbleib in Bloomfield Hills mit sich brächte. Doch Charles wusste, dass Ray hier nicht glücklich werden würde. Sie sehnte sich nach der kalifornischen Sonne, und sie hatte es verdient, mit ihm neu anzufangen und nicht als Catherines »Nachfolgerin« gesehen zu werden.

Heute wollte Charles endgültig um seine Entlassung zum Ende des Semesters bitten. Vorher aufzuhören, konnte er sich leider nicht leisten, auch wenn ihn hier nicht mehr viel hielt. Catherine forderte Unterhalt für Lucia und eine Abfindung für sich. Der Betrag schien Charles angemessen, aber er verfügte über keinerlei Ersparnisse und wusste ja noch nicht, wo und wie er zukünftig für seinen und Rays Lebensunterhalt sorgen sollte.

Er machte sich auf den Weg zu Rasemans Büro, das im Hauptgebäude lag. Wie schön der Campus mit seinen vielen Blumenbeeten im Frühling war. Charles blieb stehen und betrachtete das Farbenspiel. Kleine blaue Sterne, weiße Blüten, die wie ein Tannenbaum aus kleinen Schneebällen aussahen, daneben die ersten roten Tulpen, dazu Narzissen. Könnte er doch nur den Anblick zusammen mit Ray genießen.

Er schüttelte sich und ging weiter, er durfte nicht zu spät kommen. Raseman war ein guter Mann, den man nicht warten ließ, auch wenn Charles innerlich längst mit Cranbrook abgeschlossen hatte.

Kurz darauf klopfte er an die Bürotür des Executive Secretary und trat in den Raum. Raseman saß am Schreibtisch und sprang auf, als er Charles erblickte. Er kam auf ihn zu, um ihm die Hand zu schütteln.

»Eames, gut, Sie zu sehen, kommen Sie, setzen Sie sich. Ich hoffe, Sie bringen gute Nachrichten mit.«

Charles lächelte schwach. »Tut mir leid, Raseman, ich kann wirklich nichts anderes sagen als letzte Woche. Ich hatte die beste Zeit hier, ich liebe den Campus und die Arbeit, aber meine Zukunft liegt woanders.«

Raseman verlor sein Lächeln nicht. »Sie verstehen, dass wir nicht gern einen so guten Mann wie Sie verlieren. Ich möchte Ihnen einen Vorschlag machen, den Sie hoffentlich nicht als unverschämt empfinden. Bitte, nehmen Sie Platz.«

Charles hob die Augenbrauen. Was sollte das denn werden? Er setzte sich auf den Besucherstuhl, Raseman gegenüber.

Dieser fuhr fort: »Es ist natürlich Ihre Privatangelegenheit, aber so eine Universität funktioniert manchmal wie ein Dorf, und Gerüchte verbreiten sich schneller, als einem lieb ist. So ist mir zu Ohren gekommen, dass Sie und Catherine getrennte Wege gehen. Und auch, dass es da eine andere junge Dame gibt. Ohne Ihnen zu nahe treten zu wollen, möchte ich Sie wissen lassen, dass es sowohl für Sie als auch für Miss Kaiser einen Platz in Cranbrook gibt. Wir würden Ihnen auch die Möglichkeit geben, zusammenzuarbeiten. Miss Kaiser würde sich gut in unseren Lehrkörper einfügen.« Raseman sah Charles erwartungsvoll an.

Sie boten Ray einen Job an? Das hatte er tatsächlich nicht erwartet.

»Danke für dieses großzügige Angebot. Ich muss zugeben, dass ich sprachlos bin. Das ist natürlich eine Sache, die ich mit Ray, Miss Kaiser, besprechen muss.« Charles war verwirrt. Er hatte sich seine Worte vorher so sorgfältig zurechtgelegt, um nichts zu vergessen und seinen Standpunkt durchzusetzen. Und nun war die Welt schon wieder eine andere.

Raseman schien ihm die Irritation anzusehen. »Lassen Sie sich alles in Ruhe durch den Kopf gehen, Charles. Und natürlich müssen Sie mit Miss Kaiser sprechen. Kommen Sie einfach in den nächsten Tagen wieder bei mir vorbei.« Er stand auf.

Charles erhob sich ebenfalls, verabschiedete sich und ging nachdenklich nach Hause. Er holte die Post aus dem Briefkasten und öffnete die Haustür.

»Hallo? Catherine?«

Keine Antwort. Seit sie die Scheidung eingereicht hatten, war Catherine meist nicht zu Hause, obwohl er auf das Sofa im Wohnzimmer gezogen war, das sie kaum noch betrat. Sie würde später, nachdem sie Lucia von der Schule abgeholt hatte, wiederkommen und Abendessen kochen. Meist nahm er an den Mahlzeiten nicht teil, denn obwohl sie mit dem Geld einkaufte, das er verdiente, fühlte er sich bei diesen Familienessen nicht mehr wohl. Stattdessen aß er in der Kantine oder kaufte sich etwas. Nur wenn Lucia ihn ausdrücklich darum bat, sprang er über seinen Schatten und setzte sich mit an den Tisch.

Nun nutzte er die Chance und machte sich ein paar belegte Brote. Damit zog er sich ins Wohnzimmer zurück, rückte sich den Sessel ans Fenster, biss in ein Sandwich und sah die Post durch. Es waren zwei Rechnungen dabei, eine von einer Schneiderin, die Catherine gern beauftragte. Während Charles sich bemühte, so sparsam wie irgend möglich zu sein, um wenigstens ein bisschen Startkapital für sein neues Leben zu haben, folgte Catherine seinem Beispiel nicht. Und wenn er sie darum bat, antwortete sie schnippisch, dass sie ja wohl das Recht habe, so viel Geld auszugeben, wie eben notwendig sei, und zwar ihrer Auffassung nach, nicht seiner. Vermutlich war sie verletzt, nachdem Charles sie um eine zügige Scheidung gebeten hatte. Dabei hatte sie selbst in der Vergangenheit so oft davon gesprochen. Offenbar gefiel es ihr nicht, dass sie die Sache nicht mehr selbst in der Hand hatte.

Passend zum Thema hielt Charles als Nächstes einen Brief vom Gericht in der Hand. Hastig riss er den Umschlag auf und zog die Scheidungspapiere heraus.

Er hielt inne. War das wirklich wahr? Das war das Ende?

Als er Catherine kennengelernt hatte, war er gerade mal einundzwanzig Jahre alt gewesen. Er studierte zu dem Zeitpunkt in St. Louis an der Washington University Architektur, genauso wie Catherine. Ihr Vater war ein Bauunternehmer und Catherine hatte ursprünglich die Absicht gehabt, in sein Geschäft mit einzusteigen. Doch als sie sich getroffen hatten, war alles sehr schnell gegangen. Sie hatten sich ineinander verliebt, hatten geheiratet, und bald darauf war Catherine schwanger gewesen. Sie hatte natürlich nicht weiterstudiert, und er war wenig später wegen fachlicher Differenzen von der Universität geflogen. Was er bedauert hatte, ihn aber nicht daran gehindert hatte, ein eigenes Architekturbüro zu eröffnen, gleich nach der Hochzeit mit Catherine.

Zweiundzwanzig Jahre alt war er gewesen, als er Catherine kennengelernt hatte, ein Jahr später war Lucia geboren worden. Er hatte acht lange Jahre in seinem Büro gearbeitet, sie hatten ein ruhiges, aber wenig inspirierendes Leben geführt. Vielleicht war er schon damals hinter Catherines Erwartungen an ihn zurückgeblieben? Sie stammte aus einem wohlhabenden Elternhaus, war es gewohnt gewesen, sich vor allem um ihr eigenes Vergnügen zu kümmern. Charles dagegen hatte, seit dem frühen Tod seines Vaters, neben Schule und Universität immer gearbeitet, um Geld für sich und die Familie zu verdienen. Aber es war nicht alles schlecht in der Ehe gewesen, am Anfang nicht. Und schließlich hatte er etwas bekommen, das ihm niemand mehr nehmen konnte. Lucia. Die beste aller Töchter, hübsch, talentiert, klug. Er hatte mit ihr darüber gesprochen, dass er künftig mit Ray in Kalifornien leben würde. Lucia hatte sehr verständig reagiert und freute sich darauf, ihre Schulferien von nun an größtenteils in Kalifornien zu verbringen. Ein wundervolles neues Leben stand ihm bevor. Er mochte zwar nicht viel mehr haben als zwei gesunde Hände und einen halbwegs brauchbaren Kopf. Aber er hatte die beste Frau gefunden, die man sich wünschen konnte. Mit Ray war die Zukunft golden.

Nachdem er die Post erledigt hatte, schrieb Charles an Ray, dass nun alles geordnet sei, auch wenn das auch nicht ganz stimmte. Mit der Scheidung war der Grundstein gelegt, doch das laufende Semester fesselte ihn an Bloomfield Hills.

Cranbrook Academy of Art

Freitag, 30. Mai 1941

Liebe Miss Kaiser,

Ich bin (fast) 34 Jahre alt, (jetzt wieder) Single und
vollkommen pleite.
Ich liebe Dich sehr und möchte Dich sehr, sehr bald*
heiraten. Ich kann leider nicht versprechen, dass ich sehr
gut für uns sorgen kann, – aber wenn Du mir die Chance
gibst, werde ich es verdammt noch mal versuchen,
so gut ich kann.

* bald heißt, sehr sehr bald. Schnellstens.
Was ist Deine Ringgröße?

In Liebe
xxxxxx
Dein Charlie

Kapitel 13

Bloomfield Hills, April 1941

Hin und wieder leistete Charles sich eins der teuren Ferngespräche und rief Ray an. Einfach um ihre Stimme zu hören. So auch an diesem sonnigen Frühlingstag im April. Ray schwärmte ihm vor, wie entzückend der Garten ihrer Gastgeberin aus dem Winterschlaf erwachte.

»Du solltest die Vögel hören, es ist eine einzige Freude, diesem Gesang zu lauschen.«

Charles lächelte. »Meine größte Freude ist es gerade, dir zu lauschen, geliebte Frau.«

Ray lachte. »Lauschst du nur, oder hörst du mir auch zu?«

»Ich sauge jedes deiner Worte in mich auf. Ich verwahre sie in mir, hole sie hervor, wenn du nicht bei mir bist. Ach, ich vermisse dich.«

Ray schien kurz zu zögern. Ihre Stimme klang belegt, als sie antwortete: »Da sagst du was. Wenn ich nicht so ein ausgezeichnetes Gedächtnis hätte, wüsste ich kaum noch, wie du aussiehst.«

Charles schluckte hart. »Du hast recht, wir haben uns viel zu lange nicht gesehen.«

»Im Dezember zuletzt.«

Kurz schloss er die Augen. Vier Monate. Das war zu lang. »Das geht so nicht. Wir müssen uns sehen, sonst fangen wir an,

Bilder und Vorstellungen voneinander zu lieben, anstatt uns als wirkliche Menschen wahrzunehmen. Könntest du nicht …« Er brach ab. Er konnte es nicht von ihr verlangen. Nicht jetzt.

Nach kurzem Schweigen hörte er Rays Stimme. »Es stimmt. Wir haben uns zu lange nicht gesehen, wir müssen uns treffen. Aber ich kann und werde nicht nach Bloomfield Hills kommen, versteh das bitte.« Ihre Stimme war leise, sie klang, als wollte sie sich entschuldigen.

Aber Charles verstand sie. Ray war es von Anfang an wichtig gewesen, integer zu bleiben. Sie wollte weder Lucia noch Catherine begegnen, um die beiden nicht einer peinlichen Situation auszusetzen. Und sie wollte ihn schützen, seinen Ruf und seine Arbeit. Er war ihr dafür dankbar, dennoch …

»Aber wir könnten uns in New York treffen, was hältst du davon?« Rays Stimme klang jetzt hoffnungsvoll.

»Auf neutralem Boden sozusagen? Ich finde, das ist eine exzellente Idee, Miss Kaiser.« Charles war erleichtert.

»Sehr gut, Mr. Eames. Dann werde ich jetzt an meinen Bruder schreiben und meinen Besuch ankündigen. Und wir treffen uns dann …«

»Im MoMA!«

Insgeheim bedauerte Charles, dass es nicht möglich sein würde, sich an einem intimeren Ort zu treffen. Doch Maurice würde nicht gutheißen, dass seine Schwester einen Mann in seiner Situation traf, und in ein Hotel würden sie als unverheiratetes Paar gar nicht erst eingelassen. Aber das war egal. Auch wenn er sie nicht ganz für sich haben konnte, er würde sie sehen, sie spüren und küssen. Und das allein bedeutete ihm die Welt.

Es dauerte noch zwei Wochen, bevor Charles endlich die Zeit fand, sich an einem Freitagabend in den überfüllten Zug nach New York zu setzen. Er mietete sich in einem billigen Hotel am Bahnhof ein und lag ein paar Stunden unruhig auf dem Bett, weil er vor Aufregung nicht schlafen konnte. Viel zu früh war er wach, zog sich an und kontrollierte viermal sein Aussehen in dem halb blinden Spiegel in seinem Hotelzimmer. Lange vor der Zeit war er am Museum.

Er hatte kaum einen Blick für den Betonbau, er war viel zu nervös. Sollte er sich die Zeit mit einem Spaziergang vertreiben? Nein, lieber nicht. Am Ende würde er Ray verpassen. Er wollte nicht einmal eine einzige Minute mit ihr verpassen. Er beschloss, vor dem Eingang auf und ab zu gehen, denn um stehen zu bleiben, war der Wind zu kalt.

Sobald er erkannt hatte, dass die Menschen um ihn herum nicht Ray waren, interessierte er sich nicht mehr für sie.

Die Zeit verstrich, und plötzlich kam ihm der Gedanke, dass er sie verpasst hatte. Doch ein Blick auf seine Armbanduhr sagte ihm, dass er immer noch überpünktlich war.

Aber vielleicht war ihr etwas zugestoßen? Ein Unfall, ein Missgeschick? Oh nein, das durfte nicht sein, er schüttelte seinen Kopf. Seine Gedanken drehten sich im Kreis.

Bis er sie sah.

Sie kam auf dem Gehweg auf ihn zu. Sie sah bezaubernd aus, in einem dunkelblauen Kleid, mit hellen Handschuhen und dazu passendem kleinen Hut auf dem Kopf. Der Rock wippte fröhlich beim Gehen, und als er ihre blitzenden Augen und die verführerischen roten Lippen sah, wusste er, dass sie sich zurückhielt, um nicht auf ihn zuzulaufen.

Es schien ihm, als wolle er vor Freude explodieren. Er riss

Ray in seine Arme und wirbelte sie herum. Was für ein Glück! Er hatte endlich seine Frau in den Armen. Er küsste Ray, und es war ihm egal, dass sie mitten auf der 53rd Street standen und alle Menschen ihnen zusehen konnten.

Ray machte sich los und strahlte ihn an. »Es ist so schön, dich endlich zu sehen, Mr. Eames.«

»Das ist es, junge Frau. Wir sollten nicht so lang voneinander getrennt sein, meinst du nicht? Wie lange war es, vier Monate? Fast fünf? Was hältst du davon, mir hier und jetzt zu versprechen, dich niemals wieder so lange von mir zu trennen. Ich möchte, dass wir unser Leben zusammen verbringen. Jede einzelne Minute.«

Nun war es an Ray, die Arme um ihn zu schlingen. Sie stellte sich auf ihre Zehenspitzen, um ihn zu küssen. »Ich verspreche es.«

Sie gingen ins Museum, sahen eine Ausstellung über indigene Kunst an, die Ray tief zu beeindrucken schien. Immer wieder sprach sie über die Farben und die Muster. Anschließend spazierten sie Hand in Hand durch den Central Park, stießen mit Tee auf ihre Verlobung an und sprachen über die Zukunft.

»Wir müssen eine Entscheidung treffen«, sagte Charles. »Ich habe dir von Rasemans Angebot schon erzählt. Er schlägt vor, dass wir beide an der Cranbrook Academy bleiben und dort zusammenarbeiten. Ich habe eine klare Meinung dazu, ich würde dich aber gern nach deiner fragen.«

Ray rührte verlegen in ihrem Tee. »Ich möchte dich auf keinen Fall von einer Karriere als Professor in Cranbrook abhalten. Aber ich bin nicht sicher, ob das der richtige Ort für mich ist. Aber wenn du gern dort sein möchtest, würde ich es versuchen. Ich …«

»Schhh, nicht weitersprechen. Ich wollte deine Meinung hören, und sie deckt sich mit meiner. Wir sollten einen neuen Weg gehen.« Als in Rays Gesicht etwas aufleuchtete, wusste er, dass er die richtige Entscheidung getroffen hatte. Seine Ray brauchte Sonne, Wärme, Liebe und Leben.

Kapitel 14

Chicago, Ende Mai 1941

Es war schwer, zu entscheiden, was man für einen kompletten Neuanfang am anderen Ende des Landes brauchte, fand Ray. Und es gab gute Gründe, genau zu überlegen, was sie behalten wollte. Sie hatte nicht alle ihre Sachen in Bloomfield Hills dabeigehabt und auch jetzt nicht bei Helen. Doch nun hatte Maurice ihr eine Reisekiste mit ihren Habseligkeiten geschickt. Darin befanden sich auch einige Erinnerungsstücke an ihre Mutter, andere Andenken und noch mehr Kleidung. Sie konnte unmöglich alles in Charles' kleines Auto packen und wer wusste schon, wo sie in Los Angeles unterkommen würden. Sie seufzte.

Es war immer besser, mit möglichst kleinem Gepäck neu anzufangen. Sie musste an die Siedler denken, zu denen ja auch die Familie ihrer Mutter gehört hatte. Vermutlich hatten die Frauen damals auch genau überlegen müssen, was sie mitnehmen sollten. Zwar bot ein Planwagen vermutlich mehr Raum als ein Ford, aber den musste sich immerhin eine vielköpfige Familie mit ihren Habseligkeiten teilen. So gesehen hatten Charles und sie ausreichend Platz für alles, aber es gab etwas, von dem sie noch sehr viel mehr brauchen konnten, nämlich Geld.

Ray stand in ihrem Zimmer vor dem Bett und überlegte, welche ihrer Kleider und Kostüme sie behalten würde und welche sie verkaufen konnte. Viel Geld bekam man nicht für gebrauchte Kleidung, aber Helen hatte ihr einen Laden in der Innenstadt empfohlen, der ihr die Sachen abkaufen würde. Den warmen Mantel, den dünnen, zwei Alltagskleider, drei Blusen, ein Kleid zum Ausgehen, eine Strickjacke, Schuhe, Strümpfe, Wäsche, Handschuhe, ein Tuch und zwei Hüte. Mehr brauchte sie doch nicht? Sie würde drei Kleider verkaufen. Sie konnte sich neue nähen, wenn es sein musste.

Ray packte die Sachen, die sie behalten würde, wieder weg und wandte sich dem Schreibtisch zu. Dort wartete die schwierigere Aufgabe, nämlich ihre Pinsel, Farben und Papier. Ray nahm jedes einzelne Stück in die Hand und wog es hin und her, legte es wieder zurück. Dann betrachtete sie den Lederkoffer, in dem sie ihre Mal- und Zeichensachen aufbewahrte. Wenn sie ihn sehr sorgfältig einräumte, dann würde bestimmt alles, was sie brauchte, hineinpassen. Das war schließlich ihr Arbeitsmaterial, denn Geld verdienen musste sie.

In den letzten Wochen hatte sie vergeblich versucht, hier in Chicago eine Arbeit zu finden, und langsam schmolzen ihre Ersparnisse dahin. Sie hatte ein mulmiges Gefühl im Magen bei dem Gedanken daran. Wie würden sie über die Runden kommen? Würden sie und Charles es schaffen, sich gemeinsam etwas aufzubauen? Zwar hatten sie beide keine großen Ansprüche, aber von irgendetwas mussten sie schließlich leben. Außerdem waren sie ja auch für die kleine Lucia verantwortlich, die bei ihrer Mutter blieb. Ja, sie, Ray, fühlte sich auch für Lucia verantwortlich. Sich das einzugestehen, hatte das schlechte Gewissen ein wenig gedämpft.

Rays Herz fing an zu klopfen. Kein Netz, kein doppelter Boden. Ihr wurde schwindlig, und sie musste sich hinsetzen. Aber dann hörte sie zum Glück Hans' beruhigende Worte im Ohr: »Du bist ja nicht allein.«

Ja, so war es. Sie war nicht allein, sie waren ein Paar, ein verlobtes Paar. Ihr wurde ganz warm, und sie spürte, wie Dankbarkeit in ihr aufstieg.

Und endlich auch die Abenteuerlust.

Kapitel 15

Bloomfield Hills, Anfang Juni 1941

Endlich war das Semester zu Ende. Mit einem weinenden und einem lachenden Auge drehte Charles eine letzte Runde über den Campus. Er hatte die Zeit an der Cranbrook Academy sehr gemocht, im Frühling mehr als im Winter, zugegeben. Er hatte gute Freunde gefunden, unter anderem Eero, der ihm tatsächlich auf das Patent für den Stuhl ein kleines Darlehen gegeben hatte, das sein Startkapital für das neue Leben sein würde. Jetzt trennte ihn nur noch ein Tag von seiner Zukunft mit Ray. Einzig dass er Lucia nun nicht mehr täglich sehen würde, trübte die Aussicht auf die Zukunft.

Catherine und er hatten den gemeinsamen Haushalt aufgelöst, heute würden sie die restlichen Kisten packen. Für morgen war das Transportunternehmen bestellt, um die Umzugskisten nach St. Louis zu befördern. Dort hatte Catherine für sich und Lucia eine Wohnung in der Nähe ihrer Eltern gefunden. Er selbst würde mit dem neuen Wagen, den er sich gekauft hatte, nach Chicago und zu Ray in eine ungewisse, aber aufregende und ersehnte Zukunft fahren.

Er lenkte seine Schritte zum Haus, Catherine und Lucia waren noch unterwegs, um Abschiedsbesuche zu machen. Das Haus kam ihm fremd vor, so leer. Überall standen gepackte Kisten und Koffer, die leeren Bücherregale glotzten ihn an wie einen Fremden im eigenen Haus. Aber das war es ja nun nicht mehr.

Das Telefon klingelte. Das Geräusch kam ihm in dem leeren Haus ungewöhnlich laut vor, und er beeilte sich, abzuheben.

»Charles? Bist du das?« Die Stimme seiner Mutter.

»Mutter, wie geht es dir?«

»Mir?«, die Stimme am anderen Ende klang schrill, »schlecht geht es mir. Was sind denn das für Nachrichten, die ich da höre? Warum hast du mir nichts davon erzählt, dass ihr euch scheiden lasst?«

Charles schluckte. Sie hatte recht, er hatte sich bisher davor gedrückt, ihr reinen Wein über seine Lebensumstände einzuschenken. Nachdem sein Vater gestorben war, hatte Charles früh die Pflichten des Haushaltsvorstands übernehmen müssen. In den Augen seiner Mutter hatte das vor allem geheißen, dass er arbeiten gehen musste. Dass er trotzdem weiter in die Schule gegangen war, sich durchgekämpft hatte und am Ende sogar studierte, war sein eigenes Verdienst gewesen. Mutter hatte ihm zwar keine Steine in den Weg gelegt, sie hatte ihn aber auch nicht unterstützt. Und er hatte geahnt, dass sie das jetzt auch nicht tun würde. Zu sehr war sie von der reichen Schwiegerfamilie fasziniert gewesen.

»Du hast mit Catherines Eltern gesprochen, nicht wahr?«, stellte er fest.

»Natürlich habe ich das? Ich bin fast gestorben, als ich gehört habe, dass ihr euch trennt. Hättet ihr nicht ein klein wenig Rücksicht auf eine alte Frau wie mich nehmen können?« Ihre Stimme klang weinerlich.

»Aber Mama. Ich verstehe, dass du dich aufregst. Catherine und ich haben es uns nicht leichtgemacht und es lange herausgezögert, aber glaub mir, es ist wirklich am besten so.« Charles bemühte sich, so beruhigend wie möglich zu klingen.

»Es mag sein, dass das die beste Lösung für Catherine und dich ist. Aber wie soll die arme Lucia ohne dich leben? Das Kind hängt so sehr an dir, sie braucht doch ihren Vater.«

Charles schluckte. Damit hatte sie an seinen größten Schmerz gerührt. Die Trennung von Lucia fiel ihm schwerer als alles andere.

»Lucia wird sämtliche Schulferien bei Ray und mir verbringen, und auch sonst werden wir viel Kontakt haben. Schließlich gibt es das Telefon. Auf jeden Fall kannst du dich darauf verlassen, dass wir alle das Beste aus der Situation machen werden.«

Er hörte ein Geräusch an der Tür. »Ich muss auflegen. Wir haben hier noch so viel zu tun. Ich melde mich bald bei dir, ja?« Mit diesen Worten legte er auf, bevor seine Mutter noch etwas sagen konnte. Die Erwähnung von Ray hätte sicher eine neue Tirade nach sich gezogen. Er seufzte und wandte sich zur Tür.

Lucia drängte sich an Catherine vorbei und flog in seine Arme. Glücklich hob er sie hoch, wirbelte sie herum und küsste sie auf die Stirn. Dann ließ er Lucia auf dem Boden aufkommen und grüßte Catherine, die jedoch an ihm vorbeisah und in die Küche ging.

»Mama, von welchem Teller soll denn Papa dann essen?« Lucia hielt inne, als sie gerade dabei waren, die Küchenschränke zu leeren.

Catherine warf ihm einen Blick zu, drehte sich aber weg und sagte nichts.

»Mein Schatz, ich werde sicher einen Teller haben, von dem

ich essen kann. Mach dir keine Sorgen um mich.« Charles nahm Lucia in den Arm. »Wollen wir ein wenig in den Garten gehen?« Er nahm seine Tochter an der Hand und führte sie vor das Haus. Die Wohnhäuser der Professoren hatten keine eigenen großen Gärten, nur einen kleinen Bereich, der in den Park überging. Sie setzten sich auf eine Bank unter eine Eiche.

»Weißt du, Lucia« sagte Charles nach einem Moment des Schweigens, »ich habe dich sehr, sehr lieb, und du bist für mich das Wichtigste auf der Welt. Aber ein Mädchen gehört nun mal zu seiner Mutter, und deswegen finde ich es richtig, dass du mit Mama nach St. Louis gehst. Ein Mädchen gehört aber auch zu seinem Vater. Deshalb freue ich mich jetzt schon, wenn du mich in deinen Schulferien besuchen wirst. Du wirst immer mein liebstes Mädchen sein, und daran wird sich auch nichts ändern, wenn ich in Los Angeles lebe. Verstehst du das?«

Lucia betrachtete ihre Schuhspitzen und nickte.

Charles wartete einen kleinen Augenblick, aber sie sagte nichts. »Du bist traurig, stimmt's?«

Wieder nickte Lucia.

»Das verstehe ich sehr gut. Mama und ich sind nicht mehr zusammen, und wenn etwas zu Ende geht, dann ist das traurig. Ich bin auch traurig und ich denke, Mama ist es auch. Aber diese Traurigkeit geht vorbei, weil wir beide uns liebhaben. Und wenn du mich besuchst, werden wir sehr glücklich sein. Wir gehören immer zusammen. Ich werde weiter an dem Stuhl arbeiten, bei dem du mitgeholfen hast, erinnerst du dich? Ich werde deine Hilfe brauchen, weil du eine Künstlerin bist.«

Nun lächelte Lucia ihn zaghaft an. »Wirklich, Daddy?«

»Ja, natürlich. Künstler müssen zusammenhalten, stimmt's?«

Nun grinste Lucia. »Wir halten zusammen.«

»Das tun wir, mein Augenstern.«

Sie saßen noch eine Weile und beobachteten einen Schmetterling, der über die Wiese tanzte. Dann hörten sie Catherine nach ihnen rufen und kehrten zurück ins Haus.

Am nächsten Morgen standen sie zu dritt an der Straße vor dem Haus, während die Möbelpacker den Hausrat verluden. Charles drückte Lucia an sich und küsste sie überschwänglich. Anschließend verabschiedete er sich etwas steif von Catherine und stieg in seinen Wagen, um nach Chicago zu fahren. Er winkte Lucia zu, bis er sie im Rückspiegel nicht mehr sehen konnte. Dann atmete er tief durch und konzentrierte sich auf den Weg, der vor ihm lag.

Kapitel 16

Chicago, 20. Juni 1941

Es war ein strahlender Tag, und der Garten in Helens Haus schien sich extra fein gemacht zu haben. Bienen und Schmetterlinge summten über den Blumenbeeten, ein paar Bäume spendeten Schatten für die lange Tafel, die Helen zur Feier des Tages draußen aufstellen hatte lassen.

Ray bedauerte, dass sie sich kein Brautkleid geschneidert hatte, allerdings war dazu auch keine Zeit gewesen. Sie trug einen hellen Rock und eine Kostümjacke, die sie im letzten Sommer entworfen und genäht und beim letzten Treffen mit Charles in New York schon getragen hatte. Helen hatte ihr ein entzückendes weißes Hütchen dazu ausgeliehen.

Rays Bruder Maurice und seine Frau waren aus Louisiana angereist, Eero und seine Frau waren aus Bloomfield Hills gekommen, und Lee hatte ihren neuen Freund mitgebracht, diesen Maler namens Jackson Pollock. Er war um die dreißig, also in Rays Alter, wenngleich ihn seine hohe Stirn älter aussehen ließ.

Ray hatte überlegt, ob sie ihre Hochzeit im großen Stil feiern sollten. Schließlich war es ein einzigartiges Ereignis und sie genoss es, Partys zu geben. Am Ende hatten Charles und sie aber entschieden, nur den engsten Freundeskreis einzuladen, denn sie wollten schon am nächsten Tag nach Los Angeles reisen.

Helen hatte es sich nicht nehmen lassen und den Garten sehr hübsch hergerichtet, Stühle aufgestellt und eine Blumengirlande in die Obstbäume gewunden, unter der Charles jetzt zusammen mit dem Friedensrichter wartete.

Ray sah ihren Bruder an, der neben ihr stand und sie an Vaters statt zu Charles führen würde. Maurice trug seine Uniform und sah sehr würdevoll aus, fast als wollte er sicherstellen, dass Ray es sich nicht anders überlegte. Sie unterdrückte ein Kichern. Maurice hatte es nach dem Tod des Vaters als seine Pflicht angesehen, auf Ray aufzupassen, schließlich war er nun der männliche Vorstand der Familie. Doch Ray hatte es ihm nicht leicht gemacht. Sie hatte von klein auf in ihrer eigenen kreativen Welt gelebt und kaum darauf geachtet, was von ihr erwartet wurde. Sie hatte sich zwar mit sogenannten weiblichen Dingen befasst, Mode und Malerei, aber weder beizeiten geheiratet noch sich auch nur ansatzweise für das Leben interessiert, das die Gesellschaft für junge Damen vorsah.

»Bist du sehr froh, dass ich jetzt doch nicht als alte Jungfer ende, Bruderherz?«, flüsterte sie.

Maurice wandte sich zu ihr und lächelte. »Es war ziemlich knapp davor, meinst du nicht, Ray-ray? Er nickte Richtung Charles. »Ich hätte es ja bevorzugt, wenn dein Zukünftiger in aller Form um deine Hand angehalten hätte, wie es sich gehört. Aber ich schätze, er wird gut auf dich achtgeben, oder?«

»Du meinst, obwohl er schon einmal verheiratet war?« Bei Rays Worten zuckte Maurice leicht zusammen, denn das war in seinen Augen der Wermutstropfen bei der ganzen Sache, ein Unsicherheitsfaktor, den Maurice vermutlich gern ignoriert hätte.

»Er wird gut auf mich achtgeben und ich auf ihn«, sagte Ray

im Brustton der Überzeugung. Ihr Blick traf Charles', und ihre Liebe durchflutete sie wie eine warme Welle. Heute war der erste Tag vom Rest ihres Lebens, und morgen würden Mr. und Mrs. Eames die zweitägige Reise nach Los Angeles in Angriff nehmen.

Auch am zweiten Tag der Reise wollte Ray die Augen am liebsten immer noch nicht von Charles abwenden, der am Steuer saß. Die Rückbank und der Kofferraum des Wagens waren vollgestopft mit den notwendigsten Dingen, der Rest würde ihnen nachgeschickt werden, sobald sie eine Wohnung in Los Angeles gefunden hatten. Am Vortag hatten sie einen Zwischenstopp in St. Louis eingelegt, wo sie Charles' Mutter und Schwester besucht und Lucia auf eine Tasse Kakao ausgeführt hatten. Ray hatte das Mädchen nicht mehr gesehen, seit sie Bloomfield Hills verlassen hatte. Es fühlte sich ein wenig seltsam an, dass sie jetzt nicht nur Ehefrau war, sondern auch Stiefmutter. Charles hatte sie seiner Tochter als Ray, seine Frau, vorgestellt, und zuerst hatte Lucia die Stirn gerunzelt. Dann hatten sie sich unterhalten, Ray hatte gefragt, wie es Lucia bei den Großeltern gefalle, und sie hatten über das Malen gesprochen. Das Mädchen war darüber immer unbefangener geworden, und am Ende des Nachmittags hatte sie Ray sogar umarmt. Ray freute sich nun schon auf den ersten Besuch des Mädchens.

Die Nacht hatten sie in einem Motel kurz vor Oklahoma verbracht. Ray war so glücklich, endlich zurück nach Kalifornien zu kommen, nach all den kalten Monaten im Norden. Auch wenn sie Los Angeles nur von zwei oder drei kurzen Besuchen her kannte, fühlte es sich an, wie nach Hause kommen. Als würde sie ihrer Mutter wieder ein wenig näher kommen.

»Na, Mrs. Eames, wie fühlst du dich? Bist du aufgeregt? Ich denke, heute Abend werden wir zum ersten Mal in L.A. übernachten. Und ab morgen nennen wir es unser neues Zuhause. Leider werden wir uns keine Flitterwochen leisten können und müssen schnell eine Möglichkeit finden, Geld zu verdienen. Es tut mir leid, dass ich nicht besser für dich sorgen kann. Ich wäre gern großzügig.«

Ray sah aus der Frontscheibe auf den schier endlosen Highway, der vor ihnen lag. »Du weißt, dass ich nicht die Frau bin, die erwartet, dass der Mann sie versorgt. Ich könnte nicht einmal dann aufhören zu arbeiten, wenn man mich zwingen würde.«

Charles lächelte. »Das ist einer der Punkte, die ich so liebenswert an dir finde. Neben vielen anderen natürlich.«

»Du bist ein Charmeur, Charles Eames.«

»Und du bist es wert, Ray Eames. Ich denke, deinem Bruder wäre es lieber gewesen, dein Mann, könnte dir ein sorgenfreies Leben ermöglichen. Dann könntest du malen und deinen anderen künstlerischen Interessen nachgehen, ohne dir Sorgen ums Geld machen zu müssen.«

»Ich denke, ich habe eine gute Wahl getroffen. Abgesehen davon ist Geld doch nicht so wichtig. Und das Schönste ist doch, dass wir die freie Wahl haben, wie wir es verdienen wollen. Wir müssen keine langweilige Arbeit machen, wir tun einfach, was wir wollen. Und wir machen Dinge, die uns gefallen, und Möbel, die den Menschen das Leben leichter machen. Die sich den Menschen anpassen und nicht umgekehrt.«

In Charles' Augen blitzte es. »Ganz genau. Und wir werden

als Erstes den Stuhl so abändern, dass man ihn in einer Fabrik und in Serie herstellen kann.«

Beim Gedanken daran kribbelte es in Rays Magen. Sie würde mit Charles zusammen die Welt verändern. Und beginnen würden sie mit einem Stuhl.

Kapitel 17

Los Angeles, Juli 1941

Nach scheinbar endlosen Stunden durch die Wüste führte sie der Highway endlich über die Berge. Das Reisefieber der letzten Tage hatte sich längst gelegt, und Ray hatte allmählich genug davon, im Auto zu sitzen. Außerdem lag ihr das heutige Datum wie ein Stein im Magen, der sich kalt und hart anfühlte.

Charles stoppte den Wagen am Fahrbahnrand und sie stiegen aus. Sie hatten die letzten Hügel überwunden, und nun ergoss sich die Stadt unter ihnen. Ein helles Häusermeer, begrenzt vom Ozean, der in der Sonne glitzerte.

»Ist es nicht wunderschön?« Charles legte seine Arme um Ray, seine Stimme kitzelte in ihrem Ohr.

»Ja, es ist wunderschön. Zukunftsschön, nicht wahr?« Ray konnte nicht verhindern, dass ihr Tränen in die Augen stiegen.

Charles schien zu merken, dass sie mit sich kämpfte. Er drehte sie sacht zu sich und küsste sie. »Was ist denn los, schöne Frau? Sie haben doch nicht etwa kalte Füße bekommen?« Er betrachtete scheinbar interessiert ihre Schuhe, bückte sich sogar.

Ray musste lachen. »Nein, keine kalten Füße, Mr. Eames. Es ist nur das Datum. Heute, also am 5. Juli, vor zwölf Jahren ist mein Vater gestorben.«

Charles richtete sich auf und nahm sie wieder in den Arm, lange standen sie einfach umschlungen da, und Ray ließ ihrer

Traurigkeit und ihren Tränen freien Lauf. Dann verebbte das Schluchzen, und Ray fühlte sich erleichtert. Die Traurigkeit war nicht verschwunden, aber weniger drückend, außerdem war da mehr Raum für das überwältigende Gefühl, endlich in Los Angeles und in ihrem neuen Leben mit Charles anzukommen. Die Stadt unter ihnen leuchtete erwartungsvoll im hellen Sonnenlicht. Da waren sie also.

Sie reckte sich und gab Charles einen Kuss. »Ich denke, wir sollten uns auf die Suche nach einem Unterschlupf für die Nacht machen, Mr. Eames. Lass uns weiterfahren.«

Charles sah sie forschend an und strich ihr zärtlich über die Wange. Dann nickte er.

Eineinhalb Stunden später hatten sie an der Rezeption des Highland Hotels in Hollywood ein Zimmer gebucht und ihre Taschen ins Zimmer getragen. Der Raum war sehr klein, aber fürs Erste musste es reichen. Er war mit alten Möbeln eingerichtet, der Teppich müffelte ein bisschen, der Tisch war winzig, und es gab nur einen Stuhl. Also lüftete sie zuerst gründlich durch, auch wenn es draußen so warm war, dass sich das Zimmer danach nicht richtig frisch anfühlte. Dann packte sie die Reisetaschen aus, und stapelte den Inhalt ordentlich in dem winzigen Schrank, damit der Tisch frei blieb. An ihm wollten sie wahlweise essen oder arbeiten. Für beide Fälle rückten sie den Tisch näher ans Bett, so dass Charles auf der Bettkante sitzen konnte, Ray entschied sich für den Stuhl. Nach ihrem »Einzug« fand Ray das Zimmer sogar richtig hübsch.

Sie wohnten zwei Monate im Hotel. In den ersten Tagen verließen sie das Zimmer kaum. Sie hatten so viel gemeinsame Zeit nachzuholen, die vergangenen Monate der räumlichen Trennung waren hart gewesen. Und manchmal dachte Ray, sie und Charles müssten sich doch eigentlich erst richtig kennenlernen. Sie empfand eine unglaubliche körperliche Sehnsucht, es schmerzte fast, wenn sie Charles nicht in jedem Moment berühren konnte. Ihn jetzt so nah bei sich zu spüren, seinen nackten Körper an ihrem, in ihrem, sich zusammen in Höhepunkten zu verlieren, war mehr, als sie sich erträumt hatte. Ray hatte vorher andere Männer gekannt und geküsst, doch sie hatte nie mit jemandem geschlafen oder gar die Nacht zusammen verbracht. Sie vertraute Charles, der sie führte, auf sie achtete und in jedem Moment darauf bedacht war, dass sie sich wohlfühlte. Und das tat sie.

Viel zu schnell mussten sie die Flitterwochen beenden, denn es galt, Kontakte zu knüpfen und Arbeit zu finden.

»Ich gebe auf«, sagte Charles, als er an einem Mittwochabend Anfang August ins Hotel zurückkehrte.

Ray sah ihn mitfühlend an. »Wieder nichts?«

Charles schüttelte traurig den Kopf und ließ sich aufs Bett fallen. Seit Wochen klapperte er ein Architekturbüro nach den anderen ab in der Hoffnung auf eine Anstellung. Vergeblich.

Ray biss sich auf die Zunge. Sie wusste, dass Charles sich dafür verantwortlich fühlte, sie beide zu versorgen. Aber sie war doch ebenso gut in der Lage, Geld zu verdienen. Heute hatte sie sich, weil Charles mit dem Ford unterwegs gewesen war, ein Taxi geleistet und war in die Redaktion der Zeitschrift *Arts & Architecture* gefahren. Hoffentlich war Charles nicht böse, dass sie die Initiative ergriffen hatte. Sie atmete tief durch.

»Ich habe heute John Entenza kennengelernt, er ist der Chefredakteur einer Architekturzeitschrift. Er würde dich gern kennenlernen. Und ...«

Charles setzte sich auf und sah sie aufmerksam an. Er streckte die Hand nach ihr aus.

Und in diesem Moment wich die Scheu, ihm von ihrer Unternehmung zu erzählen. Das hier war nicht irgendein Mann, einer, der bestimmen wollte, was sie zu tun und zu lassen hatte. Das hier war Charles Eames, ein außergewöhnlicher Mann und ihr Ehemann. Der beste von allen.

»Ich hatte eine Mappe mit ein paar Arbeiten von mir dabei, die ich ihm gezeigt habe. Er meinte, er wäre interessiert, und ich könnte vielleicht eine Grafik für eins der nächsten Cover machen. Er zahlt nicht viel, aber ...«

Charles sprang auf und zog sie in seine Arme. »Aber das ist viel besser als nichts! Viel mehr, als ich zustande gebracht habe. Du Wunderbare. Ich liebe dich!«

Ray grinste, und jetzt, da sie ihren Erfolg teilten, konnte sie sich erst richtig darüber freuen.

»Schade, dass Entenza nicht auch für dich Arbeit hat.« Sie küsste Charles.

»Das ist ja noch nicht gesagt. Vielleicht kann ich mal einen Artikel für seine Zeitschrift schreiben.« Er strich ihr übers Haar. »Wir sollten deinen Erfolg feiern, wie wäre es, wenn ich eine Flasche Wein besorge?«

Eine Stunde später saßen sie in ihrem kleinen Hotelzimmer bei offenem Fenster auf dem Bett und picknickten. Charles hatte belegte Brote zum Wein mitgebracht, und Ray hatte ein Schultertuch zur Picknickdecke umfunktioniert. Die Nachtluft war warm und weich, und die Geräuschkulisse der Stadt, das Rauschen der Autos, der Wind, der die Palmen bog, und die zirpenden Grillen, klangen wie eine ganz eigene Sinfonie.

»Wir sind noch nicht lange in Los Angeles«, sagte Ray, »es wird sich alles zum Besten fügen.« Sie sagte es mit etwas mehr Zuversicht, als sie spürte. Aber wurden Wünsche nicht wahr, wenn man sie nur lange genug und immer wieder aussprach?

»Natürlich wird es das.« Charles prostete ihr mit dem Zahnputzglas in der Hand zu. »Und ich werde meine großartigen Pläne, als Architekt hier Fuß zu fassen, fürs Erste zu den Akten legen und morgen zu Metro-Goldwyn-Meyer, dieser Gesellschaft, die Filme produziert, gehen. Ich habe gehört, dass sie dort Leute suchen, die zeichnen können.«

»Das ist aber nicht das, was du wolltest.« Ray nahm einen Schluck Wein. Er schmeckte genauso gut wie aus einem teuren Weinglas. Warm und weich rann er ihre Kehle hinunter und verstärkte das Gefühl der Hoffnung in ihr.

»Das ist richtig«, stimmte Charles zu. »Aber ich muss nun mal den Tatsachen ins Auge sehen. Und die erfordern nun mal, dass wir beide unser Leben hier als Erstes auf richtig stabile Beine stellen müssen, bevor wir weiter an unseren Träumen, an den Stühlen, arbeiten.«

Denn das würden sie, das stand fest. Aufgeschoben war nicht aufgehoben.

Ray nahm sich noch ein Stück Brot. »John Entenza hat vorgeschlagen, dass wir am Freitag auf eine Dinnerparty gehen sollten, die er gibt. Hättest du Lust dazu?«

* * *

Am Donnerstag stellte sich Charles bei Metro-Goldwyn-Meyer, kurz MGM, wie man in Los Angeles sagte, vor und wurde tatsächlich als Bühnenzeichner eingestellt.

Auf der Party am Freitagabend trafen sie John Entenza, mit dem sich Charles sofort prächtig verstand. Außerdem eine Menge anderer Menschen, mit denen Entenza arbeitete, unter anderem Richard Neutro, der sehr interessiert daran war, zu hören, wie Charles an der Cranbrook Academy gearbeitet hatte.

Er war überglücklich, endlich wieder über Architektur und Design sprechen zu können. Natürlich sprach er mit Ray darüber, aber meistens ging es dabei ganz konkret um Arbeits- und Herstellungsabläufe.

Richard Neutra war bereits 1924 aus Österreich in die USA gekommen und wie Charles von den Arbeiten Frank Lloyd Wrights fasziniert. So sehr, dass er seinen ersten Sohn nach dem Stararchitekten benannt hatte. Neutra war ein paar Jahre älter als Charles und sehr erfolgreich als Architekt. Es dauerte nicht lange, und er berichtete von einem Apartmenthaus in Westwood, das er gebaut hatte. Ein sehr modernes Gebäude mit mehreren Ebenen und klaren Linien.

»Da müsste man wohnen!« Rays Kommentar klang wie ein Stoßseufzer, mit dem sie Charles aus dem Herzen sprach. Erst am Morgen hatten Ray und er darüber gesprochen, dass sie nicht mehr lange in ihrem Hotelzimmer bleiben konnten. Das Zusammenleben dort war einfach zu beengt, und außerdem war es auf Dauer zu teuer.

»Suchen Sie denn eine Wohnung?«, fragte Neutra prompt.

»Ja«, gab Charles zu. »Sie wissen ja, wie schwierig es ist, in L.A. eine brauchbare Unterkunft zu finden. Aus dem ganzen Land strömen Menschen her, um zu arbeiten, wir sind beileibe nicht die einzigen. Eine Wohnung zu finden, wäre ein richtiger Glücksfall für uns.«

Neutra strich sich mit zwei Fingern über die gewaltigen dunklen Augenbrauen. Dann legte er den Kopf leicht schief, schien kurz nachzudenken und meinte: »Wissen Sie was? Ich mag Sie. Melden Sie sich doch am Montagnachmittag bei meiner Sekretärin. Soweit ich weiß, steht eins der Appartements in der Strathmore Avenue in Westwood Village gerade leer.«

Charles sah Ray an, deren Augen leuchteten. »Sehr, sehr gern. Das wäre wirklich wunderbar. Unsere Rettung!« War das der Anfang ihres neuen guten Lebens?

Einkaufsliste für das Apartment
in der Strathmore Avenue

von Miller's Laborbedarf:
6 Bechergläser mittelgroß (für Wasser und Wein)
2 Pyrex-Schalen mit Deckeln (Töpfe!)
4 Instrumentenschalen mit flachem Rand (Teller
für uns und Gäste)
2 Abdampfschalen mittelgroß (für Suppe und
Snacks)
Messlöffel
Löffel
Apothekerspatel

Vom Fabrikladen Sears, Roebuck & Co.
schwarze Stahlrohre, Verbinder und Anschlüsse
Bretter
Matratzenauflagen (für Kissen)

Kapitel 18

Los Angeles, September 1941

Ray fand es einfach wunderbar, endlich in ihrem ersten richtigen Zuhause mit Charles zu wohnen. Und in was für einem! Die Neutra-Apartments waren wirklich außergewöhnlich, das Gebäude schmiegte sich in Form unterschiedlicher Würfel, die man über Treppen erreichen konnte, an den Hang. Dazwischen gab es kleine Gärten und Grünflächen, die einen reizvollen Kontrast zu den weißen Mauern darstellten. Es war fast wie ein dreidimensionaler Irrgarten. Und die Wohnung erst! Riesige Fensterflächen ließen jedes der drei Zimmer hell und freundlich wirken, modern und vor allem schnörkellos. Sie liebte es.

An diesem Morgen beschloss Ray, Charles mit dem Ford zu MGM zu fahren, um danach einen Ausflug zu machen. Vor lauter Vorfreude hüpfte sie die 64 Treppenstufen vom Apartment hinunter zur Straße, als sei sie ein kleines Mädchen. Charles folgte ihr lachend. Am Auto hielt er ihr den Schlüssel hin und meinte: »Zum Studio, bitte!«

Der cremefarbene Lack des Ford glänzte in der Morgensonne, und Ray bewunderte die schnittige und zugleich harmonische Form des Wagens. Da war die pfeilförmige Motorhaube, die beinahe aggressiv wirkte, und als interessanter Gegensatz dazu das abgerundete Heck. Die Frontscheibe war so riesig, dass sie durch eine zierliche Strebe in der Mitte verstärkt werden musste. Schon als Beifahrerin hatte sie festgestellt, wie wunderbar die Aussicht war, auch wenn sie so klein war, dass sie sich ein bisschen strecken musste, um gut zu sehen.

Obwohl Charles so tat, als sei sie sein Chauffeur, öffnete er ihr doch die Tür und ließ sie in den Wagen steigen, bevor er sich auf die bequeme Sitzbank neben sie setzte.

Rays Herz klopfte. Sie hatte fahren gelernt, aber in den letzten Jahren wenig Gelegenheit gehabt, es zu tun. Aber was sollte schon schiefgehen? Sie legte eine Hand an das elegante Lenkrad aus glänzendem Plastik, steckte mit der anderen den Schlüssel ins Zündschloss, drehte ihn herum und startete den Motor auf Knopfdruck. Mit einem Schnurren sprang der Ford an. Gang einlegen, Bremse lösen und losfahren. Es ging eigentlich ganz einfach, und sie war stolz, dass sie sich noch so gut an die Handgriffe erinnerte.

Sie fing einen erwartungsvollen Blick von Charles auf und beeilte sich, loszufahren. Sie fuhr langsam, aber sicher, und Charles gab die Richtung an. Sie glitten durch kleine Straßen und über prächtige Boulevards, die von Palmen gesäumt waren, der Himmel über ihnen war türkisblau. Ray reckte den Kopf, fasziniert von allem, was sie sah. Sie sah Charles an. »Wie schön, nicht wahr?«

Charles wirkte ein wenig angespannt. »Los Angeles? Ja, Liebes. Aber könntest du dir vorstellen, wieder etwas schneller zu fahren und auf den Verkehr zu achten?«

Ray hatte gar nicht bemerkt, dass sie immer langsamer geworden war. Erschrocken sah sie im Rückspiegel die Autoschlange, die sich hinter gebildet hatte. Sie fuhr sich mit der Hand über die Stirn, dann gab sie Gas, und wenig später gelangten sie zum Washington Boulevard, wo sich die Studios befanden. Ray küsste Charles, wünschte ihm einen wunderbaren Tag und winkte ihm nach, als er das Studio-Gelände betrat. Ray überlegte, was sie mit dem Tag anfangen sollte.

Culver City, wo sie sich jetzt befand, lag ungefähr in der Mitte zwischen Downtown und dem Meer. Sie beschloss, über den Venice Boulevard an den Strand zu fahren, langsam, weil es so viel zu sehen gab, aber nicht ganz so langsam wie zuvor. Sie wollte ja nicht zum Verkehrshindernis werden. Die Autos faszinierten Ray allerdings nicht so sehr wie die Farben der Umgebung und die Häuser, viele im mexikanischen Stil.

Am Strand parkte Ray den Wagen, stieg aus und sah sich um. Es war noch früh am Tag, die Temperaturen angenehm, aber es würde heiß werden, das merkte man jetzt schon, die Sonne in ihrem Rücken war stechend. Die ersten Badegäste bevölkerten den Strand und sahen den Surfern zu, die sich in die Wellen warfen. Ray spazierte hinunter zum Wasser und drehte sich um, sah auf die Stadt zurück, über der Bohrtürme aufragten. Bis in die 1939er Jahre, das hatte Charles ihr erzählt, war der ganze Strand voll von diesen Türmen gewesen. Jeder, der die Möglichkeit hatte, hatte einen eigenen Bohrturm gebaut, denn es galt zu verhindern, dass der Nachbar das wertvolle Öl unter dem eigenen Grundstück gleich mit förderte. In der Ferne, hinter den Bohrtürmen, lagen die Studios, in die sie Charles eben gebracht hatte.

Er arbeitete als Konstruktionszeichner für die Kulissen, was er nicht mochte, aber wenn er es gut machte, würde er eine Festanstellung bekommen, die ihnen viele Grübeleien ersparen und ihren und Lucias Unterhalt sicherstellen würde. Charles hätte lieber weiter an dem Stuhl gearbeitet oder vielmehr, wie sie nun beschlossen hatten, an der Konstruktion einer Maschine, mit der man den Stuhl fertigen konnte. Als selbstständige Frau, die sie war, kam es ihr falsch vor, dass Charles für sie sorgte. In den sogenannten besseren Kreisen war das allerdings die Regel: dass der Mann arbeitete und die Frau nicht. Auch ihre Eltern und ihr Bruder vertraten diese Meinung. Aber sie mochte diese Einstellung einfach nicht akzeptieren.

Ray schürzte ihren Rock und setzte sich in den Sand, so dass sie aufs Meer blicken konnte. Sie nahm die Farben in sich auf, die vielen verschiedenen Blau von Himmel und Meer. Das Rauschen der Wellen und das leise Plätschern, wenn das Wasser an den Strand gelangte. Das leise Stimmengewirr der anderen Strandbesucher. Tatsächlich füllte sich der Strand immer mehr, Mütter mit kleinen Kindern, junge Leute, auch ältere. Müßiggänger. Nette Menschen, bestimmt. Aber sie wollte keine Müßiggängerin sein. Sie wollte ihr Leben aktiv gestalten. Was konnte sie tun? Was wollte sie tun? Sie hätte in einem Diner kellnern, vielleicht in einer Näherei anheuern können. Allerdings hätte sie dann für sehr wenig Geld hart arbeiten müssen und sie hörte noch Hans' Mahnungen im Ohr. Abgesehen davon war sie eine miserable Kellnerin, und fürs Nähen fehlte ihr die Geduld.

Sie konnte malen. Sie hatte Talent, Dingen eine andere Bedeutung zu geben, das hatte Hans einmal zu ihr gesagt. Sie sollte bei dem bleiben, was sie konnte und gleichzeitig liebte. Malen. Sie würde malen, und wenn sie ein oder zwei Gemälde verkaufen konnte, dann hätten sie genug Geld, um die Maschine zu bauen, die das Sperrholz für den Stuhl würde biegen können.

Ray erhob sich aus dem Sand und machte sich auf den Rückweg. Sie hatte zu tun.

Die nächsten Monate bestanden hauptsächlich aus Arbeit. Charles fuhr morgens ins Studio, und Ray malte wie eine Besessene. Den Platz im Apartment nutzten sie perfekt. Es gab ein Schlafzimmer, das Bett darin hatten sie sich geleistet, eine hervorragende Investition. Ray fand es wunderbar, einen Raum nur für die Erholung zu haben. Welch Luxus! Dann gab es das Wohnzimmer, das ohne Tür an die Küche anschloss. In beiden Räumen gab es eingebaute Regale, was es ihnen leicht machte, ihre wenige Habe zu verstauen. Das Beste aber war das dritte Zimmer. Das wurde ihre Werkstatt und gleichzeitig das Atelier. Ray verbrachte hier lange Tage und war oft noch ganz versunken, wenn Charles von der Arbeit nach Hause kam. Dann aber ließ sie den Pinsel fallen, oder den Bleistift, und fiel ihm um den Hals, glücklich, endlich wieder vereint zu sein. Und während Charles sich umzog und die Hände wusch, bereitete sie in fliegender Eile ein Abendessen zu. Abgesehen davon, dass sie jeden Cent umdrehen mussten, war es ein wundervolles Leben.

Ray hatte Lee geschrieben und auch an Hans. Dieser hatte ihr einen Kontakt am Los Angeles Museum vermittelt, durch den sie tatsächlich an einer Gruppenausstellung teilnehmen durfte. Charles und sie feierten diesen Erfolg mit einem Abendessen zu Hause und einer Flasche Wein, die sie zusammen im Bett genossen.

Dann konnte Ray John Entenza davon überzeugen, ihr einen Entwurf für das Titelbild der *Arts & Architecture* abzukaufen, und auch dieser Erfolg musste gefeiert werden.

Nachts saßen sie lange über Konstruktionszeichnungen für den Stuhl und die Maschine, die das Schichtholz in die gewünschte Form bringen und die industrielle Fertigung ermöglichen sollte.

Kapitel 19

Los Angeles, Winter 1941/42

Die Welt war eine andere geworden.

Der Angriff auf Pearl Harbor Anfang Dezember hatte Charles schockiert, Ray hatte bittere Tränen über die vielen Toten vergossen. Sie hatten mehrere Nächte nicht arbeiten können, so sehr hatte dieser Angriff und die Tatsache, dass Amerika an diesem schrecklichen Krieg teilnehmen musste, sie verstört. Wie zur Hölle sollte man kreativ sein, Schönes erschaffen, in einer so fürchterlichen Welt?

Dann aber, eigentlich unverständlich, wenn er darüber nachdachte, hatte sich der Alltag leise und fordernd zurück in ihr Leben geschlichen, denn noch immer musste Miete bezahlt, gegessen und Lucias Unterhalt geleistet werden. Lucia durfte einen Teil der Weihnachtsferien bei ihnen verbringen. Ray war vor ihrer Ankunft ein bisschen aufgeregt gewesen. Würden sie sich verstehen, wenn Lucia wirklich begriff, dass sie jetzt mit ihrem Vater zusammenlebte?

Das Mädchen war im Oktober zwölf Jahre alt geworden und hatte sich fast schon zu einer jungen Dame entwickelt. Ray hatte das Arbeitszimmer ausgeräumt, ihre Malsachen im Schlafzimmer untergebracht und das Zimmer für Lucia mit selbst gemalten Bildern von allerlei Tieren dekoriert. Charles hatte ihr zur Begrüßung einen Brief gezeichnet, in dem er statt Schrift kleine Zeichnungen benutzte, so dass man erraten musste, was er geschrieben hatte. Ray entzifferte den Brief mit Lucia zusammen an einem Vormittag, während Charles in der Arbeit war. Überhaupt verbrachten sie viel Zeit zu zweit, was Ray mehr Spaß machte, als sie erwartet hatte. Lucia und sie malten zusammen, machten Spaziergänge, hüpften die Treppenstufen zur Straße hinunter und wieder hinauf, sie gingen ins Museum und kochten zusammen. Ray fand es spannend, mit Lucias Augen die Welt einmal mehr neu zu entdecken, und am Ende des Urlaubs waren sie Freundinnen geworden.

Lucia umarmte Ray zum Abschied lange. »Danke«, sagte sie leise, küsste sie auf die Wange, und Ray traten Tränen der Rührung in die Augen.

Nach Lucias Abreise war es plötzlich stiller im Apartment, als es vorher je gewesen war.

Ray war dabei, die Zeichnungen wieder von den Wänden zu nehmen, als Charles sie unterbrach und ihr die Hand auf die Schulter legte. »Lass sie doch hängen. Ich finde sie schön, und sie erinnern mich an Lucia.«

Ray hörte die Wehmut in seiner Stimme. »Du vermisst sie sehr, oder?«

Charles lächelte schief. »Sie fehlte mir schon in der Minute, als ich sie Catherine am Bahnhof übergeben habe. Es ist, als würde ein Teil von mir mit ihr gehen.«

Ray schlang die Arme um ihn, was immer ein wenig seltsam war, weil er so viel größer als sie war. Sie hoffte, dass es ihn trotzdem ein wenig trösten konnte. »Ich vermisse sie auch schon, dabei kenne ich sie erst seit Kurzem.« Sie küsste Charles.

»Das Gute ist, dass wir uns jetzt schon auf ihren nächsten Besuch freuen können.«

* * *

Und so wurde aus dem Zimmer wieder ein Arbeitsraum. Darin stapelte sich mittlerweile eine ansehnliche Menge Material. Holz, Schrauben, Farben, Leim, ein kleiner Vorrat an Schichtholz und einige Platten Furnier, die Ray besorgt hatte. Nun wollten sie endlich an die Arbeit gehen und einen Weg finden, den Stuhl zu produzieren.

Ray lächelte und begann: »Wir streichen jeweils eine Schicht mit Leim ein, legen eine Furnierplatte darauf, und dann pressen wir sie in die Form. Wir nehmen so wenig Platten, wie irgend möglich, damit die Fläche möglichst dünn ist und noch elegant aussieht.«

Charles baute eine Form aus Gips und Holz für die Sitzschale, die sowohl das Gesäß als auch die Beine in Höhe der Kniekehle unterstützen sollte. Das Problem war, dass das Holz sich nicht so einfach biegen ließ.

Ray zeigte auf einen Haufen Draht, den sie von Sears, Roebuck & Co. geholt hatte, dem Fabrikladen, unten an der Straße, aus dem auch die meisten ihrer Küchengegenstände stammten, weil die Sachen dort preiswerter waren als echtes Porzellan. »Ich glaube, wenn wir das Holz während des Prozesses erhitzen, wird es leichter gehen.«

Also baute Charles eine Schleife aus Draht in die Form ein, die er mittels Strom erwärmte.

Es war spät in der Nacht, als er damit fertig war. Er verband den Draht mit dem Strom aus der Steckdose im Gästezimmer, und für einen Moment beobachteten er und Ray fasziniert, wie sich die Drähte in der Dunkelheit erwärmten, anfingen, rot zu glühen, bis mit einem kleinen Knall das Glühen urplötzlich erlosch und mit ihm das Licht im Zimmer.

Charles fluchte. So ein Mist! Die Sicherung. Seine Konstruktion brauchte mehr Strom, als die Sicherung im Haus zuließ. Sie saßen im Dunkeln, zusammen mit allen anderen Bewohnern des Gebäudes. Einen Augenblick lang war alles still.

Charles hörte, dass Ray ein Lachen unterdrückte, als sie flüsterte: »Haben wir etwas kaputt gemacht? Wir haben doch noch gar nicht richtig angefangen!«

»Nein, das ist nur die Sicherung. Eigentlich bräuchten wir einen stärkeren Stromanschluss.« Er hörte mehr, als dass er im Dunkeln sah, wie Ray sich aufrappelte und aus dem Zimmer ging. Es krachte, und er hörte, wie sie fluchte.

»Hast du dir wehgetan?«

»Nicht schlimm, nur das Schienbein. Ich hole eine Kerze.«

Er hörte, wie Ray in die Küche ging und gleich darauf zurückkam, in einer Hand die brennende Kerze, in der anderen eine Packung Zigaretten. Eigentlich hatten sie vereinbart, in der Werkstatt nicht zu rauchen, da das offene Feuer gefährlich werden könnte. Aber wann, wenn nicht jetzt wäre der richtige Zeitpunkt, diese Regel zu brechen? Ray stellte den Kerzenständer auf den Boden, zündete eine Zigarette an der Kerze an und reichte sie ihm. Dann machte sie das Gleiche für sich selbst. Schweigend saßen sie zusammen. Charles spürte Rays Nähe, er wusste, dass sie darüber nachdachte, wie sie die Maschine verbessern konnten. Ein warmes Gefühl von Liebe und Verbundenheit stieg in ihm auf. Was gab es Schöneres, als zusammen mit der Frau, die man liebte, an einem Projekt zu arbeiten, das die Welt verändern würde? In amerikanischen Häusern standen vorwiegend schwere Eichenmöbel, die nicht nur klobig, sondern oft auch unbequem waren. Viele Familien hatten diese Möbel geerbt, aber für junge Paare, so wie er und Ray eins waren, waren sie nahezu unerschwinglich. Den Preis für Möbel, das hatte er schon bei den ursprünglichen Überlegungen mit Eero festgestellt, konnte man vor allem über die Produktion verringern. Sie würden also Möbel entwerfen, die bequem, leicht herzustellen und somit erschwinglich waren. Das klang einleuchtend, und dennoch war es etwas ganz Neues.

Und wenn das bedeutete, dass sie die Maschinen, die ihre Werkstücke herstellen konnten, selbst bauen mussten, dann war das eben so. Und genau aus diesem Grund musste er diese Maschine hier zum Laufen bringen. Das wäre doch gelacht.

»Wir brauchen mehr Strom und eine leistungsfähigere Leitung, oder?« Ray atmete hörbar aus und stieß dabei eine Rauchwolke in die Dunkelheit.

»Genau. Ohne einen Starkstromanschluss kommen wir nicht weiter. In Werkräumen gibt es so etwas. In Fabriken natürlich auch. Aber für Wohnhäuser werden solche Anschlüsse in der Regel nicht geplant.«

»Also haben wir keine Chance, hier in der Nähe an Starkstrom zu kommen?« Ray war aufgestanden und ans Fenster gegangen.

Charles ging zu ihr und blickte nach draußen zu den Leitungen, mit denen die Häuser des Viertels versorgt wurden. »Na ja, da draußen haben wir alles, was wir brauchen.«

»Ich glaube, das ist die Lösung«, sagte sie leise.

»Ich denke das auch, Liebling.« Er küsste sie auf ihr Haar, das wie immer verführerisch duftete.

* * *

Am nächsten Morgen ging Ray in den Eisenwarenladen und besorgte Starkstromkabel. Der Inhaber händigte sie ihr bereitwillig aus, er wunderte sich schon lange nicht mehr darüber, dass Ray die seltsamsten Dinge brauchte. Sie bedankte sich höflich und schleppte das Kabel nach Hause. Charles stand bei dem Strommast unmittelbar vor dem Haus und sah kritisch nach oben.

»Ich glaube, du musst Schmiere stehen, Ray.«

Sie nickte. »Lass uns reingehen und etwas essen. Danach geht es los.«

Dreißig Minuten später beobachtete Ray vom Fenster Charles, der wie ein Affe den Strommast hinaufkletterte. Da sich ihre Wohnung im Komplex auf der mittleren Ebene befand, war er, oben angelangt, mit ihr auf einer Höhe. Ray spürte, dass Adrenalin in ihren Adern pochte. Das war gefährlich und wahrscheinlich auch sehr unvernünftig. Aber es war der einzige Weg, mit der Biegemaschine weiterzukommen.

Charles grinste sie an. »Der Aufstieg hat sich jetzt schon gelohnt, allein weil ich dich ansehen kann.« Er klammerte sich mit einem Arm an den Querstreben fest, gefährlich nahe an den Stromleitungen.

Ray hörte das Blut in ihren Adern rauschen. Was, wenn Charles den Halt verlor und abstürzte? Oder, noch schlimmer, wenn er einen Stromschlag bekäme, den er nicht überlebte?

»Mach nicht so ein Gesicht, Liebling. Alles wird gut. Du kannst mir jetzt das Kabel zuwerfen.«

Ray versuchte, ihre Sorgen hinunterzuschlucken, konzentrierte sich und warf das Ende des Kabels zu Charles. Der fing es mit einer schnellen Bewegung auf.

»Ein guter Wurf, Liebes. Perfekt.«

Wie konnte er nur so ruhig bleiben? Nun zog Charles umständlich eine Zange aus der hinteren Hosentasche und lockerte damit eine der Verteilerstellen. Als Nächstes klemmte er das Kabel ein und drehte die Schraube wieder fest. Ray sah, dass ihm Schweißperlen auf der Stirn standen. Sie hatte die Hände so fest geballt, dass ihre Fingernägel in die Handfläche drückten. Sie beruhigte sich erst, als Charles sich wieder zu ihr drehte und lächelte. »Ich glaube, wir haben es geschafft. Ich komme runter.« Damit ließ er sich langsam nach unten gleiten. Ray warf einen letzten Blick die Straße hinunter, doch es war keine Menschenseele zu sehen.

Zurück im Arbeitszimmer, schloss Charles das Kabelende an die Maschine an und schaltete sie ein. Gespannt beobachteten sie beide, wie sich die Heizspirale langsam erwärmte. Ray lauschte angestrengt, wartete auf einen Knall, doch der kam nicht. Die Maschine lief.

Sie nahm Charles' Hand und zog ihn an sich. »Wahnsinn, es funktioniert!«

Charles umarmte sie stürmisch, hob sie hoch und wirbelte sie herum. »Hurra!«

Ray nahm sich einen Stapel Furnierplatten, den großen Eimer mit dem Leim und den Pinsel und strich jede zweite mit dem Leim ein. Dann legte sie die Platten vorsichtig übereinander, so dass die Fasern in unterschiedliche Richtungen verliefen. Diesen Stapel legte sie behutsam in die Schale der Maschine, auf der die Heizspirale angebracht war. Es war ein bisschen, als wollte man nicht mehr ganz frische Laubblätter in ein Herbarium pressen, das eine Kuhle aufwies. Nach ein paar Minuten schaltete Charles die Maschine ab.

Dann beugten sie sich beide über das Holz.

Charles hob das Stück hoch. Es war perfekt. Das Furnier glänzte in der Vormittagssonne, die durchs Fenster hereinfiel. Er legte es vorsichtig auf den Boden, und beide bewunderten sie das Werkstück. Die Maserung auf dem Furnier betonte die sanfte Biegung des Holzes noch. Es war von einer Schönheit, die Natürlichkeit mit Kunst verband. Einzigartig.

»Meinst du, ich kann …« Ray wartete nicht, bis Charles geantwortet hatte. Sie hob den Rock und nahm in der Sitzschale Platz. Sie war perfekt. Sie saß sehr bequem und strich mit den Fingern über die angenehm glatte Holzfläche, die sich fast schmeichelnd anfühlte. Ray schloss kurz die Augen. Sie würden den Winkel der Biegung noch etwas verstärken müssen. Aber dann … »Das ist doch mehr als perfekt, oder? Wir brauchen mehr Furnier.« Es kribbelte im Bauch genauso wie in den Fingern. Sie konnte spüren, dass sie nun endlich auf dem richtigen Weg waren.

Charles reichte ihr eine Hand und zog sie hoch. »Ja«, er küsste sie, »das brauchen wir unbedingt. Nur leider muss ich jetzt erst einmal zur Arbeit. Und vergiss nicht, wir sind heute Abend bei Billy eingeladen.«

Charles hatte Billy Wilder, der Drehbuchautor war, bei der Arbeit kennengelernt. Ray hatte ihn noch nicht getroffen und freute sich über die Gelegenheit, neue Leute kennenzulernen,

Kontakte zu knüpfen oder womöglich Kunden zu gewinnen. Vielleicht trafen sie jemanden, der sich ein Haus von Charles planen lassen wollte.

Kapitel 20

Los Angeles, Winter 1942

Die Villa von Billy Wilder war riesig. Auf dem modernen rechteckigen Erdgeschoss thronte ein niedrigerer erster Stock, den ein flaches Dach vor der Sonne zu schützen versuchte. Dabei war es jetzt im Frühling noch angenehm, Ray hatte sich für den späteren Abend sogar eine Strickjacke mitgenommen. Es waren schon viele Leute da, alle standen mit Cocktailgläsern in den Händen entweder auf der großzügigen Terrasse vor dem Pool oder im Haus. Die Terrassentüren waren weit geöffnet, und Innen und Außen schienen miteinander zu verschmelzen. Ray empfand diese Verbindung als sehr angenehm und luftig. Musik untermalte die Szene, »A string of pears«, das Stück, mit dem Glenn Miller gerade die Billboards anführte. Es hätte Ray aber auch nicht gewundert, wenn sie Glen und seine Band höchstpersönlich hier entdeckt hätte. Auf diesen Partys von Filmleuten musste man mit allem rechnen. Aber vielleicht war dieser Billy dazu dann doch nicht berühmt genug.

»Ich besorge uns etwas zu trinken, ja, Liebling?« Charles sah sich um, vermutlich suchte er nach bekannten Gesichtern. »Was hättest du gern?«

»Einen Side Car, denke ich.« Ray sah zur Bar im Haus, die reich bestückt zu sein schien. Ein Mann in einem weißen Anzug schüttelte mit erhobenem Arm und äußerst kunstvollen Bewegungen einen Cocktailshaker, was faszinierend aussah.

Charles drückte flüchtig die Finger ihrer Hand und machte sich auf den Weg.

Ray griff in ihre Rocktasche und holte ein Päckchen Benson & Hedges heraus. Ihr Fuß wippte im Takt mit der Musik, wie lange hatte sie schon nicht mehr getanzt! Vielleicht ergab sich heute ja die Gelegenheit. Sie schüttelte eine Zigarette aus der Packung.

»Darf ich?« Ein Mann war neben sie getreten und ließ ein Feuerzeug aufschnappen.

Ray inhalierte tief und stieß den Rauch aus. »Danke sehr.« Sie sah den Mann an. Er war etwas kleiner als Charles, in ihrem Alter und trug eine Brille. Er sah sympathisch aus, vielleicht ein wenig intellektuell. Sobald sie das gedacht hatte, überlegte sie, woran sie diese Beurteilung festmachte.

»Ich heiße Scott, Wendel G. Scott. Und wer sind Sie?« Er musterte sie neugierig.

Ray lächelte. Vermutlich sah man ihr an, dass sie keine Schauspielerin war. Schauspielerinnen schienen die einzigen weiblichen Gäste auf solchen Partys zu sein, wenigstens hatte sie bisher diesen Eindruck gewonnen. »Mein Name ist Ray Eames.« Sie hatte ihren Ehenamen noch nicht oft benutzt, liebte den Klang aber sehr.

»Und was tun Sie hier auf Wilders Party, Miss Eames?« Der Mann war wirklich neugierig. Vielleicht ein Journalist? Aber was hätte sie ihm schon erzählen können, was es wert gewesen wäre, in der Klatschpresse zu landen?

»Mrs. Eames«, berichtigte sie, »ich bin mit meinem Mann hier, er arbeitet in den Studios. Und was führt Sie hierher?«

Scott grinste. »Vermutlich bin ich der einzige Mensch in diesem Haus, der nichts mit den Studios zu tun hat. Ich bin Arzt. Ich weiß auch nicht, warum Billy unbedingt wollte, dass ich komme. Leider bin ich nicht besonders gut darin, Konversation zu machen. Ich scheine stets zielsicher das nächste Fettnäpfchen zu finden.«

Ray lachte. »So schlecht haben Sie sich aber nicht angestellt, Mr. Powell. Ich hätte Ihnen auch einen Job beim Film zugestanden. Im Übrigen arbeite ich ja auch nicht in den Studios.«

Natürlich nicht. Die meisten Ehefrauen arbeiteten überhaupt nicht. Sie sprach schnell weiter: »Ich bin Künstlerin. Ich male. Unter anderem.«

Scott wirkte überrascht und ungläubig zugleich. Dann schien er sich zu erinnern, dass sie sich nicht mehr im 19. Jahrhundert befanden, und zeigte Neugierde. Ray versuchte, sich mit seinen Augen zu sehen. Eine relativ kleine Frau, nicht mehr ganz jung, aber auch noch nicht alt, mit einem Pony und einer Schleife im Haar, recht adrett gekleidet in Bluse und Rock, beides selbstgeschneidert, die Jacke locker über den Arm geworfen. Vermutlich sah sie genau so aus, wie er sich eine Hausfrau vorstellte. Eher nicht wie eine Künstlerin, deren Werke ausgestellt wurden. Aber man sollte sich eben nicht von Äußerlichkeiten in die Irre führen lassen.

»Ich freue mich, Sie kennenzulernen, Mrs. Eames«, sagte Scott, der sich offensichtlich wieder im Griff hatte.

»Ich mich ebenso, Mr. Scott.«

In diesem Moment kam Charles zurück. »Wusste ich es doch, dass ich meine schöne Frau keinen Moment allein lassen darf.« Er lachte und streckte die Hand aus. »Ich bin Charles Eames.«

Scott blieb den Abend über bei ihnen und entpuppte sich als geistreich und amüsant, sobald er ein bisschen aufgetaut war. Nach dem Essen wurde getanzt, und Ray fühlte sich himmlisch dabei, endlich wieder einmal über die Tanzfläche zu wirbeln. Vielleicht war es ja möglich, in ihrem Appartement eine Ballettstange anzubringen, damit sie üben konnte? Sie war doch tatsächlich ein wenig außer Atem, als sie mit Charles zurück an den Tisch kam. Zu Scott hatten sich inzwischen die Gastgeber, Billy Wilder und seine Ehefrau Judith, gesellt. Sie saßen an einem Tisch aus Korbgeflecht in der Nähe des Pools. Mittlerweile war es dunkel geworden, und der Garten wurde von Fackeln erleuchtet. Der Barkeeper kam regelmäßig mit neuen Gin-Cocktails vorbei, es wurde geraucht, gelacht und geredet. Ray fand es wunderbar. Sie hatte sich schon lange nicht mehr so herrlich amüsiert.

Wilder stammte ursprünglich aus Deutschland, was seinen lustigen Akzent erklärte, der viel ausgeprägter war als der von Hans Hofmann. Und nun drehte Billy seinen ersten Film als Regisseur. Ray liebte Filme. Wie gern hätte sie ihm bei der Arbeit über die Schulter geschaut.

Als sie das erwähnte, beugte sich Wilder zu ihr und sagte: »Meine liebe Ray, das machen wir ganz bestimmt, sobald ich diesen ersten Film im Kasten habe. Und wissen Sie was? Ich mache mir jeden Morgen, wenn ich ins Studio komme, fast in die Hose, so aufgeregt bin ich.« Er lachte laut, und Ray stimmte mit ein.

»Sie müssen sehr talentiert sein, Mr. Wilder. Warum wollen Sie nicht mehr als Drehbuchautor arbeiten?«

Wilder zog an seiner Zigarre. »Nun ja, bei Paramount, aber es ist in den anderen Studios genauso, da sitzt man als Drehbuchautor in einem Raum mit hundert anderen Autoren und hat in einer vorher festgelegten Anzahl von Wochen das Drehbuch zu einem bestimmten Film abzuliefern. Ich bin ein guter Autor, ich hatte schon mehr Freiheiten als so mancher andere. Am Ende aber liefern Sie als Drehbuchautor nur die Arbeitsgrundlage für einen Film. Das Sagen hat letztlich immer der Regisseur. Sogar Schauspieler haben mehr Mitspracherecht als ein Drehbuchautor. Stellen Sie sich vor, es ging so weit, dass ein Dialog, an dem ich lange gefeilt hatte, gestrichen wurde, weil der Schauspieler sich weigerte, die Szene so zu spielen.«

Ray fand den Mann faszinierend. Er strahlte eine unglaubliche Agilität aus, sie hätte als Schauspielerin bestimmt getan, was er von ihr verlangt hätte.

»Er sollte mit einer Kakerlake sprechen, sich mit ihr vergleichen. War sich zu fein dafür, mit Insekten zu sprechen.« Wilder grinste, so dass sich Ray nicht sicher war, ob er sie auf den Arm nahm.

Ray musste sich verkneifen, laut aufzulachen, hörte aber, dass die anderen Zuhörer am Tisch wenigstens leise lachten.

»Ein Regisseur sagt den Schauspielern, was sie tun sollen. Deswegen bin ich jetzt Regisseur. Ich will bestimmen, wie die Filme aussehen, an denen ich arbeite. Wenn ich eine Szene schreibe, dann habe ich ja eine Vorstellung davon, wie sie gespielt werden soll.«

»Es ist sicher nicht leicht, so einen Wechsel zu vollziehen. Muss man als Regisseur nicht viel mehr im Blick behalten? Den Film als Endprodukt vor sich sehen, obwohl man immer nur an einzelnen Teilen arbeitet?«

»Nun ja, ich habe in den letzten Jahren einige sehr gute Filme geschrieben. Man kennt mich. Und deswegen habe ich meine

Chance bekommen. Sie dürfen mir glauben, Ray, ich weiß sehr gut, was ich tue. Ich mache einen Film, der ein Kassenschlager werden kann. Ich bleibe im Budget, und ich habe mit Ginger Rogers einen Star, die meine Hauptrolle spielt.«

»Ginger Rogers? Hat sie nicht gerade einen Oscar bekommen? Ich gratuliere Ihnen! Worum geht es denn in dem Film?« Ray war ehrlich beeindruckt. Charles und sie konnten nicht oft ins Kino gehen, aber von dieser Schauspielerin hatte sie schon gehört.

»Er heißt *Der Major und das Mädchen*. Es ist ein lustiger Film über eine Frau, die sich als Zwölfjährige verkleidet, um mit einem Kinderticket im Zug zu fahren. Sie wird fast enttarnt, doch dann rettet ein Major sie. Natürlich verlieben sie sich ineinander, aber er denkt, sie wäre ein Kind. Ich denke, es wird gut.«

»Oh, ich bin sicher, dass der Film fantastisch wird. Ich freue mich drauf.« Billy Wilder hatte auf den ersten Blick so seriös und kompetent gewirkt, und nun zeigte er sich so menschlich und nett. Er fragte danach, was Ray getan hatte, bevor sie Charles kennengelernt hatte, und als er hörte, dass sie Modedesign und Tanz studiert hatte, schlug er die Hände zusammen. »Das nächste Mal müssen wir uns unbedingt mit Edith treffen. Kennen Sie Edith? Edith Head? Unsere Chefdesignerin?«

Ray schüttelte den Kopf, und Charles erklärte: »Bisher haben wir nur wenige Partys besucht, weshalb ich Ray vielen Leuten noch gar nicht vorstellen konnte.«

»Was hielt Sie denn davon ab? Jeder hier geht doch dauernd auf Partys. Machen diese Leute aus den Studios überhaupt irgendetwas anderes?« Scott, der ganz still zugehört hatte, schüttelte gespielt entrüstet den Kopf.

»Wir arbeiten an einem Stuhl«, sagte Charles, und für einen Moment herrschte Stille.

Wilder brach in Gelächter aus. »An einem Stuhl? Charles, ich kenne Sie als exzellenten Zeichner und Konstrukteur, Sie können mir nicht erzählen, dass Sie monatelang an einem Stuhl arbeiten, und das auch noch zusammen mit Ihrer charmanten Frau. Das ist ein Trick, weil er Sie ganz für sich allein haben will, Ray! Passen Sie auf!« Wieder lachte er, und Ray lachte mit.

»Nein«, sagte sie dann, »das stimmt, wir arbeiten an einem Stuhl aus einem Material, das bisher noch nie zu einem Stuhl verarbeitet worden ist. Deswegen mussten wir zuerst die Maschine dafür entwickeln. Und das hat wirklich einige Zeit in Anspruch genommen. Mehr, als wir zuerst gedacht haben. Aber jetzt scheint es zu funktionieren.«

»Was für ein Material ist denn das?«, wollte Scott wissen.

»Schichtsperrholz«, sagte Charles kurz. Er sah Ray an, und sie merkte, dass er wollte, dass sie weitersprach.

»Es ist ein Werkstoff aus verleimten Holzplatten. Er ist dadurch sehr leicht und gut zu verarbeiten. Außerdem nicht teuer, weil diese Furnierplatten in großer Zahl hergestellt werden können.«

»Das sollte ich mal unserem Kulissenbauer sagen, was?«, meinte Wilder.

»Viele Kulissen werden tatsächlich heute schon aus diesem Material hergestellt, Billy. Das wird dann nur so aufbereitet, dass man es nicht merkt.« Charles grinste und sah dabei sehr jung und unglaublich attraktiv aus, fand Ray.

»Und Sie haben sich damit beschäftigt, wie man dieses Material in die Form eines Stuhls bringen kann?«, fragte Scott und wirkte nachdenklich. »Kann man jede Form daraus machen?«

Ray nickte.

»Ich wette, das Militär gäbe eine Menge darum, so ein Material zu haben. Für den Flugzeugbau, zum Beispiel. Es wird wirklich Zeit, dass wir einen wesentlichen Vorteil gegenüber den Deutschen bekommen. Mein Bruder ist ebenfalls Arzt, allerdings ist er beim Militär, und er hat mir erst letzte Woche aus Europa geschrieben. Dort wird gekämpft, wie Sie ja alle wissen.«

Einen Moment lang herrschte betretenes Schweigen. Ray schüttelte sich leicht.

Dann sprach Scott weiter: »Mein Bruder schrieb, dass es ein großes Problem mit den Schienen für verletzte Soldaten gibt. Diese Schienen werden aus Metall angefertigt, sind schwer und starr, und dadurch übertragen sich die Schwingungen beim Transport der Verletzten. Die Männer ertragen die schlimmsten Schmerzen, weil sie unsere Freiheit verteidigen, und dann müssen sie beim Transport von der Front noch mehr Schmerzen aushalten.«

Aus ihm brach es hervor. »Dieser vermaledeite Krieg. Ich kann von Glück sagen, dass ich zu alt für derartige Dinge bin.« Er hob sein Glas, und sie stießen auf sein erstes Filmprojekt an.

Ray genoss den Abend. Sie hatte getanzt, getrunken, sich gut unterhalten und viele interessante Menschen kennengelernt. Sie fühlte sich voller guter Gedanken und sehr ausgeglichen. Charles hingegen war anzusehen, dass ihn die vielen Menschen anstrengten. Er lächelte und unterhielt sich zwar, schien aber hin und wieder den Anschluss ans Gespräch zu verlieren. Im Gegensatz zu ihr war er kein Mensch, dem solche Abende Kraft und Elan gaben. Er war vollkommen zufrieden, wenn er allein mit ihr war. Besonders schätzte er die konzentrierte gemeinsame Arbeit, bei der sich ihrer beiden Interessen ideal ergänzten. Er war der Perfektionist, bei dem auch das kleinste technische Detail stimmen musste. Ihr Augenmerk lag mehr auf den Menschen, die ihre Entwürfe einmal benutzten. Die Dinge mussten schön, praktisch und zugleich erschwinglich für alle sein.

Ray nippte an ihrem Glas. Langsam hatte auch sie genug, auch wenn der Abend herzerfüllend gewesen war. Es war Zeit, ihren Ehemann nach Hause zu bringen.

Kapitel 21

Los Angeles, Mai 1942

Sie kamen mit den Biege-Experimenten für den Stuhl gut voran, doch Charles musste tagsüber arbeiten, und Ray ließ der Gedanke an die verletzten Soldaten nicht los, von denen Scott erzählt hatte.

An diesem Vormittag war sie früh spazieren gegangen, nachdem Charles ins Studio gefahren war. Den Strathmore Drive hinunter, vorbei an vielen Häusern, dann über den Campus der UCLA, der größer war als der von Cranbrook, sie aber dennoch an Charles denken ließ. Dann weiter bis zum Botanischen Garten der Universität und schließlich wieder hinauf ins Wohngebiet. Ein anstrengender, aber lohnenswerter Marsch. Später würde es dafür zu heiß sein. Es waren nur wenige Menschen zu Fuß unterwegs, aber es tat ihr gut, die Gedanken schweifen zu lassen.

Jetzt war es Zeit, sich an den Tisch zu setzen und zu arbeiten. John hatte sie mit einem weiteren Titelbild für die *Arts & Architecture* beauftragt. Ray schob den Küchentisch direkt an eins der Fenster, damit sie genügend Licht hatte, holte den Tuschkasten, Wasser und Papier. Sollte sie zeichnen? Oder lieber eine Collage anfertigen? Sie tauchte die Feder in die Tusche und ließ sich davon leiten, wie ihre Hand über das Blatt fuhr. Organische Formen.

Schon wieder? Hatte sie nicht erst für das letzte Cover einige sehr organische Formen abgegeben? Scherenschnittartig und dennoch rundlich.

Aber irgendwas war da in ihr. Sie ließ die Feder weiter über das Blatt gleiten, als hätte sie ein Eigenleben. Was war es? Was wollte langsam aus ihr auf das Papier fließen? Sobald sie die Augen schloss, sah sie verletzte Soldaten. Menschen, die auf Tragen vom Schlachtfeld transportiert wurden und unmenschliche Schmerzen ertragen mussten. Sie konnte ihnen nicht helfen, konnte den Gedanken nicht ertragen. Konnte, ja, musste man nicht etwas tun?

Aber was sollte das schon sein? Sie konnte zeichnen, malen, tanzen und nähen. Ihr Blick fiel quer durch den Raum. Und sie konnte diese Maschine bedienen. Und aus Furnierbögen Bretter machen. Dünne, geformte Bretter. Schienen. Sie konnten vielleicht Schienen machen!

Endlich wussten ihre Hände, was sie zeichnen sollten.

Als Charles nach Hause kam, saß Ray immer noch am Tisch, hatte weder gegessen noch getrunken, nur gezeichnet und geraucht, überlegt, Ideen gehabt und verworfen. Ihre Wangen waren gerötet, ihre Augen brannten, und ihr Herz hämmerte gegen die Brust.

Sie sprang auf, als sie Charles hörte, und flog in seine Arme.

»So stürmisch heute, Liebling?« Charles drückte sie an sich und küsste sie. »Ich bin froh, zu Hause zu sein.«

Ray überlegte hastig. Sie sollte ihn fragen, wie sein Tag war, sollte sich nach seinen Gefühlen erkundigen? Aber sie war so aufgeregt!

»Ich … du musst dir das sofort ansehen. Ich habe eine Idee,

ich … wir machen Schienen.« Es war einfach aus ihr herausgebrochen, und vermutlich hatte Charles sie gar nicht verstanden. Wie sollte er auch, er hatte ja den ganzen Tag mit dem Entwerfen von Kulissen verbracht. Sie nahm ihm die Jacke ab und warf sie auf einen Stuhl.

»Beinschienen? Für die Army?« Charles sah sie verwirrt an.

Rays Gesicht leuchtete auf. »Ja, genau. Ich habe daran gearbeitet, aber ich glaube, wir müssen das zusammen machen. Ich brauche deine Hilfe.«

Sie zog ihn mit sich zum Schreibtisch und zeigte ihm, was sie bisher gezeichnet hatte. »Vor allem brauche ich Hilfe bei den Maßen. Ich hatte einfach kein männliches Bein zur Verfügung.«

Charles grinste und betrachtete Rays Zeichnungen. Sie hatte eine längliche Unterstützung entworfen, in die man das Bein wie in eine Art Wanne legen konnte.

»Die Schienen ließen sich vielleicht mit Verbandsmaterial befestigen«, erklärte sie. »Was denkst du?«

»Ich denke, das ist ein sehr guter Gedanke und ein ausgezeichneter Start. Wie bist du auf die Idee gekommen?«

Ray erklärte ihm, dass der Gedanke an die Verletzten des Krieges sie seit der Begegnung mit Scott nicht mehr losgelassen hatte. Dass sie etwas tun wollte. Und dass es doch eine Möglichkeit wäre, die Maschine anzuwenden. Und dabei vielleicht sogar weiterzuentwickeln.

Charles strich sich nachdenklich über das Kinn. Dann schloss er Ray in seine Arme und küsste sie auf die Nasenspitze. »Ich denke, das ist eine herausragende Idee. Wir sollten daran weiterarbeiten. Aber zuerst müssen wir etwas essen.«

Ray lachte. In ihrem Bauch war so viel Freude über ihre Idee und die Aussicht, etwas so Brauchbares zu entwickeln, dass sie gar keinen Hunger verspürte. Aber Charles musste natürlich sehr hungrig sein nach dem langen Tag.

Sie zogen sich an und gingen in das Diner weiter unten an der Straße, aßen und tranken, und sobald sie wieder zu Hause waren, stürzten sie sich in die Arbeit.

Schon ein paar Tage später erstellten sie mit der Biege-Maschine den ersten Prototyp der Schiene. Es galt herauszufinden, wie viele Furnierschichten unbedingt gebraucht wurden, um eine stabile Schiene zu gewährleisten. Es durfte nicht eine Schicht zu viel sein, sonst würde die Schiene zu schwer werden. Sie sollte ja gerade leicht sein, um den Transport der Verletzten zu vereinfachen.

Zuerst formte Ray mit Gipsbinden Charles' Bein ab. Er verlor dabei einige Haare an den Beinen, was ihn dazu brachte, leise vor sich hin zu schimpfen, aber das war doch ein geringer Preis im Vergleich zu den Schmerzen, die die zukünftigen Träger der Schienen erdulden mussten. Als der Gips ausgehärtet war und Charles sich von den Strapazen erholt hatte, konstruierten sie zusammen ein Modell aus Gips, das ein männliches Bein nachahmte. Ray überlegte kurz, ob es notwendig war, das Modell flexibel zu gestalten, weil ein menschliches Bein sich ja im Kniegelenk bewegen konnte. Doch Charles winkte ab. »Es geht doch darum, das Bein zu fixieren. Wir müssen eine Schiene machen, die das unterstützt.« Und damit hatte er natürlich recht.

»Ich möchte nur keine Überlegung auslassen, ich fürchte, wenn wir der Army eine Schiene präsentieren, dann haben wir keine zweite Chance«, antwortete Ray.

Charles nickte bedächtig. »Wir beide sollten immer alles ansprechen, alles überdenken und nichts von vornherein verwerfen. Deswegen sollten wir beide vereinbaren, dass wir alle Ideen, die wir haben, immer laut aussprechen. Nur so können wir sicherstellen, dass nicht einer von uns an etwas denkt und es verwirft, bevor es zu Ende gedacht ist.«

Ray dachte über diese Worte nach. Wollte sie das? Wollte sie Charles gegenüber mehr oder weniger laut denken? Ihren inneren Prozess hörbar, sichtbar, nachvollziehbar machen? Wenn sie zusammenarbeiteten, wie jetzt an der Schiene, ja. Dann sah sie einen Vorteil darin, wenn ihr Geist und ihre Herzen verschmolzen. Aber was war mit ihrer eigenen Kunst? Mit ihrer Kreativität? Auf die Schnelle kam sie zu keinem Ergebnis in ihren Überlegungen. Also nickte sie. Es ging jetzt schließlich um die Soldaten.

An einem Abend Anfang Juni war es schließlich so weit: Die erste Schiene war vollendet. Es war eine wunderbare Form. Ein Kunstwerk. Lang und schlank schmiegte sie sich förmlich an das Bein. Und während sich die Seiten der Schiene am Oberschenkel sanft nach außen bogen, damit sie sowohl schmale als auch breitere Ausformungen gut unterstützten, war der Teil für den Unterschenkel länger als für den Oberschenkel und am Ende kastenförmig. Hierin sollte der Fuß des Verletzten ruhen können.

»Es ist ein Schmuckstück«, sagte Charles.

Ray nahm die Schiene in die Hand. Sie ging ihr bis zur Brust, Ray war ja nicht besonders groß. Trotzdem lag sie leicht und angenehm in der Hand. »Probier sie an«, forderte sie und hielt Charles die Schiene entgegen.

Charles setzte sich gehorsam auf den Boden, und Ray schob

die Schiene vorsichtig unter sein Bein. »Und, wie fühlt es sich an?«

»Sehr angenehm, passt hervorragend. Wie fixieren wir die Schiene am Bein?«

Ray griff zu ein paar Verbandsrollen, die sie bereitgelegt hatte. Dann befestigte sie die Schiene mit ein paar Umrundungen um Charles' Oberschenkel und einigen mehr am Unterschenkel kurz über dem Knöchel.

Charles stützte sich mit den Händen hinter sich ab und hob das Bein. Die Schiene rutschte nach unten, obwohl Ray sich sicher war, den Verband so straff wie möglich angelegt zu haben. »Das Material ist zu glatt«, sagte sie.

»Wir brauchen Schlitze, durch die man die Bänder führen kann«, sagte Charles.

Es klingelte.

Ray fuhr zusammen und sah Charles an, der mit den Schultern zuckte. Bisher hatten sie kaum Freunde oder Bekannte zu Besuch gehabt. Nicht nur weil sie gern für sich waren, sondern auch weil meist sehr viel Material herumstand, was nicht sehr gastlich wirkte.

Es klingelte erneut, und Ray ging zu Tür.

Es war John Entenza, der Herausgeber von *Arts & Architecture*.

»Oh, hallo! Komm doch herein, John. Wie nett, dich zu sehen.« Ray freute sich wirklich über seinen Besuch.

John hob eine Flasche Scotch hoch, die er in der Hand hielt. »Hallo, Ray. Ich habe schon so lange nichts mehr von dir gehört, dass ich dachte, ich sehe mal nach euch. Was macht Charles?«

Charles humpelte vorsichtig heran, er hatte das Bein noch in der Schiene. »Hallo, John. Wie geht's?«

John wirkte erschrocken. »Mein Gott, Charles, was ist denn mit dir passiert? Bist du verletzt?«

In diesem Moment löste sich die obere Verbandsbinde, und die Schiene stand grotesk nach hinten hin ab. »Liebling, wir sollten dich befreien. Die Schiene ist nicht dazu gedacht, um damit herumzulaufen. John, bitte setz dich doch.«

Der sichtlich verwirrte John nahm im Wohnzimmer auf einem der Sessel Platz, während Ray auch die untere Binde an Charles' Bein löste und die Schiene dann vorsichtig beiseitelegte. Dann besorgte sie ein paar Gläser aus der Küche sowie etwas Wasser und gesellte sich zu den beiden Männern.

Charles erklärte, woran sie arbeiteten.

John klang beeindruckt. »Donnerwetter. Da habt ihr euch ja wirklich was einfallen lassen. Ich wundere mich nicht, dass du keine Zeit hattest, die nächste Covergrafik rechtzeitig abzugeben.«

Ray schlug die Hand vor den Mund. »Oh, nein. Entschuldige bitte, du bekommst sie morgen.« Wie hatte ihr das nur entgehen können?

»Ja, ja, alles in Ordnung, das reicht noch. Deswegen bin ich vorbeigekommen. Aber wenn ich gewusst hätte, was mich hier erwartet, wäre ich viel früher gekommen. Ich finde, das ist hochinteressant, was ihr da macht. Habt ihr schon eine Idee, wie ihr das Ding vermarkten wollt?«

»Na ja …« Charles sprach nicht weiter und sah Ray an.

Ray zuckte mit den Schultern. »Wir hatten vor, daran zu arbeiten, bis der Prototyp perfekt ist, um ihn dann dem Militär vorzustellen.«

John nickte bedächtig. »Wolltet ihr ihnen die Idee, vielleicht sogar das Patent dazu, verkaufen oder gleich die Schienen?«

Wieder trafen sich Rays und Charles Blicke. »Die Schienen«, sagte Ray spontan, und Charles nickte. Es war doch sicher besser, ein Produkt zu verkaufen und nicht nur eine Idee.

»Dann müsst ihr sie selbst herstellen. Hier in der Wohnung? Wie soll das gehen?«

John hatte recht. Aber war es nicht notwendig, einen Schritt nach dem anderen zu tun? Erst sicher zu sein, dass alles funktionierte? Sie hatten sich wirklich noch keine Gedanken gemacht, wie es weitergehen sollte.

Charles antwortete: »Erst müssen wir wissen, dass alles so ist, wie wir es uns vorstellen. Die Maschine muss tun, was sie soll. Und dann können wir Schienen herstellen. Vermutlich nicht hier, das stimmt.«

»Entschuldigt bitte, wenn ich mich zu sehr einmische. Ich denke, es ist wichtig, dass ihr möglichst schnell produziert und verkauft. Und nach allem, was ich verstanden habe, braucht ihr dazu Geld.«

Wieder sah Ray Charles an. Sie machte den Mund auf, aber was sollte sie sagen? Sie hatten nicht einen Dollar übrig, um in irgendetwas zu investieren, was über ein bisschen Holz und anderes Material hinausging.

Doch John sprach weiter: »Wenn ihr es mir erlaubt, würde ich ein paar Leute fragen, die ich kenne. Wenn ihr drei oder vier Investoren hättet, kämt ihr wirklich schneller voran. Und den Soldaten wäre auch schneller geholfen.«

In Ray hatte sich Widerstand geregt beim Gedanken, fremde Menschen in ihre Idee einzubeziehen. Doch Johns letzter Satz überzeugte sie. Es ging ja nicht um ihre Unabhängigkeit, es ging darum, einen Beitrag zu leisten. Den Soldaten zu helfen.

Auch Charles nickte, langsam zwar und nachdenklich, aber

er nickte. »Ich muss dir zustimmen. Selbst wenn es mir lieber wäre, das Projekt aus eigener Kraft zur Serienreife zu bringen, so geht es hier um weit mehr als nur um einen Stuhl. Es geht um Menschen, und wenn nicht um ihr Leben, so doch darum, dass sie weniger leiden müssen. Zeit ist also ein größerer Faktor, als wir bisher dachten.«

Kapitel 22

Los Angeles, August 1942

Nach diesem Abend ging alles ganz schnell. John fand tatsächlich zwei Herren, die bereit waren, eine kleine Summe in die Herstellung der Schienen zu investieren. Heute war der große Tag gewesen. Charles hatte die Schiene auf dem Stützpunkt der Luftwaffe in Los Angeles vorgestellt und anschließend einem Admiral der Army. Sie hatten ihn verabschiedet mit der Aussage, dass man grundsätzlich an der Idee interessiert sei.

Beschwingt machte er sich auf den Heimweg. Unterwegs besorgte er eine Flasche Wein und ein paar Sandwiches, denn es war Zeit, zu feiern. Ihr erstes großes, selbst entworfenes Produkt würde kein Stuhl sein, wie sie beide gedacht und gehofft hatten. Es würde eine Beinschiene sein. War das nicht vielleicht sogar ein besserer Anfang? Etwas, womit sie auf Anhieb vielen Menschen helfen konnten? Bald, bald würde es weitergehen mit anderen Dingen, da war er sich sicher.

Er schloss die Tür zur Wohnung auf. »Liebling? Ich bin zurück!« Ray war nicht zu sehen, dafür ein wunderbar gedeckter Tisch, mit kleinen bunten Speisen, winzigen Sandwiches, Gurken, Tomaten, Roastbeefröllchen, nicht alles konnte er auf Anhieb identifizieren. Aber es sah köstlich aus. Viel köstlicher als die labbrigen Brote, die er mitgebracht hatte. Aus dem Radio erklang sanfter Jazz, und es standen sogar Blumen auf dem

Tisch. Sie besaßen keine Vasen, deswegen hatte Ray die Blumen vermutlich einzeln in ausgespülte Konservengläschen gesteckt. Blumen. Die hatte er natürlich vergessen. Aber seine Ray dachte eben an so etwas. Er stellte wenigstens die Flasche Wein auf den Tisch und freute sich, dass auch er eine Kleinigkeit zu diesem Festmahl beitragen konnte.

In diesem Moment öffnete sich die Tür zum Badezimmer, und Ray erschien. »Oh, Charles, da bist du ja schon. Wie schön, du hast an etwas zu trinken gedacht! Ich hatte gehofft, dass du eine Flasche mitbringen würdest.«

Charles schüttelte seine Überraschung ab. »Woher hast du denn gewusst, dass ich mit guten Nachrichten kommen würde?«

Ray lachte, es war das leise Lachen, das er so an ihr liebte. Es hörte sich an, als läuteten einige übermütige Feen die Kirchenglocken.

»Ich war mir ziemlich sicher, aber ich wusste es natürlich nicht. Ich dachte allerdings, dass wir auch schlechte Nachrichten feiern sollten, als kleinen Motivationsschub. Also hat es geklappt?«

Charles strahlte und breitete die Arme aus. »Ja!«

Und endlich hielt er seine geliebte Frau in den Armen. Endlich konnte er sie küssen. Er hatte sie so vermisst, denn normalerweise war er nicht länger als ein paar Stunden von ihr getrennt. Heute war es gleich ein ganzer Tag gewesen. Und wie gern hätte er sie an seiner Seite gewusst, als er vor diesen Militärs stand und die Schiene präsentierte. Ray hatte die Situation mit ihm geübt, sie hatten es hier zu Hause in der sicheren Umgebung und ohne dass jemand anderes zuhören konnte, durchgespielt. Und er hatte es gut gemacht, obwohl er sehr nervös gewesen war. Er hatte leise gesprochen und langsam, und die beiden Männer im Raum, die es ja gewohnt waren, Befehle zu brüllen, hatten sich ein wenig nach vorn gebeugt, um ihm zuzuhören.

Er küsste Ray, genoss für einen weiteren Atemzug, der ein ganzes Leben lang hätte dauern können, ihre Nähe, ihren Geruch und ihre Gegenwart. Das war das Wichtigste für ihn im Leben: diese Frau in den Armen zu halten.

Nach dem Essen erzählte er endlich von seinem Plan. »Ich würde gerne morgen bei MGM kündigen.« Einen Moment lang hielt er den Atem an. Natürlich war er ein freier Mann, und kein Ehemann auf dieser Erde hatte je die Erlaubnis seiner Frau gebraucht, um eine Arbeitsstelle zu wechseln. Doch Rays Meinung war ihm wichtig. Sie sah ihn offen an, während er weitersprach. »Ich möchte meine Zeit jetzt nicht mit unwichtigen Dingen wie Kulissen verschwenden, so gern ich mit Billy zusammenarbeite. Ich glaube, wir sollten jetzt unsere gesamte Kraft und Zeit in die Schienen stecken.« Charles hielt kurz inne, bevor er fortfuhr. »Oder meinst du, ich sollte erst einmal um Urlaub bitten?«

»Denkst du denn, wir schaffen es ohne dein Einkommen? Wir waren sparsam, sehr sparsam. Die Summe, die du Eero schuldest, haben wir zusammen. Du kannst ihm schreiben, dass wir ihm das Geld, das er uns geliehen hat, zurückzahlen können. Und vielleicht sollten wir ein paar Tage freinehmen, wenn Lucia übermorgen kommt.« Ray sah ihn lächelnd an. »Also schlage ich vor, dass du morgen zu MGM gehst und vorerst um eine längere Beurlaubung bittest.«

Ja, es war die Zeit der Sommerferien, und Lucia würde für

zehn Tage zu Besuch kommen. Er hatte Monate darauf gewartet, sie endlich wiederzusehen. Er spürte einen kleinen Stich im Herzen. Endlich.

»Wir sollten heute Nachmittag die Werkstatt so weit aufräumen, dass Lucia sich in dem Zimmer wohlfühlen wird.« Ray griff nach dem Glas und trank einen Schluck Wein. »Wir haben sie seit Weihnachten nicht gesehen. Wahrscheinlich erkennen wir sie kaum wieder, das geht so schnell in dem Alter. Vergiss nicht, dass du unbedingt herausfinden musst, was sie sich zum Geburtstag wünscht. Sie wird dreizehn, vielleicht sollten wir mit ihr zusammen etwas einkaufen gehen, das wir ihr dann im Oktober schicken können, was meinst du?«

»Ich meine, dass du wunderbar über alles nachgedacht hast und wir deinem Plan folgen sollten.«

Charles erhob sein Glas und stieß mit Ray an. Dann erhob er sich, ging zu Ray und zog sie hoch in seine Arme. »Und nun, mein Schatz, sollten wir unbedingt weiterfeiern. Allein und ohne diese Kleider, die uns tagsüber so gut schützen. Die dich wunderschön aussehen lassen, auch wenn ich dich ohne diese Bluse noch schöner finde.«

Ray lachte wieder ihr leises Feenlachen. Sie ließen alles stehen und liegen und zogen sich zurück in das Land, das nur Liebende betreten dürfen.

Als Charles am nächsten Morgen erwachte, hielt er Ray in seinem Arm. Sie schlief noch. Wie weich und warm sich ihre nackte Haut anfühlte. Er sog ihren Duft nach Lavendel und Geborgenheit ein und spürte seinen Gefühlen nach. Vor drei Jahren hatte er die Hoffnung fast aufgegeben, dass ihm einmal ein persönliches Glück vergönnt sein würde. Er hatte es hingenommen und beschlossen, seinen Lebenssinn in der Arbeit zu finden. Und dann hatte er Ray kennengelernt. Eine Frau, die noch mehr als er selbst an ihre gemeinsame Idee glaubte. Die bereit war, alles dafür zu tun, um mehr als das zu erreichen. Eine Frau, die er mehr als alles liebte. Er war der glücklichste Mann der Welt. Er küsste seine wunderbare Ehefrau aus dem Schlaf.

Mit Lucia zusammen sahen sie in den nächsten Tagen eine Lagerhalle an, die nicht weit von ihrer Wohnung entfernt lag. Lucia tanzte in der großen Halle, und Ray machte mit. Charles sah den beiden geliebten Frauen zu und spürte wieder dieses unbändige Glück. Ray hielt sich zwar oft zurück, wenn er mit Lucia Zeit verbrachte, aber das Mädchen hatte ganz offensichtlich einen guten Draht zu ihr. Eine Verbindung, die zwar nicht der einer Mutter zu ihrer Tochter gleichkam, aber doch wie eine Freundschaft war. Am Vormittag hatten die beiden mehrere Stunden damit verbracht, Bilder von einem europäischen Maler namens Miró zu betrachten und daraufhin zu malen. Charles schaute ihnen für einige Minuten über die Schulter und erkannte bei Miró die organischen Formen, von denen Ray im Moment so fasziniert war. Sie teilte ihr Material mehr als bereitwillig mit ihrer Stieftochter, und sie hatten gemeinsam darüber gebrütet, wie man aus der Form der Schiene eine Skulptur erstellen könnte. Es war eine Freude gewesen, den beiden zuzusehen.

Ray war während der wenigen Tage mal Kind, mal erwachsene Frau gewesen. Sie hatte mit ihm die Einrichtung der Halle geplant, und im nächsten Moment saß sie mit Lucia auf dem Fensterbrett, um aus dem Fenster zu starren und sich Geschichten über Wolkenfiguren zu erzählen. Und Charles ertappte sich selbst dabei, dass er darüber nachdachte, ob diese Wolke wohl wie ein Tier aussah und jene wie ein Automobil.

Ihm fiel es diesmal besonders schwer, sich von seiner Tochter zu verabschieden. Wie schön wäre es, wenn sie nicht am anderen Ende das Landes, sondern nur um die Ecke wohnen würde. Doch dann wäre auch Catherine in seiner Nähe gewesen, und das konnte er sich beim besten Willen nicht vorstellen. Dabei war Lucia doch ein Teil von ihr, wie sie ein Teil von ihm war, den er trotz allem Glück mit Ray schmerzlich vermisste, wenn sie nicht in Los Angeles war.

Lucia versprach, in den Herbstferien wiederzukommen, um die neue Halle zu bewundern und bei der Herstellung der Schienen zu helfen. »Wenn ich einen Beitrag leisten kann, unseren tapferen Soldaten zu helfen, dann wird das für immer in meiner Erinnerung bleiben, und ich werde immer stolz sein.« Sie sagte es mit geröteten Wangen, blinzelnden Augen und gerecktem Kinn.

Charles war stolz auf sie. Ja, sie war, wie Eero einmal gesagt hatte, vermutlich das Beste, was er jemals zustande gebracht hatte.

Nachdem Lucia abgereist war, ging es richtig los. Sie schafften die Biege-Maschine in die Halle, und mit der Unterstützung von zwei Arbeitern bauten sie zwei weitere davon. Und dann kamen die Schienen an die Reihe. Zu viert arbeiteten sie montags bis samstags zwischen neun Uhr morgens und sechs Uhr abends an deren Produktion. Oft waren Charles und Ray zusätzlich am Wochenende in der Halle, und manchmal kam es ihm vor, als seien diese Maschinen ihre Kinder, die man nicht zu lange allein lassen durfte. Und so war es ja auch. Die Arbeit war das Kind, das er und Ray zusammen hatten.

* * *

Seit Lucia nicht mehr bei ihnen war, hatte Ray mit ihrer Abwesenheit zu kämpfen. Mit Charles hatte sie zugleich auch eine Tochter bekommen, ein wundervolles Mädchen, das so einzigartig kreativ und verspielt war, dass Ray sich sofort mit ihr verbunden gefühlt hatte. Längst war sie auch ein wenig ihre Tochter. Lucia hatte alle Scheu ihr gegenüber abgelegt, und es schien, als wäre ihr der Kontakt mit ihr genauso wichtig wie mit ihrem Vater. Ray war so dankbar dafür. Was für ein Glück, die Chance zu bekommen, das Leben noch einmal aus Kinderaugen zu sehen. Sie erinnerte sich in jedem Augenblick, den sie mit Lucia verbringen durfte, an ihre eigene Kindheit, an all die Papierpuppen, die sie ausgeschnitten und neu eingekleidet hatte. An die kleinen Kunstwerke, die sie damals geschaffen hatte und die nun zusammen mit so vielen anderen Erinnerungen an ihre frühen Jahre, an die Eltern und an Maurice bei Helen in Kisten in einem Keller lagerten.

Sie sollte einen Brief an Lee schreiben und sie einladen, für ein paar Tage herzukommen.

Diese plötzlich aufgekommene Sehnsucht nach einem Kind konnte sie unmöglich mit Charles besprechen.

Kapitel 23

Los Angeles, Oktober 1942

Lee war begeistert, als Ray ihr die Halle zeigte. Es war ein Sonntag, deswegen waren die Arbeiter nicht anwesend, und es war still und irgendwie feierlich in dem lichtdurchfluteten Raum. Charles war zu Hause geblieben, obwohl er, wie Ray ahnte, gern gearbeitet hätte. Je mehr Schienen sie produzieren konnten, desto besser. Es ging ihm gegen den Strich, auch nur einen Tag zu verlieren.

Lee trat an die erste Biege-Maschine. »Das sieht sehr eindrucksvoll und sehr kompliziert aus.« Sie legte den Finger ans Kinn und schürzte die Lippen.

»Wir sind noch dabei, herauszufinden, was man damit alles tun kann. Wenn man die Furnierplatten zum Beispiel in Streifen schneidet, bevor man sie hineinlegt ...«

»Und das hast du damit gemacht?«, unterbrach Lee Rays Erklärungen. Sie zeigte auf eine Skulptur aus einigen dünnen Furnierschichten, die sich ganz und gar dreidimensional Raum nahm. »Das hat gleichzeitig etwas von einer Amöbe oder wie heißen diese seltsamen Einzeller noch, die jede beliebige Form annehmen können? Und doch etwas unglaublich Elegantes. Wie hast du das hinbekommen, Ray?«

Ray setzte an, um noch einmal die Funktionsweise der Maschine zu erklären, doch Lee pustete ihren Pony nach oben und sprach weiter: »Wie sich das Holz in diesem sanften Schwung biegt. Es ist doch Holz, hast du gesagt?«

Ray nickte nur. Es war wohl besser, wenn sie abwartete, bis Lee gesagt hatte, was sie sagen wollte.

»Ist das Ganze aus einem einzigen Brett gemacht? Es scheint unmöglich, vollkommen künstlich, dabei sieht die Skulptur ganz organisch aus.«

»Fass sie ruhig an«, sagte Ray. »Es sind verschiedene Schichten, die Figur ist ja unterschiedlich dick.« Sie war ziemlich stolz auf die Skulptur. Es war das Beste, was sie bisher gemacht hatte. Sie wünschte sich sehr, dass Lee das ebenso sah.

Lee zog die Nase kraus. »Aber diese Skulptur sieht nicht so aus, als könnte ich mich draufsetzen.«

Ray lachte den kleinen Schreck weg, den ihr diese Vorstellung zuerst eingejagt hatte. »Nein, in dieses Stück bitte nicht. Wir haben nur ausprobiert, was möglich ist. Wie weit sich die Holzschichten unter welchen Umständen biegen lassen.«

»Hast du sie schon fotografiert?« Lee schritt immer noch um die Skulptur herum. »Ich glaube, allein die Bilder aus verschiedenen Blickwinkeln zu betrachten, könnte schon sehr erhellend sein.«

Ray sah ihre Freundin an. Eben hatte sie sich noch unverstanden von ihr gefühlt, aber nun? Ja, Lee hatte vollkommen recht. Sie sollte mit der Kamera herkommen. Und vielleicht konnte sie daraus sogar ein Zeitschriftencover für John machen. Am liebsten wäre sie sofort nach Hause gelaufen, um die Kamera zu holen. Doch Lee hatte nur wenig Zeit. Fotografieren konnte sie später immer noch.

»Lass uns ein bisschen an den Strand gehen, hast du Lust?«, schlug Ray vor. Sie wollte unbedingt noch ein paar Stunden mit Lee allein verbringen. Charles saß zu Hause am Schreibtisch und war beschäftigt. Und damit auch versorgt, er würde sie nicht vermissen.

Sie nahmen den Wagen und fuhren nach Venice Beach hinunter. Mittlerweile kannte Ray sich besser aus, so dass sie sich während der Fahrt mit Lee unterhalten konnte. Am Strand parkte Ray an der Promenade unter einer Palme.

Dann zogen sie beide die Schuhe aus und wanderten am Wasser entlang in Richtung Santa Monica.

»Erzähl mir, wie es dir geht«, fing Ray an. Sie wollte nicht zuerst damit herausplatzen, was ihr auf dem Herzen lag.

Lee berichtete, dass sie in diesem Sommer mit einem sogenannten War Services Project beschäftigt gewesen war. Sie hatte Schaufensterdekorationen, in denen für Zivilschutzkurse geworben wurde, begutachtet und abgenommen.

»Ich hoffe, das war nicht zu öde für dich, für Menschen zu arbeiten, die keinerlei Sinn für Ästhetik haben«, sagte Ray.

»Nein, stell dir vor, es war weit weniger langweilig als erwartet. Die Arbeit an sich natürlich schon. Aber ich hatte dir doch von diesem Maler erzählt, Jackson Pollock. Ich hatte ihn auf deine Hochzeit mitgebracht.«

Ray überlegte. »Ach ja, als du mich zuvor in Bloomfield Hills besucht hast, hast du von ihm geschwärmt, nicht wahr? Auf meiner Hochzeit habe ich irgendwie nicht so sehr auf ihn geachtet. Obwohl ich mich schon gefragt habe, warum du ausgerechnet ihn mitbrachtest.«

Auf Lees Gesicht erschien ein Lächeln. »Genau. Ich fand ihn, zugegeben, von Mal zu Mal interessanter. Und nun … Er ist definitiv ein toller Hecht. Das kann man nicht anders sagen.«

»Und den hast du bei der Arbeit wiedergetroffen?« Ray wurde langsam richtig neugierig.

Lee hakte sich bei Ray ein, was sicher aus der Entfernung seltsam aussehen musste, Lees hochgewachsene Gestalt neben der kleinen Ray. »Genauer gesagt habe ich sogar dafür gesorgt, dass er mit mir an diesem Projekt arbeiten kann.«

»Was? Wie hast du das denn geschafft? Lee, du bist echt ein Genie.« Ray zwinkerte ihr zu.

»Genie ist wohl das richtige Stichwort. Als Projektleiterin durfte ich mir ein kleines Team zusammenstellen, acht Künstler und Künstlerinnen. Und da ich dabei ganz nach meinem eigenen Geschmack vorgehen durfte …«

»… hast du die Gelegenheit genutzt und dem vielversprechenden Künstler eine Chance geboten. Die er natürlich nicht abschlagen konnte.«

»Natürlich nicht.« Lee grinste.

»Ach, Süße, das ist doch sehr gut. Ist die Arbeit denn auch gut gelaufen?«

»Abgesehen von Pollock, meinst du? Gar nicht so schlecht, ehrlich gesagt. Diese Zivilschutzkurse beschäftigen sich oft mit grotesken Dingen. Ich hatte glücklicherweise immer meine Kamera dabei und habe Fotos geschossen, was das Zeug hält. Und jetzt mache ich daraus Collagen. Meinst du, wir könnten nachher noch einmal in eure Halle? Wenn ich es mir recht überlege, wären einige Fotos von euren Schienen sehr passend. Darf ich?«

»Ja, natürlich. Du brauchst doch nicht zu fragen. Und was ist jetzt mit Pollock?«

»Der ist ein wirklich talentierter Künstler. Nicht nur ein bisschen, er kann wirkliche Größe erschaffen. Wenn er arbeitet, schuftet er wie ein Wahnsinniger. Hat für nichts und niemand

Augen oder Ohren, weil er so konzentriert ist. Er ist außerdem charmant, was sehr dabei hilft, seine Kunst zu verkaufen. Er trinkt manchmal ein bisschen zu viel. Dann kann er tagelang nicht arbeiten, weil er sich in eine unglaubliche Depression hineintrinkt.«

»Und du bist die, die ihn immer wieder herausholt.« Man musste Lee eigentlich nur ansehen, um es zu wissen. Natürlich.

»Es ist nicht so, wie du denkst. Ich kümmere mich nur ein bisschen um ihn. Und er liebt mich.« Lees Stimme klang ganz weich.

»Hat er das gesagt?« Ray hätte sich diesen Pollock auf ihrer Hochzeit doch genauer ansehen sollen. Da war ja schon klar gewesen, dass Lee sehr verliebt war. Andernfalls hätte sie ihn kaum gebeten, mitzukommen.

»Das hat er. Nicht nur einmal und nicht nur, wenn er etwas von mir wollte. Kannst du dich an unser Gespräch erinnern, das wir in Bloomfield Hills geführt haben? Ich glaube, dass Kunst sich doch gegenseitig befruchten kann, ja sogar muss. Wenn zwei kreative Menschen aufeinandertreffen, kann das doch nicht anders ausgehen, als dass die Kunst sich potenziert. Als abstraktes Gut, meine ich. Wenn die Kunst wie zum Beispiel die Liebe ist, dann muss sie doch größer werden, wenn zwei Gleichgesinnte sie teilen. Oder nicht?«

Ray dachte über Lees Worte nach. War es so, dass Kunst an sich etwas Abstraktes war? Etwas, das ein gewisses Eigenleben führte, und wenn es zwei hatte, die es nährten, dass es dann mächtiger oder gar besser wurde? Wie war das bei Charles und ihr? Die Frage war zu schwer, um sie spontan zu beantworten, das war sicher. Außerdem ging es bei ihr und Charles ja nicht um Kunst, mehr um Kreativität, um Design und auch viel um

Handwerk. War das dann anders? Oder konnte man vielleicht doch keine allgemein gültige Regel aufstellen?

»Ja. Nein. Ich weiß es nicht. Ich würde es mir wünschen, dir vor allem, dass du recht hast. Dass ihr beide sehr viel Gutes erschafft und besonders du als meine Freundin viel positive Schaffenskraft aus eurer Verbindung ziehen kannst.«

Lee sah sie aufmerksam an. »Danke. Du bist eine gute Freundin, Ray. Manchmal mache ich mir einfach schreckliche Sorgen, weil ich Angst habe, dass der Alkohol schlimme Dinge mit Pollock anstellt. Er wird dann so unbeherrscht. Aber das ist vermutlich normal, oder? Dass man enthemmt wird, wenn man betrunken ist. Und es hat ja auch ganz viele positive Seiten, diese Hemmung einmal fallen zu lassen. Ganz ohne die Regeln und Verbote, die wir verinnerlicht haben, zu arbeiten.«

»Na ja. Du weißt, dass ich gern ein Glas trinke. Ich bin weit davon entfernt, Abstinenzlerin zu sein. Allerdings hat es sich bei Charles und mir so ergeben, dass wir in der Regel erst einen Drink nehmen, wenn wir mit der Arbeit, also der handwerklichen Arbeit, für den Tag fertig sind. Wenn wir dann nur noch über Papier sitzen, darüber nachdenken, ob wir erreicht haben, was wir wollten, und wie wir weitermachen, dann genehmigen wir uns schon das ein oder andere Glas Wein. Aber sag, wollen wir nicht einen Drink nehmen? Wenn wir schon die ganze Zeit davon sprechen?«

Lee kicherte. »Ich dachte schon, du fragst nie!«

Sie drehten um und spazierten ein Stück zurück, die Strandpromenade entlang, bis ein Lokal in Sicht kam.

Ray bestellte Martini, Lee wollte lieber einen Tom Collins. Sie setzten sich auf die Terrasse, lehnten sich in den Stühlen zurück und sahen aufs Meer.

»Ich mag die Farben«, sagte Lee.

»Die Farben, den Wind, die Wärme. Los Angeles pulsiert. Wenn man hier am Strand sitzt, hat man pure Energie im Rücken und direkt vor sich die Weite des Ozeans. Ich glaube nicht, dass es einen besseren Ort gibt.« Ray merkte, dass sie sehr schwärmerisch wurde, aber so fühlte sie nun mal.

»Wir wollen jetzt nicht die Diskussion befeuern, New York oder L.A., meine Liebe. Lass uns den Tag lieber genießen.« Lee nippte an ihrem Drink.

Eine Weile schwiegen sie, sahen den Leuten zu und den Wellen.

Dann fasste Ray sich ein Herz und fragte: »Hast du je darüber nachgedacht, Kinder zu bekommen, Lee?«

Lee stellte ihr Glas ab und sah Ray forschend an. »Kinder? Solltest du mir etwas erzählen, Ray?«

Ray lachte und winkte ab. »Nein, schau nicht so erschrocken. Ich bin nicht schwanger. Ich habe auch nicht vor, es zu werden.«

»Das solltest du auch nicht.« Es klang so lapidar, als Lee es aussprach.

Ray wartete darauf, dass die Freundin fortfuhr.

»Du musst dich entscheiden. Entweder, du wirst Mutter. Das ist eine verantwortungsvolle, schöne Aufgabe, und wenn sich unsere Mütter nicht dafür entschieden hätten, wären wir alle nicht hier, nicht so gesund, munter und kreativ. Oder du gehst deinen Weg als selbstbestimmte Frau und Künstlerin. Du bist verheiratet, Ray. Damit hast du schon viele deiner Rechte als Mensch aufgegeben. Du darfst ohne die Erlaubnis deines Mannes weder arbeiten noch ein Konto eröffnen, um nur zwei Dinge zu nennen. Selbst wenn deine Realität mit Charles besser ist als die der meisten Ehefrauen in den USA heute. Das ist gut, eure Liebe ist gut. Aber es ist nicht normal, dass du überhaupt arbeiten kannst. Dass Charles dich nicht zur Hausfrau degradiert hat«, sagte Lee ernst.

»Charles und ich haben darüber gesprochen. Ja. Es ist mir schwergefallen, diese Freiheit aufzugeben, sogar mehr, als ich erwartet hatte. Aber ich wusste, dass ich sie Charles anvertrauen kann.«

»Eben«, sagte Lee ein bisschen streng. »Du hast Glück gehabt. Fordere dein Schicksal besser kein zweites Mal heraus, indem du ein Kind bekommst. Wie kommst du überhaupt auf den Gedanken?«

Ray erzählte von Lucia und von der Inspiration, die sie aus der Zeit mit ihr schöpfte.

Lee überlegte kurz und nahm einen Schluck aus ihrem Glas. »Dann nutze das aus. Du hast eine Tochter bekommen, ohne Mutter sein zu müssen. Sieh es doch als Geschenk, das das Leben dir gegeben hat. Sieh Lucia als Geschenk, nicht als Zeichen für etwas, das du selbst nicht hast. So ist es nicht. Nimm alles in dir auf, was das Leben dir schenkt. Und abgesehen davon: Du bist Künstlerin, niemand kann dich zwingen, dich wie eine Erwachsene zu verhalten.« Lee kicherte, und Ray fiel ein. Sie fühlte sich, als wäre ihr eine Last von der Brust genommen.

Lee blieb eine Nacht im Gästezimmer, das etwas leerer und aufgeräumter war, seit es die Halle gab, und Ray freute sich, noch mehr Zeit mit der Freundin verbringen zu können. Charles erwies sich als ein aufmerksamer Gastgeber, der für Essen und reichlichen Nachschub an Wein sorgte, während Ray mit Lee in Erinnerungen an die gemeinsame Zeit bei Hoffmann schwelgte.

Am nächsten Morgen, einem Montag, wachte Ray früh und

mit schmerzendem Kopf auf. Charles war schon gegangen, um die Arbeiten in der Halle zu überwachen. Vor ein paar Wochen hatten sie die ersten Beinschienen ans Militär geliefert, und nun arbeiteten sie daran, eine Bestellung der Army in Los Angeles über fünfhundert Stück fertigzustellen. Sie waren als Team längst eingespielt, weshalb Ray beschlossen hatte, frühestens am Nachmittag ihren Posten in der Halle einzunehmen. Nach ein paar mehr Stunden Schlaf und einem gemütlichen Frühstück mit Lee würde sie diesen Tag mit Würde und Anstand hinter sich bringen.

Sie konnte nicht lange geschlafen haben, als Charles ins Schlafzimmer stürmte, auf sie zurannte und sie stürmisch küsste.

»Hey, was machst du da? Warum bist du schon wieder hier? Wie spät ist es?« Rays Kopf schmerzte immer noch. Es konnten doch kaum zwei Stunden vergangen sein, seit Charles die Wohnung verlassen hatte?

»Ich fürchte, du musst dir jetzt ein bisschen Mühe geben, wach zu werden, mein Schatz.« Charles setzte sich aufs Bett, zündete eine Zigarette an und reichte sie an Ray weiter.

Sie setzte sich im Bett auf, lehnte sich an die Wand und inhalierte tief. »Was ist passiert?«

Charles sprang wieder auf. Er zog einen Umschlag aus seinem Jackett. »Lies, lies das einfach!« Er streckte ihr einen Brief entgegen.

Ray nahm ihn, dem Absender nach zu schließen stammte er von der Army. Sie überflog das Schreiben. Es war eine Bestellung über 150 000 Beinschienen. Sie schnappte nach Luft.

Charles' Stimme überschlug sich fast. »Hast du gesehen, wie viele Schienen sie wollen? Hast du das gesehen?«

Ray war mit einem Mal hellwach. Das war ja unglaublich! Sie hatten es geschafft. Sie legte die Zigarette in den Aschenbecher auf dem Nachttisch und zog Charles an sich, der sich lachend dagegen wehrte, ins Bett gezogen zu werden.

In Windeseile wusch sie sich und zog sich an. Charles kochte Kaffee, und wenig später saßen sie zusammen am Tisch im Wohnzimmer und brüteten über dem Auftrag.

»Wir brauchen mehr Kapazität für die Produktion. In unserer kleinen Halle und mit den paar Leuten ist das nicht zu schaffen.« Ray stützte den Kopf in die Hände.

»Außerdem müssen wir noch leichte Anpassungen an den Schienen vornehmen. Hier steht, dass sie stapelbar und leicht sein müssen. Ich nehme an, dass es darum geht, sie einfacher nach Übersee transportieren zu können.« Charles kaute auf dem Ende seines Bleistifts.

Ray steckte sich eine Zigarette an und nahm einen Schluck Kaffee, bevor sie damit begannen, über geeignete Holzarten zu fachsimpeln.

Plötzlich stand eine verschlafene Lee vor ihnen. »Was ist denn hier los? Ich dachte, du wolltest heute schon früh zur Arbeit, Charles. Hatten wir uns deswegen nicht gestern Abend schon verabschiedet?« Sie rieb sich die Augen und gähnte.

Ray schenkte der Freundin eine Tasse Kaffee ein und bat sie, Platz zu nehmen. Dann berichteten sie, was geschehen war.

»150 000 Stück?« Lee klang erstaunt. »Das ist wirklich eindrucksvoll. Ich gratuliere euch.« Sie hörte noch eine Weile zu, nahm hin und wieder einen Schluck Kaffee und sagte dann unvermittelt: »Ich denke, ihr braucht einen Partner. Eine Firma, die mit einsteigt. Die sich mit Holzverarbeitung auskennt oder wenigstens an die Rohstoffe herankommt, die ihr braucht.«

Charles stieß einen kleinen Schrei aus. »Du hast recht, Lee. Das ist genau das, was wir brauchen.«

Ray sah ihn an. »Hast du schon eine Idee, wen du ansprechen könntest?«

Charles nickte.

Kapitel 24

Los Angeles, Oktober 1942

Ein paar Tage später, und Ray würde immer wieder staunend erzählen, dass es wirklich nur ein paar Tage gewesen waren, hatte Charles eine Vereinbarung mit der Firma Evans Products getroffen. Evans war ein holzverarbeitendes Unternehmen, genau der Partner, den sie brauchten. Es war ein Leichtes gewesen, Colonel Evans von einer Zusammenarbeit zu überzeugen, kein Wunder angesichts des Auftragsvolumens, um das es ging. Und so kam es zur Gründung einer Tochterfirma von Evans. Charles wurde zum Direktor für Forschung und Entwicklung ernannt und bekam sogar ein regelmäßiges Gehalt. Es war nicht viel, reichte aber, um ihre laufenden Kosten zu decken, also die Miete, den Unterhalt für Lucia und jetzt auch ein wenig mehr für Essen und das Auto. Große Sprünge waren natürlich nicht drin, aber diese Vereinbarung gab ihnen eine gewisse Sicherheit. Außerdem gab es einen kleinen Obolus für sie, weil sie das geistige Eigentum an den Schienen behielten. Darauf hatte Ray bestanden. Es war wichtig, dass ihrer beider Wissen über Materialien und Herstellungsprozesse ausschließlich mit ihren Namen in Verbindung gebracht wurde. Wer wusste schon, wie lange Beinschienen gebraucht wurden? Vielleicht war der Krieg, was ja nur zu wünschen war, sehr bald beendet.

Zu Charles' neuen Aufgaben gehörte zuerst, eine größere

Halle für die Produktion zu suchen und Arbeiter einzustellen. Er schrieb an Eero und an einige der Studenten, die er an der Cranbrook Academy betreut hatte. Don Albinson, den Ray vorgeschlagen hatte, weil er ja schon Erfahrung mit dem Stuhl hatte, hatte sich gerade zur Army gemeldet und musste daher absagen. Ray schrieb ihm zurück, dass er sich unbedingt bei ihnen melden sollte, sobald er aus Übersee zurück war.

Nach ein paar Wochen hatten sie sowohl eine größere Halle als auch neue Mitarbeiter gefunden, und es konnte losgehen. Die Maschinen wurden an die neue Adresse 901 Washington Boulevard geschafft und am nächsten Tag ging es los.

* * *

Als Ray an diesem Morgen vor der Klinkermauer der Lagerhalle am 901 Washington Boulevard in Venice stand, fühlte sie, dass das ein wichtiger Moment war. Ihr Leben würde hier an diesem Ort eine neue Richtung nehmen. Die Morgensonne stand noch nicht hoch am Himmel, es war mittlerweile November geworden, allerdings war es nicht besonders kalt. Langsam hatte Ray sich an das Klima in Los Angeles gewöhnt und hätte es nicht mehr anders haben wollen. Es war immer warm, und an den meisten Tagen herrschte schönes Wetter. Unter diesen Umständen war es leicht, gute Laune zu haben und positiv in die Zukunft zu blicken. Ray spazierte an der Halle entlang, fuhr mit der Hand über die Ziegelsteine. An der Straßenseite befand sich die Eingangstür, eingerahmt von zwei großen Fenstern. Die untere Hälfte der Fenster war mit Papier verklebt, so dass man nicht in die Halle sehen konnte. Links vom Gebäude verlief eine weitere Straße, rechts, ein wenig zurückversetzt, schloss sich ein Gebäude an. Versonnen betrachtete sie diesen Mauervorsprung.

»An was denkst du?« Charles war zu ihr getreten.

»Ich denke, wir sollten diesem Haus einen Namen geben. Es wird unser zweites Zuhause sein.«

Charles schlang die Arme um sie und drückte ihr einen kurzen Kuss aufs Haar. »Und an welchen Namen hast du gedacht?«

Ray lächelte. »Es ist unser Büro, unser Office, darum möchte ich, dass es genau so heißt. Office. Allerdings sollten wir neben dem Eingang ein Schild anbringen, damit die Welt sehen kann, dass wir hier arbeiten. Ich denke an etwas Schlichtes.«

»Einfach 901?« Charles sprach aus, was Ray gedacht hatte.

»Einfach 901, das ist es.«

Mit der Zeit spielten sich die Abläufe im Office ein. Ray und Charles hatten ihre Arbeitstische im Office, so dass sie jederzeit ansprechbar waren, auch wenn sie nicht mehr selbst Hand an die Schienen legten. Immerhin arbeiteten nun fast dreißig Menschen daran, täglich zweihundert Schienen herzustellen. Während Charles für den reibungslosen Ablauf der Produktion zuständig war, nahm Ray sich immer wieder die Zeit, auch künstlerisch zu arbeiten. An vielen Tagen blieb sie zu Hause in Westwood, wo sie malte oder an Titelbildern für John Entenzas Zeitschrift arbeitete. Das machte ihr Spaß, und sie genoss jede Minute, die sie nur für sich sein und malen konnte. Dennoch freute sie sich auf den Abend, wenn Charles nach Hause kam und berichtete, wie es im Office gelaufen war. Anschließend fragte er nach ihrem Tag, und sie zeigte ihm, woran sie gerade arbeitete. Manchmal sagte er dann: »Ich sollte mal einen

Artikel für Entenza schreiben«, aber es dauerte Wochen, bis er es endlich tat.

Ray arbeitete auch weiter an der Holzskulptur, die Lee so beeindruckt hatte. Sie wollte beweisen, was mit der Biege-Maschine alles möglich war, und so einer amorphen Form eine dreidimensionale Gestalt zu geben. An den Wochenenden fuhr sie also ins Office, um die Maschine zu benutzen. Es war ein herrliches Leben. Zwar hatten sie nach wie vor wenig Geld – die Lizenz für die Beinschienen warf nicht so viel ab – und damit auch nicht viele Freiheiten, aber sie hatten sich, sie hatten genug zum Leben, und sie hatten ihre Ideen und die Möglichkeit, sie auszuleben. Was wollte man mehr?

Es war schon Mitte Dezember, als Charles eines Abends mit einem breiten Grinsen und einem Blatt Papier in der Hand zur Wohnungstür hereinkam. »Hallo, Liebes, wie war dein Tag?«

Ray umarmte ihn und gab ihm einen Kuss. Dann sah sie ihn skeptisch an. »Mein Tag war sehr gut, wie war deiner? Du hast doch irgendwas? Ist das ein Telegramm?« Sie wollte danach greifen, doch er hielt das Papier hoch in die Luft, so dass sie es nicht erreichen konnte. Ray ließ die Hand sinken. »Was ist los?«

Charles lächelte. Dann senkte er die Hand und überreichte ihr das Telegramm. »Ich wollte es dir eigentlich vorlesen. Aber lies selbst.«

Ray nahm das Telegramm. Es war von Lilly Saarinen, Eeros Frau. Sie bat darum, eine von Rays Skulpturen kaufen zu dürfen, von denen Charles in einem seiner Briefe an den Weggefährten erzählt hatte. Sie sollte ein Weihnachtsgeschenk sein. Ray fühlte, wie ihr das Blut in die Wangen stieg. Sie lächelte.

Das war nicht das erste Kunstwerk, das sie verkaufte. Aber dass Lilly so begeistert war und wollte, dass eine echte Ray Eames bei ihnen zu Hause stehen würde, das machte sie sehr froh. Vor allem, weil Lilly ja selbst Bildhauerin war.

Charles schlang die Arme um sie. »Ich bin sehr stolz auf dich«, sagte er nah an ihrem Ohr.

Zusammen wählten sie am nächsten Tag eine der Skulpturen für Lilly aus, verpackten sie sorgfältig und schickten sie nach Detroit. Am Abend feierten sie Rays Erfolg. Zusammen saßen sie am offenen Fenster ihres Apartments, aßen belegte Brote und tranken Wein.

Ray liebte diese zweisamen Abende. Immer noch gingen sie regelmäßig aus, in erster Linie um Leute zu treffen. Kontakte waren wichtig, vor allem hier in Los Angeles. Niemals hätten sie das Office gründen können ohne die Unterstützung von John Entenza und seinen Freunden. Ungefähr einmal in der Woche gab es irgendeine Party bei Leuten, die Charles bei der Arbeit in den Studios kennengelernt hatte. Einige davon waren schon fast Freunde geworden. Billy Wilder zum Beispiel, dessen trockene Art, Witze zu machen, Ray besonders gern mochte. Doch bei allem Trubel fand sie es umso wichtiger, Zeit zu zweit zu genießen.

Nach dem Essen legten sie sich aufs Bett und sahen in den Nachthimmel hinaus. Es fühlte sich gut an, in Charles' Arm zu liegen und seinen Herzschlag zu hören.

Seine Stimme klang rau. »Weißt du was, Liebes? Ich vermisse dich in jeder Minute, wenn du nicht bei mir bist.«

Ray drehte sich, so dass sie ihn ansehen konnte. Sie streckte die Hand aus und strich ihm über die Wange. Um seine Augen bildeten sich langsam Lachfalten, was ihr gut gefiel und ihn nur noch attraktiver machte. Wenn sie ein Kind zusammen hätten, wäre es bestimmt sehr hübsch. Aber was dachte sie denn? Wieso kam ihr immer wieder dieser Gedanke an ein Kind? Bald würde sie dreißig und hatte bis jetzt nie das Bedürfnis gehabt, Mutter zu werden. Und auch jetzt war in ihrem Leben kein Platz für ein Kind. Sie wollte Charles nicht teilen, vor allem aber wollte sie nicht mit Mutterpflichten ausgelastet sein, während er sich allein mit ihrem großen Lebensplan weiterbeschäftigte. Wie hatte Lee noch gesagt? Sie hatte ein Kind geschenkt bekommen, ohne Mutter werden zu müssen. Sie war wirklich gesegnet.

Ihre Finger fuhren weiter über Charles' Gesicht. Über seine dichten Augenbrauen, die vollen Lippen. Dann küssten sie sich.

Und Ray fühlte, dass alles gut war, wie es war.

Kapitel 25

Los Angeles, Juni 1943

Die Produktion der Beinschienen lief wie am Schnürchen. So gut, dass es fast beängstigend war, fand Charles.

Er hatte in der Halle zwei Büroräume abtrennen lassen, einen etwas größeren für sich, einen kleineren für Ray. Er nutzte seinen unter anderem für Gespräche mit den Mitarbeitern, er empfing darin Kunden und befreundete Architekten. Nun gut, bisher hatten ihn nicht viele Kunden besucht, aber John Entenza war schon einmal vorbeigekommen, um sich das Office anzusehen und mit Charles über einen Artikel zu sprechen, den er für *Arts & Architecture* geschrieben hatte. Ray nutzte ihren Raum, um zu malen. Wenn Charles mit ungeliebten administrativen Aufgaben beschäftigt war, die allerdings anzeigten, dass sie ein erfolgreiches Geschäft führten, ließ Ray ihrer Kreativität freien Lauf. Schon oft war er dann in ihr Büro getreten und hatte gestaunt, was sie in der kurzen Zeit zuwege gebracht hatte. Und dass sie dann um seine Mithilfe beim künstlerischen Schaffen bat, das erfüllte ihn, der sich nicht als Künstler sah, mit Freude und noch mehr Liebe. Es gab das Gefühl, dass sie zusammengehörten, mehr noch als die tägliche Zusammenarbeit in der Halle, wenn sie Material prüften oder Designs zeichneten und wieder verwarfen. Er fühlte dann, dass sie zusammen mehr erschaffen konnten, als es eine Person konnte, weil sie sich ergänzten und einer im anderen Ideen weckte, auf die eine Person allein nicht gekommen wäre. Sie waren eins und doch so viel mehr.

Zu zweit konnten sie alles mit neuen Augen sehen, jedes Material, jede Technik. Je mehr sie nach diesem Prinzip verfuhren, desto klarer wurde ihm, wie viel Potenzial in allem steckte. Die Menschen neigten dazu, Lösungen zu suchen und die erste, die sich bot, immer wieder zu nutzen. Dabei war das nicht das Ende, sondern erst der Anfang der ganzen wunderbaren Reise im Design. Es gab so viele unentdeckte Möglichkeiten, dass ihm manchmal fast schwindlig wurde, wenn er darüber nachdachte. Und genau das war der Grund, warum er die Schienen zwar für eine hervorragende Grundlage hielt, aber nicht wirklich glücklich damit war, vom gescheiterten Stuhldesigner zum erfolgreichen Schienenproduzenten geworden zu sein. Da musste es doch noch mehr geben. Was sollten sie als Nächstes tun?

Das fragte er auch Ray, als sie heute im kargen Innenhof des Office die Mittagspause zusammen verbrachten.

Ray blinzelte versonnen. »Ich finde, das Prinzip, wie wir arbeiten wollen, gilt auch für unser Denken und Arbeiten an sich. Wir sollten also zwar ganz frei denken, aber doch ausgehend davon, was wir bereits haben. Im Moment ist das die Biege-Maschine und die Technik, Schichtholz in eine gewünschte Form zu bringen. Und zwar nicht in irgendeine Form, sondern in eine Form, die den Bedürfnissen des Nutzers angepasst ist. Wie bei den Schienen eben. Und wir müssen den Nutzer im Auge behalten, vor allem jetzt, wir brauchen ja auch Käufer.«

Charles nickte. »Unser aktueller Käufer ist das Militär.«

»Was könnten sie brauchen, abgesehen von den Schienen?«

Charles überlegte. »Flugzeugteile. Vielleicht eine ganze Trage aus dem Holz. Pilotensitze.«

Rays Hand schoss nach oben. »Warte. Pilotensitze. Das ist eine hervorragende Idee. Wenn wir daran arbeiten, arbeiten wir gleichzeitig weiter am Stuhl, wir können das Wissen wiederverwerten.«

Charles spürte, dass er ganz aufgeregt wurde. »Ja, das machen wir. Womit fangen wir an?«

»Mit einem Abguss von deinen vier Buchstaben«, sagte Ray und lachte.

Kapitel 26

Los Angeles, März 1944

Ray saß in ihrem Büro, das immer voller und mehr und mehr zu einer Werkstatt wurde, weil sie alles, was sie brauchte, dort aufbewahrte. Wenn sie nicht gerade mit Charles im größeren Raum an einem Werkstück für das Militär arbeitete, malte sie nicht mehr nur, sondern nähte, zeichnete und probierte neue künstlerische Techniken aus. Hier saß sie auch an diesem Tag, als Charles an die Tür klopfte und gleich darauf den Kopf hereinsteckte. »Es ist Post für dich angekommen, Liebes. Willst du sie gleich lesen?«

Ray war gerade damit beschäftigt, ein Muster, das sie am Tag zuvor auf Papier ausgearbeitet hatte, mit Stoff-Farbe auf einen kräftigen Baumwollstoff aufzutragen. Das Muster bestand aus kleinen Punkten, die jeweils in kleinen Gruppen mit Strichen verbunden waren, was dem Ganzen etwas Verspieltes und Geometrisches zugleich gab. Ganz zufrieden war sie noch nicht. Irgendetwas fehlte. Mehr Punkte? Gedankenverloren tauchte sie eine Feder in Tusche und zog auf einem Blatt Papier, das neben dem Stoff bereitlag, einige Linien. Oh, zu viel Tusche. Es bildete sich ein breiter Strich, etwas ungleichmäßig, und ein Tuschetropfen auf dem Blatt. Das würde lange brauchen, um zu trocknen, es sei denn, sie zog die Tusche mit der Feder über das Papier. Fast wie ein Stamm mit Ästen. Ray setzte probehalber einen größeren Punkt an jedes Ende der Striche. Dann machte sie weitere Striche, setzte Querstriche dazu und rundete die Winkel an den Kreuzungen mit mehr Tusche ab. Ja. Das war besser, es hatte etwas Organisches, Natürliches. Oder? Und die Striche … nein. Nicht gleich lang. Kein Weihnachtsbaum. Aber die Punkte sollten unbedingt gleich groß werden. Sie waren die Konstante. Sie hielten das Muster zusammen. Mit schnellen Strichen setzte Ray noch mehr dieser Formen aufs Papier. Sie kaute einen Moment auf dem hölzernen Halter der Tuschfeder, dann legte sie ihn zur Seite und holte die Benson & Hedges aus der Rocktasche. Sie schüttelte eine Zigarette aus der Packung und erschrak kurz, als etwas klickte und ihr jemand ein brennendes Feuerzeug hinhielt. Sie sah auf.

Charles lächelte. »Hattest du schon vergessen, dass ich hereingekommen bin?«

Ray biss sich verlegen auf die Unterlippe und nickte. Sie war so versunken gewesen.

»Mach dir keine Gedanken. Es war mir eine Freude, dir zuzusehen. Bist du mit dem Muster zufrieden?«

Ray zog an der Zigarette, dann bot sie Charles eine an. Sie stand auf und öffnete das kleine Fenster. Wenn zwei Personen in dem kleinen Raum rauchten, stand sofort der Qualm im Zimmer. Abends machte ihr das nichts aus, aber gleich wollte sie das veränderte Muster auf den Stoff übertragen und als Versuch auf ein Sitzmöbel legen. Würde das dann noch so aussehen, wie sie es sich vorgestellt hatte?

»Ja, so weit bin ich ganz zufrieden. Aber noch lange nicht fertig. Was trägst du da unter dem Arm?«

»Die Post, wie ich schon sagte.« Er steckte sich die Zigarette in den Mund und legte den Stapel auf dem Fensterbrett ab. Aus einem schon geöffneten Päckchen zog er einen Katalog und ein weiteres kleines Päckchen.

»Das hat Eero mir geschickt. Sein Vater hat gute Verbindungen nach Europa. Du weißt ja, dass mich der Bauhaus-Stil schon lange fasziniert. Bauhaus ist wichtig, weil es klar und gerade ist, weil es die Abkehr vom Alten und die Hinwendung zu Neuem bedeutet. Aber was rede ich? Jedenfalls hat Saarinen uns diesen Katalog einer Ausstellung in Paris aus dem Jahr 1929 geschickt. Darin sind einige Entwürfe des Architekten Le Corbusier zu sehen. Ursprünglich hat er nur selten Möbel entworfen, aber dann kam Charlotte Perriand in sein Studio, um mit ihm zu arbeiten. Sie ist Designerin wie du, hat erst an einer Kunstgewerbeschule studiert und sich dann mit Möbeln beschäftigt. Im Moment lebt und arbeitet sie in Indochina, weil sie in Nazi-Deutschland nicht leben wollte. Wenigstens schreibt Eeros Vater das, der in Briefkontakt mit ihr steht. Sie hat ihm beschrieben, wie sie zu ihren Entwürfen kommt. Sieh nur!« Charles schlug den Katalog auf und zeigte auf die Abbildung einer Liege. Sie sah seltsam aus, denn das Fußteil ragte höher in die Luft als das Kopfteil.

»Sie hat sich sehr genau angesehen, wie französische Soldaten ihre Pausen verbringen, schreibt sie. Und dass die meisten es erholsam fanden, die Beine hoch zu lagern. Das hat den Ausschlag für den Entwurf dieser Liege gegeben. Für die Materialien hat sie sich in einer Autofabrik inspirieren lassen. Stahl und Leder. Das ist weit weg von Formschichtholz und so teuer, dass es im Moment für uns als Material nicht infrage kommt. Aber hier …« Wieder hielt er kurz inne, zog an der Zigarette, die fast von allein heruntergebrannt war, während er gesprochen hatte. Dann nestelte er etwas aus dem kleineren Päckchen.

»Sie hat solche Gliederpuppen aus Holz benutzt, um bereits während des Zeichnens die Proportionen des menschlichen Körpers richtig zu erfassen.«

Ray nahm die Puppe in die Hand. Sie fühlte sich sehr glatt und fein, aber stabil an. Die wichtigsten Gelenke – Hals, Arme, Hände, Hüfte, Knie und Füße – waren mit Drähten verbunden und ließen sich bewegen, so dass die kleine Puppe in fast jede Position gebracht werden konnte, die einem menschlichen Körper möglich war. Charlotte Perriand. Eine interessante Frau, die sie gern kennengelernt hätte.

Sie wandte sich zu Charles. »Wenn dieser Krieg irgendwann einmal vorbei ist und wir es uns leisten können, wollen wir dann eine Hochzeitsreise nach Europa machen? Ich würde zu gern mit meinen eigenen Augen sehen, wie die Menschen dort leben.«

»Ja, Liebes, das machen wir.« Charles küsste sie, und sie wusste, dass sie einen Wunsch ausgesprochen hatte, den auch er hegte. »Aber sieh hier. Charlotte Perriand schreibt auch über alte Möbel und stellt die Frage, warum so viele Menschen sich nicht von ihnen trennen möchten. Ihre Antwort lautet: Der Handwerker von früher hat Technik und Gebrauch in Einklang gebracht, er hat seine Werke aus dem Leben heraus geschaffen. Das sei es, was sie so authentisch macht. Mittlerweile arbeitet sie auch mit Holz.«

Ray verspürte das Bedürfnis nach einer weiteren Zigarette. Warum war Charles von dieser Frau so begeistert? Er hatte sie doch noch nie gesehen. Wollte er, dass sie so sein sollte wie diese Französin? In Rays Kopf entstand das Bild einer großen, schlanken Französin, die feingliedrig und vergeistigt über einem Zeichenbrett stand, eine Zigarettenspitze in der Hand.

Verführerisch. Das Gegenteil von ihr. War es das, was Charles wollte? Sie sah ihn an. Er war wie immer. Die Haare leicht zerzaust, die Augen von Lachfalten umrahmt und blitzend vor Tatendrang. Charmant und gutaussehend. Jungenhaft. Er sah aus wie der Mann, den sie liebte und der sie liebte. Sie zog kurz die Stirn kraus im Versuch, diese irrsinnigen Gedanken aus ihrem Kopf zu verbannen. War sie auf eine Frau eifersüchtig, die auf einem anderen Kontinent lebte, um einiges älter war als sie und die sie nie gesehen hatte? Das war doch unsinnig.

Ray gab sich einen Ruck und lächelte. »Würdest du mir das zu lesen geben? Ich möchte mich gern ausführlicher damit beschäftigen.«

Charles strahlte. »Ich hatte gehofft, dass du das sagen würdest. Ich würde mich sehr freuen, weiter mit dir zu darüber zu diskutieren, wenn du fertig bist mit Lesen. Ach … und«, er reichte Ray einen weiteren Briefumschlag, »hier ist noch ein Brief für dich.«

Ray sah den Brief an. Er war von Lee. »Oh, was für eine Überraschung. Danke.«

»Ich hoffe, es geht Lee gut.« Er küsste Ray und wandte sich zum Gehen. »Ich muss gleich ein Telefonat mit Evans führen. Vielleicht können wir später noch an unserem Stuhl weiterarbeiten?«

Ray nickte. »Natürlich. Ich freu mich darauf. Und was mir beim Stichwort Bauhaus gerade einfällt: Wolltest du nicht Walter Gropius schreiben? Er lebt doch in Massachusetts, oder?«

»Oh, gut, dass du mich daran erinnerst. John hatte mich gefragt, ob ich ihn um einen Artikel für die *Arts & Architecture* bitten könnte. Nun haben wir sogar zwei Gründe, ihn zu kontaktieren. Bis später, Liebling!«

Damit verließ Charles ihr Büro, und Ray öffnete plötzlich ungeduldig geworden den Brief der Freundin.

Meine liebe Ray,

wenn du wüsstest.

Ich schreibe dir in einem Moment der Schwäche, weil ich mich so sehr danach sehne, mit dir zu sprechen, mit jemandem, der mich versteht, der meine Gedanken und Handlungen nachvollziehen und vielleicht sogar beurteilen kann.

Wenn du also wüsstest.

Ich liebe Pollock so sehr. Er ist ein Genie, wie es sie Welt zuvor noch nie gesehen hat. Er ist der größte lebende Maler aller Zeiten, oder er könnte es sein. Er ist mein Stern, alles, was ich mir je erträumt habe. Du hast ihn kennengelernt, und ich bin dir bis heute dankbar, dass ich ihn zu diesem großen Tag in deinem Leben mitbringen durfte. Vor zwei Jahren, als die Beziehung noch sehr fragil und neu für mich war. Du wunderbare Frau, ich hoffe, Charles küsst dir jeden Abend die Füße, weil du ihn erhört hast. Er scheint mir recht anständig zu sein, wenn man davon absieht, dass er irrtümlich schon einmal vor dir geheiratet hatte.

Und arbeitest du? Malst du? Nähst du? Designst du? Was immer man darunter zu verstehen hat, du wirst es mir doch erklären, wenn wir uns das nächste Mal sehen?

Nun bin ich schneller als gedacht zum Grund meines
Schreibens gekommen: Ich sehne mich so sehr nach dir
und einem Abend mit dir. Du ahnst nicht, wie schwer
es ist, eine vernünftige Frau zu finden, mit der man über
alles sprechen kann. Jemand, der versteht, wie es ist,
wenn man malen will und nicht kann.
Wenn du wüsstest.
Hättest du also Lust und Zeit, wäre der gute Charles
in der Lage, dich einige Tage zu entbehren?
Ich würde mich so freuen.
Bitte verzeih mir, dass ich so direkt bin.
Es grüßt dich
Deine Lee

Kapitel 27

New York, Anfang April 1944

In New York war es unangenehm kühl. Oder kam es Ray nur so vor, weil es in Los Angeles nie wirklich kalt wurde? Vielleicht war es auch die Erinnerung an ihre Tage in New York, als sie voller Sorgen über die Zukunft gewesen war?

Sie hatte mit Lee vereinbart, sie in der Stadt zu treffen, weil Ray auch Hans Hofmann besuchen wollte.

Nun lief Ray durch die Straßen auf der Suche nach der Adresse, die Lee ihr genannt hatte. Es musste irgendwo zwischen dem Museum of Modern Art und dem Central Park sein. 30 W 57th Street ... Ray sah sich suchend um. Das war ja eine Galerie. Oder ein Museum? Ein Schild im Außenbereich trug die Aufschrift: »Art of this century«. War das nicht die neue Galerie von Peggy Guggenheim? Neugierig drückte Ray die Tür auf und betrat den Raum. Er war dunkel und erinnerte an eine U-Bahn-Röhre, die Wände waren abgerundet wie in einem Tunnel und dunkel gestrichen. Es standen Möbelstücke herum, die wie Halbmonde aussahen, aus Holzteilen zusammengenagelt, man sollte sich wohl daraufsetzen. An Drahtseilen von der Decke herab hingen Bilder, manche näher an der Wand, wie man es gewohnt war, manche auch mitten im Raum. Und zwar ausschließlich abstrakte Kunst. Revolutionär.

Ray staunte und betrachtete die Bilder. Die ersten gleich hier vorne waren von … oh, von Jackson Pollock? Ray trat einen Schritt zurück und sah sich das Bild ein wenig genauer an. Es war ein typisches Action Painting, bunte Kleckse und Tropfen auf buntem Untergrund. Die Essenz von abstrakter Kunst. Daneben ein Bild von Max Ernst, eher surreal als nur abstrakt. Und dort hinten, war das nicht ein Miró? Die Auswahl war fantastisch, sie hätte Stunden damit zubringen können, jedes einzelne Bild genau zu betrachten.

Ray hörte Schritte, nur leise auf dem dicken Teppich. Sie drehte sich um und erblickte Lee.

»Hey, meine Liebe! Wie schön, dich in New York zu sehen.« Lee fiel ihr um den Hals und drückte Ray. Was für eine ungewöhnlich stürmische Begrüßung. Hinter Lee stand, die Ray nicht kannte.

Lee drehte sich zu ihr um. »Peggy, darf ich Ihnen Ray Eames vorstellen? Ray, das ist Peggy Guggenheim. Ihr gehört diese Galerie, die gleichzeitig ein Museum ist. Peggy hat in Europa vor dem Krieg begonnen, europäische Gegenwartskunst zu kaufen …«

»Ich freue mich, dass Sie nach New York gekommen sind, Mrs. Eames.«

Ray ergriff scheu die Hand, die Peggy Guggenheim ihr entgegenstreckte. Die Frau war … ein Schauspiel für sich. Sie trug ein extravagantes Nachmittagskleid, das vermutlich mehr gekostet hatte, als Charles und sie im Monat an Miete bezahlten. Ihr dunkles Haar war in edle Wasserwellen gelegt, und sie hätte wirklich umwerfend ausgesehen, wäre da nicht die Nase gewesen, die in einem ungewöhnlichen Knubbel endete, der Ray unwillkürlich an eine Kartoffel erinnerte. Oh, hatte sie etwa darauf gestarrt?

»Ich freue mich sehr, Sie kennenzulernen, Mrs. Guggenheim«, beeilte Ray sich zu sagen. »Bitte nennen Sie mich doch Ray.«

Peggy Guggenheim nickte, wandte sich suchend um, und als zwei kleine Terrier aus dem hinteren Bereich der Galerie auf sie zurannten, lächelte sie breit. »Jetzt sind ja alle da. Oder? Aber, Lee, wo haben Sie Pollock nun gelassen?«

Ray bemerkte, dass Lee diese Frage sichtlich unangenehm war.

»Er, ah, es geht ihm gerade nicht so gut. Er lässt sich entschuldigen, ist aber untröstlich.«

»Er hat wieder getrunken?« Peggy Guggenheim stellte die Frage ganz trocken.

Lee lief feuerrot an, senkte den Kopf und sagte nichts.

»Vielleicht ist er krank?«, bot Ray eine Lösung an, die ihr weniger peinlich vorkam.

Lee lächelte schief. Dann seufzte sie. »Nein, er ist nicht wirklich krank, zumindest nicht im klassischen Sinn. Manchmal, wenn er trinkt, dann gerät er in einen mehrere Tage andauernden, wie soll ich es nennen, Sumpf. Zunächst ist alles gut, er hat gute Laune und scherzt und ist ein wunderbarer Gesprächspartner. Dann aber, und das ist unausweichlich, wird er zuerst streitlustig und nach einem weiteren Tag sehr traurig. So traurig, dass er nicht mehr aufstehen kann. Geschweige denn arbeiten. Malen. Da ist dann eine Leere, die vollständig von ihm Besitz zu ergreifen scheint. Es ist, als wäre er selbst die Leere. Ich kann ihn dann nicht mehr erreichen.« Lee ließ den Kopf hängen.

Rays Herz zog sich zusammen. Lee schien zu leiden, mehr als ein Mensch für einen anderen leiden sollte. Noch dazu war es schrecklich, die Person, die man liebte, so leiden zu sehen, ohne helfen zu können.

Peggy Guggenheim dagegen runzelte ärgerlich die Stirn. »Es ist eine Schande, wenn sich solche Genies wie er einfach kaputt saufen. Lee, wir müssen endlich etwas dagegen tun. Würde es helfen, ihn aus New York wegzubringen?«

»Ja«, meinte Lee verlegen, »das kann ich mir schon vorstellen. Frische Luft, gutes Essen und Ruhe.« Sie seufzte. »Aber das können wir uns nicht leisten. Und er sollte ja nicht zu weit weg sein während der Ausstellung.« An Ray gewandt fuhr sie fort: »Mrs. Guggenheim ist so freundlich, eine Ausstellung mit Pollocks Bildern zu organisieren. Eine Einzelausstellung!«

»Oh, ich gratuliere!« Das war eine große Ehre, von der die meisten Maler nur träumen konnten. Ray hatte selbst lang genug davon geträumt. Träumte immer noch davon. Aber sie war natürlich keine so spektakuläre Persönlichkeit wie dieser Pollock.

»Ja, allerdings erst, nachdem Hofmann dran war«, sagte Peggy Guggenheim.

Ray starrte sie an. »Hans Hofmann?« Sie hatte natürlich gewusst, dass Hans malte, und doch hatte er niemals ein Werk von sich gezeigt. Er hatte immer gesagt, dass er auf keinen Fall seine Schüler beeinflussen wollte. Und das würde ganz automatisch und zwangsläufig passieren, wenn ein Lehrer einem Schüler ein Bild zeigte, das er gemalt hatte. Er wolle eigenständige Künstler, keine Nachahmer.

»Ja, genau der. Wo bleibt er übrigens? Er wollte doch mit uns essen gehen?« Peggy Guggenheim sah sich ungeduldig um.

Und wie aufs Stichwort öffnete sich die Tür zur Galerie, und

Hans stand lachend vor ihnen. Gut sah er aus, entspannt und glücklich.

»Ladys! Wie schön, euch alle zu sehen!« Er schritt zuerst auf Peggy Guggenheim zu, küsste ihr die Hand und umarmte sie höflich. Dann nahm er kurz Lee in den Arm und schließlich Ray.

»Mein liebster kleiner Buddha! Wie lange haben wir uns nicht gesehen!«

»Viel zu lange, Hans. Wie geht es dir?« Ray fühlte sich mit einem Mal, als sähe sie ihren geliebten Vater nach langer Zeit wieder. Das war Hans natürlich nicht. Aber man sollte so gute Freunde wie ihn nicht so lange vermissen müssen. Ihn und das gute Gefühl, das sie empfand, wenn er da war.

Peggy Guggenheim drängelte nun, sie hatte wohl Hunger. Oder Durst?

Einige Minuten später jedenfalls saßen sie alle vier in einem Restaurant, nur ein paar Hausnummern entfernt von der Galerie. Der Kellner hatte sie an einen Tisch am Fenster geführt. Er schien ihre Gastgeberin gut zu kennen, kein Wunder, sie war ja eine *Guggenheim*. Ray wusste natürlich, wie bekannt und reich die Familie war.

»Wie läuft es mit Max?«, fragte Hans, der als Erster die Speisekarte zur Seite legte.

Peggy schnaubte unwillig. »Wollen wir wirklich über so ein unschönes Thema sprechen?« Sie schien Rays verwirrten Blick zu bemerken und fuhr fort: »Hans spricht von meinem nichtsnutzigen Ehemann Max Ernst. Wir sind vor drei Jahren zusammen aus Paris geflohen, ich habe diese wunderbare Galerie eröffnet, und er malt wieder. Er ist einer der größten lebenden Maler, wissen Sie. Er hat mit Pollock lange über Drip Painting philosophiert, auch wenn er es selbst kaum macht. Pollock aber, wie Sie gesehen haben. Und dann habe ich eine Ausstellung für weibliche Künstler in der Galerie organisiert und er hat nichts Besseres zu tun, als sich in eine andere Frau zu verlieben. Ich lebe für die Kunst. Ich habe in den letzten Jahren beinahe täglich Gemälde gekauft. Fast alle Werke, die ich im Museum zeige, habe ich nach Beginn des Kriegs in Europa günstig gekauft. Deswegen konnte ich mir als verhältnismäßig arme Guggenheim eine so wundervolle Sammlung leisten. Vielleicht bliebe Max bei mir, wenn ich mehr Geld hätte? Ach, nein. Wir wollen ihm nichts unterstellen. Er liebt Kunst so sehr wie ich, auch wenn er den Vorteil hat, selbst Künstler zu sein. Und Liebe ist eine Himmelsmacht, nicht wahr?«

Ray war eigentlich nicht auf den Mund gefallen, aber diese Frau nahm so viel Raum ein, wenn sie sprach, dass es schwierig war, dabei nicht zu verstummen. Sie nickte aber eifrig, was Peggy als Aufforderung zu verstehen schien, weiterzusprechen.

»Sehen Sie sich Lee an. Sie ist selbst Malerin, und doch hat sie, seit sie Pollock liebt, fast nichts mehr gemalt. Das ist der Grund, warum ich den beiden helfen werde. Lee wird dafür sorgen, dass wir in den Genuss von Pollocks Kunst kommen. Und wenn sie den Kopf wieder frei hat, dann wird auch sie wieder malen, stimmt's, Lee? Das ist der Grund, warum ich so gern Maler unterstütze. Ich bin selbst eine miserable Künstlerin, aber ich habe ein gutes Auge und erkenne ein Talent, wenn ich eins sehe. Das ist meine Aufgabe in unserem kurzen Leben: Kunst sammeln, sie zugänglich machen und dafür sorgen, dass mehr Menschen die Gelegenheit haben, Kunst zu erschaffen.«

»Das ist eine wundervolle Lebensaufgabe.« Ray konnte nicht verbergen, dass Peggy Guggenheim sie beeindruckte. Auch wenn ihr Redeschwall sich anfühlte, als stünde man in einem Hagelsturm. Deswegen war sie froh, dass sich deren Aufmerksamkeit jetzt Lee zuwandte. Die beiden sprachen über ein Haus, das Peggy für Lee und Pollock kaufen wollte.

Endlich hatte Ray Gelegenheit, mit Hans zu sprechen. »Du hast eine Ausstellung?«

Ihr ehemaliger Lehrer lächelte warm. »Ja, Peggy hat mich dazu überredet. Du weißt ja, dass ich mich eigentlich damit zurückhalten wollte. Aber sie meinte, ich sollte nicht ewig warten. Eine postume Ausstellung stünde mir nicht.« Er lachte. »Und damit hat sie recht. Ich möchte dabei sein, wenn ich als Maler in die Öffentlichkeit trete.«

»Ich will alles von dir sehen. Alles.«

»Das kannst du, mein Buddha, wir werden die Bilder nach dem Essen hängen. Auch ein Grund, warum ich heute hier bin. Allerdings war der wichtigste, dass ich dich unbedingt sehen wollte, nachdem Lee mir sagte, dass du zu Besuch kämst.«

»Ich glaube, es geht Lee nicht gut, oder?«

Hans wurde ernst und seufzte. »Das denke ich auch. Aber Pollock ist ihr wichtig. Nur muss ein guter Künstler nicht automatisch ein guter Mensch sein. Oder ein netter. Vielleicht gehören gewisse Untiefen im Charakter dazu, wer weiß?«

»Untiefen im Charakter? Was meinst du damit?« Wollte er andeuten, dass ... nein, Lee würde doch nicht mit jemand zusammen sein wollen, der ihr körperlich wehtat?

»Du solltest selbst mit ihr sprechen, später, in Ruhe. Erzähl mir doch lieber, wie es dir geht und was ihr in Kalifornien den ganzen Tag macht.«

»Oh, entschuldige. Natürlich.« Und so berichtete Ray vom Office in Venice, davon, dass es so nah am Strand lag, dass

Charles und sie manchmal die Mittagspause am Meer verbrachten, und natürlich von den Beinschienen und ihrer Skulptur. Auch davon, dass sie malte, aber viel weniger, als sie es früher getan hatte, dass sie dafür aber breiter geworden war in der Auswahl der Techniken, derer sie sich bediente. Sie erzählte, dass sie an einem Tag ein Stoffmuster entwarf und am nächsten mit Charles an einer neuen Version des Stuhls aus Formsperrholz arbeitete, ein Material, das sie vor große Herausforderungen stellte.

»Aber ich will dich nicht langweilen, Hans. So sieht mein Leben jetzt aus. Ich wache auf, frühstücke mit Charles, allerdings meist nur Kaffee und Zigaretten, dann setze ich mich zu Hause an meinen Schreibtisch oder wir fahren mit dem Wagen hinunter nach Venice ins Office, wo ich ebenfalls sehr frei bin, mir auszusuchen, was ich tun oder lassen möchte. Wir sind nicht reich, aber wir haben unser Auskommen, und so, wie ich das sehe, werden wir immer besser.«

»Ich bin sehr glücklich, Ray, dass du deinen Weg gefunden zu haben scheinst.«

Ray nickte. Hatte sie das? Zu einem großen Teil wohl schon.

Es war schon spät am Abend, als Ray und Lee endlich allein waren. Lee hatte sie eingeladen, in ihrem Atelier zu übernachten, und da Ray weit davon entfernt war, sich eine Übernachtung in einem schönen Hotel in New York leisten zu können, hatte sie das Angebot dankbar angenommen.

»Sag mir, wie es dir wirklich geht, Lee.« Ray nahm einen Schluck von dem kalifornischen Wein, den sie als Gastgeschenk mitgebracht hatte. Sie saßen zusammen auf dem kleinen Sofa, das Lee in ihrem Atelier stehen hatte. Es war weder luxuriös noch wirklich bequem, doch Lee und sie hatten schon so viele Nächte auf diesem Sofa verbracht, mit Wein und Zigaretten, hatten alle Probleme der Welt und alle Schwierigkeiten beim Malen diskutiert. Es war wie ein Stück Heimat.

Lee ließ sich an Rays Schulter sinken. Ray schlang ihren linken Arm um die Schulter der Freundin.

»Ach, Ray, weißt du noch, wie wir darüber gesprochen haben, dass man lieben muss, um wirklich tiefe Kunst erschaffen zu können? Kannst du dich erinnern, dass ich gesagt habe, ohne Liebe wäre alles nichts?«

»Ja, ich erinnere mich. Bist du immer noch der Meinung?« Sie streichelte über Lees Arm.

»Ja und nein. Was denkst du? Hat sich dein Gefühl geändert, seit du mit Charles verheiratet bist?«

»Oh, meine Liebe. Ich weiß noch, wie überzeugt du damals warst. Dass man lieben müsse, um wirklich Kunst hervorbringen zu können. Ich war mir dessen nicht so sicher, weil ich das Gefühl hatte, dass der künstlerische Ausdruck mehr von den äußeren Umständen abhänge. Ich wollte ein freies Leben für mich. Einen Ort, an dem ich arbeiten kann, ein Leben, in dem ich tun und lassen kann, was ich will. Ich kam mir in unserem Gespräch etwas blauäugig vor, weil es eher nicht der Norm entspricht, dass jemand wie ich sich einfach nur um sich selbst kümmert und um niemanden sonst. Ich bin nicht so avantgardistisch wie du oder Peggy Guggenheim. Ich bin nur ich, ein Mädchen vom Land, das den Traum hat, sich schönen Dingen widmen zu können.«

Lee lachte leise. »Als ob ich etwas anderes wäre. Ich habe nur einen besseren Friseur als du.«

Nun musste Ray auch schmunzeln. »Meine Frisur ist doch

seit zehn Jahren die gleiche, und das wird sie auch die nächsten zehn Jahre so bleiben. Weißt du, ich glaube, wenn man sich gefunden hat, dann sollte man achtgeben, dass man sich nicht wieder verliert. Was auch immer andere dazu sagen. Seien es Männer oder Lehrer oder Auftraggeber.«

Lee seufzte. »Ich glaube, nichts ist so schwer, wie man selbst zu bleiben. Schaffst du das wirklich?«

Ray dachte nach. »Vielleicht nicht immer in der letzten Konsequenz. Ich denke, ich weiß, was du meinst. Es gibt so viele Situationen, in denen Konventionen, der Anstand, die Erziehung oder was auch immer ein bestimmtes Benehmen verlangen, das nicht immer zum eigenen Selbst passt. Ich glaube, ehrlich gesagt, nicht, dass man sich in solchen Situationen der Norm entsprechend verbiegen muss. Wir sind sowieso angepasst an das System, in dem wir erwachsen wurden. Unsere Eltern, unsere Bezugspersonen in der Jugend geben vor, wie wir uns entwickeln, und wenn wir Glück haben, dann gehört die Fähigkeit, sich in einem Land wie den USA so zu verhalten, wie es vorteilhaft ist, dazu. Das ist aber weder mein eigenes Verdienst noch eine Leistung, auf die ich stolz sein könnte. Und doch habe ich einen Kern in mir, eine Flamme, die nicht verlischt, selbst wenn ich mich äußeren Anforderungen entsprechend verhalte. Mein Ich, mein Innerstes, hat wenig zu tun mit den Konventionen, den Anforderungen von außen, den antrainierten Verhaltensweisen. Sie sind mein Mantel, der mich schützt. Vor bösem Willen, vor allzu anspruchsvollen Menschen, aber eben auch davor, mein Selbst zu vielen Menschen preiszugeben.«

Einige Sekunden lang blieb es still.

Der Raum war nur von der Kerze erhellt, die Lee angezündet

hatte. Wenn Ray aus dem Fenster sah, dann konnte sie trotz der Helligkeit, die nachts über New York lag, ein paar Sterne erkennen. Sie hatte keine Ahnung von Sternen, aber sie machten die Nacht besonders, verliehen ihr eine Bedeutung, die sie vielleicht gar nicht verdient hatte.

Sie schwiegen beide, sahen aus dem Fenster und nippten am Wein. Schließlich sagte Lee: »Ich bewundere dich, Ray. Das klingt alles sehr gut und klar. Du machst immer einen so ausgeglichenen Eindruck, als würdest du ganz und gar in dir ruhen.«

Ray lächelte. »Na ja, vielleicht ist es sogar oftmals so, weil ich sehr viel Glück habe und tun kann, was ich liebe. Das gibt mir Halt. Und Charles ist für mich wie ein Fels. Er ist einfach sehr ruhig und überlegt. Er weiß, was er will, und wir können darüber sprechen, was wir beide wollen. Ich glaube nicht, dass das viele Paare können, seien sie Künstler oder nicht. Ich weiß, dass meine Eltern sich liebten. Aber ich glaube nicht, dass sie wirklich miteinander über ihre Sehnsüchte gesprochen haben.«

»Sehnsucht ist ein gutes Stichwort. Manchmal glaube ich, Pollock und ich sprechen eigentlich nur über Sehnsüchte, wenn man es genau nimmt. Ich erkläre ihm, wie er sein sollte, und er sagt mir, wie ich mich verhalten sollte. Vielleicht müssen wir damit aufhören.«

Ray biss sich kurz auf die Lippe. Sie hatte so ein Glück im Leben, wie sehr wünschte sie Lee das Gleiche. »Du kannst nur dich selbst ändern, Lee. Du kannst aufhören, etwas zu verlangen, was du nicht bekommen wirst. Aber vielleicht solltest du das gar nicht. Möglicherweise ist es sogar wichtig, deinen Standpunkt und das, was du brauchst, noch klarer zu machen.« Sie sah Lee an, die an einem ihrer Fingernägel kaute.

»Ich bin mir nicht sicher, was ich brauche, Ray. Ich weiß, dass Pollock mich braucht. Er scheint so haltlos und in die Welt geworfen. Wenn er malt, geht es ihm gut. Aber er kann nicht immer malen, das hast du heute ja gehört. Vielleicht ist es meine Aufgabe, ihm Halt zu geben. Und wenn er dann einmal steht, richtig steht, mit beiden Beinen in der Welt, und das wird er, weil er so ein Künstler ist, dann wird alles gut werden.«

Ray sagte nichts. Hoffentlich hatte Lee recht.

Als Ray am nächsten Tag im Zug saß, dachte sie lange über das Gespräch mit Lee nach. Sie hatte keine Gelegenheit gehabt, mit Lee noch einmal über das Thema Kinderwunsch zu sprechen, das sie immer wieder beschäftigte. Dabei wäre es der perfekte Beweis dafür gewesen, dass sie, Ray, eben nicht immer ruhig und ausgeglichen war. Nun musste sie dieses Problem wohl mit sich selbst ausmachen. Aber gab es überhaupt ein Problem?

Kapitel 28

Los Angeles, September 1945

Als der Krieg endlich zu Ende war, hatte Charles ein Stoßgebet zum Himmel geschickt. Allerdings entfiel damit ihre feste Einnahmequelle: Das Militär benötigte keine Beinschienen und keine Pilotensitze mehr aus der Produktion des Office. Nun galt es, mit Colonel Evans, dem Inhaber ihres Unternehmens, neu zu verhandeln.

Kurz vor der Mittagszeit kehrte Charles von einem Termin bei Evans ins Office zurück. Er brannte darauf, Ray zu erzählen, was er bei dem Gespräch erreicht hatte. Vielleicht konnten sie einen Spaziergang am Strand machen. Niemand in Los Angeles ging zu Fuß, wenn es nicht unbedingt notwendig war, doch einer der Vorteile des Office war, dass man von dort aus hinunter ans Meer laufen konnte, wenn man wollte. Manchmal tat das sehr gut, weil man die Stadt und überhaupt die Dinge aus einer anderen Perspektive sah.

Er parkte den Wagen an der Straße, ging ins Office und grüßte die Mitarbeiter, die damit beschäftigt waren, weitere Prototypen des Stuhls zu bauen. Er hatte heute keine Zeit, sich mit ihnen zu unterhalten, er musste endlich zu Ray.

»Ray?« Er steckte den Kopf in ihr Büro. Da war sie ja, ganz vertieft in eine Skizze, und bemerkte ihn gar nicht. Charles ging einen Schritt weiter ins Zimmer und schloss die Tür hinter sich.

»An was arbeitest du da, Liebling?« Er beugte sich zu Ray und küsste sie.

»Ach, ich dachte … mir war so danach, zu spielen. Ich will so gern herausfinden, was alles möglich ist mit unserer Biege-Maschine. Wir sind da noch nicht am Ende, das fühle ich. Und ich liebe Elefanten.« Ray zog ihre Hand vom Blatt, so dass Charles sehen konnte, was sie gezeichnet hatte. Es war ein Elefant aus Schichtholz. Sie hatte jedes einzelne Teil gezeichnet, wie es gebogen werden musste und auch, wie die Teile dann zusammen das vollständige Tier ergaben. »Man soll sich daraufsetzen können und darauf reiten, ähnlich wie auf einem Schaukelpferd. Nur ohne Schaukel. Oder Kufen.«

»Ich finde das fantastisch, Ray. Ich glaube, du hast da einen guten Weg für uns aufgezeigt. Vielleicht sollten wir noch mehr Kindermöbel machen. Was meinst du?«

Ray sah ihn an. »Wir müssten überlegen, ob das wirklich der richtige nächste Schritt ist, um das Office voranzubringen, aber ich fände es schön. Ich liebe es, zu spielen. Was hat dein Termin bei Evans ergeben?«

Charles musste lächeln. Sosehr sie gerade in ihre Arbeit versunken war, so sehr konzentrierte sie sich jetzt auf ihn.

»Der alte Colonel Evans hat versprochen, uns bei der Produktion von modernen Möbeln für eine vom Museum of Modern Art initiierte Design-Ausstellung in New York zu unterstützen. Wir können weiter mit ihnen zusammenarbeiten!«

Ray sprang auf und fiel ihm um den Hals. »Das ist ja wunderbar.«

Er küsste sie lang und innig. Dann schob er sie ein bisschen von sich, sah in ihre blitzenden Augen und fühlte das Glück in seinem Bauch. »Wir beide werden die Welt erobern mit unseren Ideen.«

Schon den vierten Sommer in Folge hatte Lucia die Sommerferien bei ihnen in Los Angeles verbracht. Charles konnte gar nicht glauben, dass schon so viel Zeit vergangen war, seit er Bloomfield Hills zusammen mit Ray verlassen hatte. Lucia war nun fünfzehn Jahre alt und sein ganzer Stolz. Sie war hübsch und klug und hatte viel Talent. Er liebte es, wenn sie zu Besuch war. Dieses Mal hatten sie Lucia alle Museen und Galerien in Los Angeles gezeigt, waren oft an den Strand gefahren, und Lucia war mit Ray einkaufen gefahren. Natürlich war eine solche Besuchssituation etwas ganz anderes als der Familienalltag. Mit Catherine hatte er kein zweites Kind haben wollen. Es war so schnell so schwierig zwischen ihnen geworden. Sie hatten einfach nicht zusammengepasst, keine gemeinsamen Ziele gehabt außer der undefinierten Sehnsucht nach einer Familie.

Er hatte nie darüber nachgedacht, ob Ray sich ein Kind, eine eigene Familie, wünschte. Sie hatten tatsächlich nie darüber gesprochen. Charles malte kleine Kreise auf das Blatt Papier, das vor ihm lag. Und was war mit ihm? Wollte er noch ein Kind haben? Wenn er ehrlich zu sich war, nein. Er liebte Lucia mehr als alles, sie war einzigartig. Irgendwie hatte er das Gefühl, dass sie das auch bleiben sollte. Und war sie in gewissem Sinn nicht auch Rays Tochter? Er hatte Ray nie nach ihrem Verhältnis zu Lucia befragt. Die beiden gingen so natürlich und liebevoll miteinander um, als wären sie Mutter und Tochter. Inzwischen schrieben sie sich sogar Briefe, wenn Lucia nicht bei ihnen war.

Charles malte kleine Punkte in die Kreise.

Was war mit Ray? Wie ging es ihr damit? Es blieb nichts anders übrig. Er musste sie fragen.

Noch am selben Abend sprach er Ray auf das Thema Kinderwunsch an. Ray wehrte ab und lachte. Leise und ein bisschen seltsam.

»Bist du dir sicher, Ray? Wir sind beide nicht mehr zwanzig, aber es ist nicht zu spät, eine Familie zu gründen.«

Ray wurde ernst. Er sah kurz Unsicherheit in ihren Augen aufflackern. Dann sagte sie: »Wir haben uns versprochen, ehrlich zueinander zu sein. Und ich glaube, dass das fast das Wichtigste ist, wenn man als Paar zusammenleben will. Also werde ich auch jetzt ehrlich zu dir sein. Früher habe ich den Gedanken an eigene Kinder kategorisch verworfen. Aber seit wir zusammen sind, habe ich mich immer wieder gefragt, wie es wäre, ein Kind von dir zu haben. Ein Kind mit deinen braunen Augen, unser Kind.« Ray streckte die Hand aus und streichelte ihm über die Wange. »Hättest du gern noch mehr Kinder? Lucia ist so perfekt, man sollte meinen, wir könnten noch mehr prachtvolle Kinder wie sie zustande bringen.« Sie lächelte.

Charles sah sie aufmerksam an. Was dachte sie wirklich? »Ich habe eine Tochter, Ray, die in meinen Augen auch deine Tochter ist. Ich habe dich gefragt, ob du selbst ein Kind haben willst.«

»Weißt du, Charles, ich habe wirklich darüber nachgedacht. Immer wieder. Aber ein Kind würde bedeuten, dass ich all meine Träume meine Arbeit betreffend aufgeben müsste. Ich wäre nicht mehr Künstlerin, sondern Mutter. Und Mutter zu sein, scheint fast alles andere zu verhindern. Man kann vielleicht Frau sein und Künstlerin, was schon schwerer ist, als ein

Mann und Künstler zu sein. Ich versuche, deine Ehefrau zu sein und Künstlerin zu bleiben. Das ist weniger leicht, als es aussieht.«

Charles schaute sie verblüfft an. »Was ist denn daran schwierig?«

»Wie viele Ehefrauen kennst du, die erfolgreiche Künstlerinnen sind?« Ray sah ihn an.

Charles überlegte. Er hatte von einer etwas exaltierten Schriftstellerin aus New York gehört, die zusammen mit ihrem Ehemann hier in Los Angeles Drehbücher schrieb. Sonst fiel ihm keine ein.

»Okay«, sagte Ray, »Dorothy Sayers lasse ich gelten.« Sie musste seine Gedanken gelesen haben. »Hat sie Kinder?«

Charles zuckte hilflos mit den Schultern. Er kannte sich offenbar weniger gut in der Gesellschaft von Los Angeles aus als Ray. Oder als er sollte.

»Sie hat keine. Es gibt keine Künstlerinnen, die Kinder haben. Wer sollte sich um die Kinder auch kümmern? Kunst braucht Zeit, Arbeit braucht Zeit. Es ist ja nicht damit getan, dass man abends ein paar Minuten am Tisch sitzt und ein bisschen malt. Das in allen Ehren, viel mehr Menschen sollten das tun. Aber, sei ehrlich, Charles. Du hast eine Tochter und weißt, wie es ist, wenn sie bei uns ist. Ein Kind braucht Zeit. Mehr Zeit, als man hat, wenn man Künstlerin sein will. Und eins ist mir immer klar gewesen, auch wenn ich einige Zeit überlegt habe, ob ein Kind nicht doch wichtig für mich wäre. Ich bin Künstlerin. Ich will arbeiten, will neue Dinge erschaffen, egal ob Kunst oder Design. Aber nicht mit Kindern. Ich weiß das jetzt. Ist das für dich ein Problem?«

Charles schämte sich fast für die Erleichterung, die er bei

Rays Worten verspürte. »Nein, das ist kein Problem, ich möchte nichts anderes. Ich möchte dich nicht anders.« Er schloss Ray in seine Arme und spürte, wie sie ihre Arme um ihn schlang.

Die nächsten Tage waren damit angefüllt, die Präsentation »Moderne Möbel entworfen von Charles Eames« vorzubereiten. Neben dem Stuhl hatten sie einige Kindermöbel zu entwerfen, auch Rays Elefant wollten sie als Prototyp ausstellen. Zu Rays und Charles großer Freude meldete sich Don Albinson bei ihnen. Nachdem sie ihn in Bloomfield Hills zurückgelassen hatten, hatte er als Pilot im Weltkrieg gedient und war nun wohlbehalten und tatendurstig zurück in den USA. Charles stellte ihn sofort ein. Don hatte schon Erfahrung mit dem Stuhl und dem Werkstoff, und er hatte an der Cranbrook Academy eine solide Ausbildung erhalten. Die Voraussetzungen waren perfekt. So bald wie möglich wollte Charles weitere Absolventen der Akademie einstellen.

Es war Dezember geworden, und die Vorbereitungen für die Ausstellung liefen auf Hochtouren. Eines Tages traf ein Telegramm von Evans im Office ein, das Charles beinahe den Boden unter den Füßen wegzog. Er atmete tief ein und aus, um seinen Herzschlag zu beruhigen, nahm das Schreiben und ging hinüber in Rays Büro. Auf dem Weg dorthin musste er sich zwingen, nicht zu rennen und Don, dem er auf dem Weg begegnete, einen freundlichen Blick zuzuwerfen. Nachdem er die Tür sorgfältig hinter sich geschlossen hatte, sank er auf einen Stuhl.
»Du meine Güte, Charles, du siehst aus, als hättest du ein Gespenst gesehen. Was ist passiert?« Ray war sichtlich beunruhigt.

Er reichte ihr das Telegramm, und sie las. Dann ließ sie die Hand mit dem Brief sinken und starrte ihn an.

»Colonel Evans ist tot? Aber ... ich dachte, er ist ein agiler Mann, er war doch noch nicht alt? Und was soll das heißen, die Söhne wollen die Zusammenarbeit mit uns nicht ausbauen?«

»Na ja, anscheinend sehen sie in der Möbelproduktion und vor allem in der Tochterfirma keine Zukunft. Es gibt natürlich Verträge, aber sollten wir nicht mit einem Partner arbeiten, der an uns und unsere Vision glaubt?« Er streckte seine Hand nach der von Ray aus. Sie ergriff seine Hand, stand auf und umarmte ihn. Für einen Moment genoss er das geborgene Gefühl, das ihre Nähe in ihm auslöste. Er küsste sie aufs Haar und genoss ihren Geruch. Wie sehr ihn ihre Nähe beruhigen konnte.

Ray hob den Kopf und sah ihn an. »Wir werden auch das Problem lösen. Wir sind schließlich Problemlöser, das weißt du doch.«

Problemlöser, ja, das waren sie. Nicht nur ihre eigenen Themen betreffend, sondern auch für andere. Die Beinschienen waren nur ein Anfang gewesen, wenn auch ein guter. Es blieb nur zu hoffen, dass sie auch dieses Problem lösen würden.

* * *

Ray wusste nicht, ob sie sich Sorgen machen sollte. Die Nachricht, dass Colonel Evans gestorben war und die Erben nicht mit ihnen zusammenarbeiten wollten, war nun schon zwei Wochen alt, und sie hatte viel darüber nachgedacht. Sie hatten Colonel Evans eine Menge zu verdanken, es tat ihr leid, dass er gestorben war. Charles war wieder nach Michigan gefahren, um mit der Geschäftsleitung von Evans zu verhandeln. Sie hätte ihn zu gern begleitet und unterstützt, aber Charles hatte nicht einmal gefragt, ob sie mitkommen wollte. Das war nicht weiter verwunderlich, denn wann war schon einmal eine Frau bei einer wichtigen Verhandlung dabei gewesen?

Ray spürte, dass Widerwille in ihr aufstieg. Dann seufzte sie. Charles hätte sie vermutlich mitgenommen, wenn sie ihn darum gebeten hätte. Doch von ihren Verhandlungspartnern wäre kein Wort aus ihrem Mund ernst genommen worden. Vermutlich wäre sie als Charles' Sekretärin oder bestenfalls Assistentin angesehen worden. Also hatte Ray ihren Wunsch still hinuntergeschluckt und war mit Charles vor seiner Abreise noch einmal durchgegangen, was sie schon besprochen hatten. Es ging darum, die Erben von Colonel Evans dazu zu bewegen, weiter mit ihnen zu arbeiten. Dazu hatten sie eine wunderbare kleine Kollektion zusammengestellt. Kindermöbel, Stühle, Spielzeug und sogar ein Gehäuse für Rundfunkempfänger. Bei der Vorbereitung seiner Präsentation hatte auch Don Albinson geholfen. Ray hatte sich an alte Zeiten erinnert gefühlt. Richtig gut waren die Zeiten ja auch da nicht gewesen, vor allem weil sie nicht gewusst hatte, wie die Sache mit Charles ausgehen würde.

Es klopfte an der Tür ihres Büros.

»Herein?«

Die Tür öffnete sich langsam, und Sam kam herein, hinter ihm standen noch ein paar andere Männer. »Es ist unser letzter Tag, Mrs. Eames. Wir wollten uns verabschieden.«

Ach ja, natürlich. In der Aufregung um Charles' Reise zu Evans hatte sie das fast vergessen. Da sie keine Schienen mehr verkaufen konnten, hatten die meisten der dreißig Angestellten nichts mehr zu tun, und solange es kein Ersatzprodukt für die

Schienen gab, konnten sie nicht länger bezahlt werden. Deshalb hatten sie die Männer entlassen müssen.

Ray stand auf. »Es tut mir so leid, dass es so gekommen ist, Sam. Und ihr anderen. Ich … wir hätten so gern mit euch weitergearbeitet. Ihr seid gute Männer.«

Sam trat ein bisschen verlegen von einem Fuß auf den anderen. »Danke, Mrs. Eames. Das ist sehr freundlich, und es ist natürlich bedauerlich, dass keine Arbeit mehr da ist. Aber es ist auch gut, dass der vermaledeite Krieg endlich vorbei ist. Da sind eine Menge gute Jungs draufgegangen.«

»Das stimmt, Sam. Wir sollten dankbar sein, dass der Krieg vorbei ist, da haben Sie recht.« Ray schüttelte jedem Einzelnen der zwanzig Männer die Hand zum Abschied und fand für jeden ein paar nette Worte. Sam, der einen Bruder im Krieg verloren hatte. Tom, der eine junge Frau und ein Baby zu Hause hatte. Der gutaussehende Timothy, der von einer Karriere beim Film träumte. Sie alle waren Ray in den vergangenen Jahren im Office ans Herz gewachsen. Aber alles Bedauern half ja nichts. Sie hatten es nicht geschafft, dafür zu sorgen, dass genügend Arbeit für alle da war. Und Charles tat gerade in diesem Moment sein Bestes, um wenigstens das Office an sich und die verbliebenen fünf Angestellten zu retten, allen voran natürlich Don. Er und seine Frau waren extra nach Los Angeles gezogen, um bei ihnen zu arbeiten.

Ray spürte die Last der Verantwortung in diesem Moment ganz besonders. Sie begleitete die Leute noch vor die Tür und sah ihnen nach, wie sie sich in der Abendsonne in alle Himmelsrichtungen zerstreuten.

Zurück im Büro zündete Ray sich eine Zigarette an und öffnete die Nachmittagspost. Ein Stapel Rechnungen, aber auch, ihre Miene hellte sich auf, ein Brief von Lee. Viel zu lange hatten sie schon nicht mehr miteinander gesprochen. Gespannt riss Ray den Umschlag auf und faltete den Bogen Papier auseinander. Dann stieß sie überrascht eine Rauchwolke aus. Miss Lee Krasner und Mr. Jackson Pollock luden zu ihrer Vermählung ein! Ray las den Text noch einmal, aber da stand es tatsächlich schwarz auf weiß. Gefeiert wurde Ende Dezember in dem Haus in Springs, East Hampton, das Peggy Guggenheim für die beiden gekauft hatte. Ray ließ die Einladung sinken, starrte aus dem Fenster und wünschte sich, sofort mit Lee sprechen zu können. Sie würde ihr schnell zurückschreiben, dass Charles und sie natürlich kämen, auch wenn die Einladung sie wirklich sehr kurzfristig erreicht hatte. Und vielleicht bekäme Lee ja in diesem neuen Haus sogar einen Telefonanschluss?

Charles kehrte mit der Nachricht zurück, dass die Evans-Nachfahren auf ihrer Position beharrten und die Zusammenarbeit mit den Eames nach Abschluss einer Verkaufsmesse, die noch anstand, beenden würden.

»Ich glaube, Evans junior mag die Schichtholzmöbel einfach nicht«, sagte Charles, als sie am späten Abend des nächsten Tages zusammen auf der Terrasse ihres Apartments saßen.

Ray runzelte die Stirn und nahm einen Schluck Wein. »Wie kann man das nicht mögen? Das ist doch seltsam.«

Charles zuckte die Schultern. »Na ja, bisher waren Möbel eben immer viel massiver, vielleicht haben sie Angst, dass die Stühle zusammenbrechen, wenn man sie benutzt?«

»Was für ein Unsinn, oder?«

»Ja, natürlich Unsinn, aber man muss respektieren, dass Menschen Ängste haben.«

Ray dachte kurz nach. »Sollten wir diese Ängste nicht von vornherein zerstreuen? Wir haben noch diese Chance, uns auf der Messe zu zeigen. Möglicherweise treffen wir dort nicht nur Kunden, sondern auch potenzielle Geschäftspartner. Wir sollten zeigen, wie stabil der Stuhl ist.«

Charles nickte. »Du hast recht. Hast du eine Idee, wie wir das machen?«

Ray schüttelte den Kopf. »Noch nicht, aber ich denke darüber nach.«

Darauf stießen sie an. Dann überlegten sie, was sie in der Ausstellung zeigen wollten, nämlich eine Kollektion für Kinder, inklusive Rays Elefanten, einen Paravent und natürlich den Stuhl.

»Viele davon«, sagte Ray, »in verschiedenen Varianten. Vielleicht könnten wir einige davon bemalen, um sie wie ein Kunstwerk aussehen zu lassen?«

»Gut, meine Liebe. Du kümmerst dich um den künstlerischen Teil. Und ich konstruiere etwas, um die Stabilität des Stuhls zu zeigen.«

***

Das Jahr neigte sich dem Ende zu. Charles saß im Büro und ordnete Unterlagen für den Abschluss des Geschäftsjahrs. Es war ein anstrengendes Jahr gewesen. Sie hatten so viele Angestellte entlassen müssen, was ihm mehr als schwergefallen war. Er fühlte sich verantwortlich für seine Mitarbeiter, und das war er ja auch. Wenn er nur jemand finden würde, der den Vertrieb für ihre Möbel übernahm. Die Produktion, das hatten die Schienen ihn gelehrt, würde er schaffen, zusammen mit Ray und den verbliebenen paar guten Leuten. Charles atmete tief durch.

Er sollte sich darauf konzentrieren, was sie geschafft hatten. Sie hatten beide in der *Arts & Architecture* Artikel veröffentlicht, Ray hatte wieder Titelblätter entworfen. Das waren natürlich nur klitzekleine Einnahmen, aber sie waren da, und sie sorgten vor allem dafür, dass der Name Eames nicht vergessen wurde. John Entenza, der Herausgeber der Zeitschrift, hatte einen Architekturwettbewerb ins Leben gerufen, für den Charles seine alte Freundschaft mit Eero Saarinen hatte wiederaufleben lassen. Eero und er entwarfen zwei sehr moderne Gebäude. Charles hatte dabei das Prinzip angewendet, das ihn und Ray schon bei der Entwicklung des Stuhls und der Schienen geleitet hatte: Das Design musste sich dem Menschen anpassen, nicht umgekehrt. Das Ergebnis waren Entwürfe mit klaren Grundrissen und einer durchdachten Raumaufteilung. Aber ob der Traum von einem eigenen Haus jemals wahr werden würde?

Bevor das Jahr mit dem Besuch bei Lee in den Hamptons zu den Akten gelegt werden konnte, machte sich Charles noch einige Notizen für den Vortrag anlässlich der Präsentation seiner Möbel in New York im Februar.

***

Ray fand diesen Jackson Pollock immer noch komisch. Nicht im Sinne von lustig, obwohl er viel und laut lachte, sondern seltsam. Die Hochzeitsgesellschaft, die sich in dem Haus in den

Hamptons bei New York traf, das Peggy Guggenheim für das Paar gekauft hatte, war klein: Lee, Pollock, Ray und Charles, Peggy, Hans Hofmann und noch zwei oder drei andere Leute aus Pollocks Umkreis, die Ray nicht gut kannte. Es war ein schöner Tag, nicht so sonnig, wie er in Los Angeles gewesen wäre, aber halbwegs warm und trocken. Die Braut trug einen Rock und einen hübschen weißen Pulli, Lee hatte behauptet, dass sie keinen Wert auf ein weißes Kleid und ähnlichen traditionellen Unsinn legte. Ray allerdings hielt es für wahrscheinlicher, dass sie schlicht kein Geld für ein Kleid erübrigen konnte. Immerhin trug auch der Bräutigam Alltagskleidung, und Ray vermutete, dass Pollock diese Jacke auch beim Malen trug. Wie gern hätte sie eine richtig schöne Hochzeit für Lee organisiert, aber sie hatte ja auch kein Geld. Was sie aber hatte organisieren können, war ein kleiner Strauß Margeriten, der ausgezeichnet zu Lees Aufmachung passte.

»Wie lange müssen wir hierbleiben?«, fragte Charles leise. Er trat unruhig von einem Fuß auf den anderen und sah so aus, als fühlte er sich höchst unwohl.

Ray gab ihm einen kleinen Stoß. »Sei nicht so!«, flüsterte sie zurück. »Sei bitte ein bisschen geduldig. Wir sollten Lee noch ein wenig beistehen. Ich glaube, die beiden brauchen alles Glück, das man gekommen kann.«

»Das glaube ich auch«, brummte Charles und übte sich in Geduld, was anscheinend hieß, dass er nach etwas Essbarem suchte und sich mit Hans Hofmann unterhielt. Mit dem immerhin schien er sich wohlzufühlen und unterhalten zu können.

Ray war mehr als glücklich, als der Nachmittag vorbei war und sie sich auf den Weg in ihr Hotel machten. Es war kalt und ungemütlich gewesen in dem alten Haus. Die Küche hatte bessere Tage gesehen, einzig das Nebengebäude, in dem Pollock sein Atelier eingerichtet hatte, schien renoviert worden zu sein. Wahrscheinlich von Lee. Ray schnaubte beim Gedanken daran. Dieser Kerl war anscheinend ein Genie, was das Malen betraf, das musste sie zugeben. Aber er war laut und verletzend und trank wirklich zu viel. Deshalb hatten sie die Hochzeitsgesellschaft so früh verlassen, weil der Bräutigam im Alkoholnebel eingeschlafen war. Lee hatte vor Peinlichkeit nicht gewusst, wohin sie blicken sollte. Was für ein Fest.

Zugegeben, Rays eigene Hochzeit war auch bescheiden gewesen. Wenn einer der Brautleute zum zweiten Mal heiratete, war das schließlich üblich. Aber hatte Lee sich ihre Hochzeit wirklich so prosaisch vorgestellt? Der Gedanke tat Ray im Herzen weh.

Kapitel 29

New York/Los Angeles,
Februar 1946

Schon wieder reisten sie nach New York, diesmal begleiteten sie Don und seine Frau. Am ersten Morgen der Ausstellung für das MoMA wanderte Ray staunend durch die Ausstellungsräume im Hotel, das vom Museum eigens für die Präsentation gemietet worden war. In mehreren Konferenzräumen stellten verschiedene Designer aus. Das Hotel war riesig. Ray setzte sich für eine Weile in die Lobby, nahm Farben und Formen in sich auf und beobachtete die Menschen, die geschäftig hin und her rannten. Dann war es Zeit, in den ersten Stock zu gehen. Sie nahm die Treppe, die mit dicken weichem Teppich ausgelegt war, und folgte den Wegweisern. Vor dem Saal mit dem Schild »Moderne Möbel entworfen von Charles Eames« blieb sie stehen. Das war eigentlich nicht ganz richtig, denn ganz abgesehen von ihr waren auch Don und die anderen vom Office am Design beteiligt gewesen. Aber so war es eben, sie hätten ja wohl kaum »C. Eames und andere« auf das Schild schreiben können.

Sie ging in den Saal und versuchte sich vorzustellen, sie wäre eine Besucherin. Genau gegenüber dem Eingang sah sie auf die Wand mit den bunten Stühlen, die sie selbst konzipiert hatte. Die Stühle waren toll, die Präsentation mindestens genauso gut. Rechts stand eine große hölzerne Trommel. Darin lag einer der Stühle. Das war die Vorrichtung, mit der sie beweisen konnten, dass die Möbel aus Schichtholz sehr stabil waren. Wenn man den Motor startete, drehte sich die Trommel und der Stuhl darin wurde hin und her geworfen. Sie hatten das in Los Angeles ausprobiert, und der Stuhl hatte auch nach Stunden keinen Schaden erlitten. Links davon hatten sie die Kindermöbel platziert. Auch die waren bunt bemalt, und es gab auch eine Ausgabe des Spielzeugelefanten, den Ray entworfen hatte.

Sämtliche Mitarbeiter des Office waren anwesend und erklärten den Besuchern alles, was sie über die Möbel wissen wollten. Auch Charles, der eigentlich nicht besonders gern mit Fremden sprach, war dazu aufgefordert und musste heute über seinen Schatten springen. Schließlich war er das Gesicht des Eames Office. Ray war nicht böse, dass ihr Platz im Hintergrund war. Zwar war sie die Geselligere, aber das nutzte ihnen in der Öffentlichkeit und im Office wenig. Als Frau wurde sie schlicht nicht ernst genommen.

Es kamen erfreulich viele Menschen in den Saal, bestaunten die Möbel und ließen sich erklären, wie sie hergestellt wurden. Und was für ein großes Spektakel, wenn alle halbe Stunde, die Trommel bewegt wurde und der Stuhl im Inneren umherpolterte! Das Geräusch zog noch mehr Neugierige in ihren Saal, ein Nebeneffekt, mit dem Ray gar nicht gerechnet hatte.

Auf der Heimfahrt nach Los Angeles erzählte Charles, mit wem er alles gesprochen hatte, und sie versuchten einzuordnen, ob dieser oder jener Name ihnen von Nutzen sein konnte. Auch

Journalisten waren da gewesen, hatten Charles interviewt und viele Fotos geschossen.

Die wichtigsten Besucher allerdings, erklärte Charles, waren die Repräsentanten zweier Möbelproduzenten gewesen. »Zum einen habe ich ein längeres, ganz offenes Gespräch mit Florence Schuster Knoll geführt. Florence ist eine Cranbrook-Absolventin, daher kenne ich sie. Ich habe sie dir vorgestellt, erinnerst du dich?«

Ray nickte. Warum eigentlich war diese Florence wichtig, während sie selbst im Hintergrund zu bleiben hatte?

Charles fuhr fort: »Sie hat einen gewissen Hans Knoll geheiratet, den Gründer einer Einrichtungsfirma. Sie sind schon recht erfolgreich und auch innovativ. Florence war ganz begeistert von unseren experimentellen Möbeln, wie sie sagte.« Er schwieg und schien zu warten, dass Ray etwas erwiderte.

Ray verzog das Gesicht. Es war offenbar einfacher, als Frau ernst genommen zu werden, wenn man Geld hatte. »Unsere Möbel sind doch nicht experimentell. Wir wollen doch gerade für viele Menschen schöne Einrichtung möglich machen, wie soll das gehen, wenn man sie als experimentell verkauft?«

»Du hast recht. Darüber müssten wir mit ihnen verhandeln. Der Vorteil an so einer Haltung ist aber, dass uns in der Gestaltung wahrscheinlich sehr freie Hand gelassen würde.«

Ray spürte, wie ihr innerer Widerstand etwas kleiner wurde. Schlimm wäre nur, wenn sie eine Kooperation mit einem Unternehmen eingingen, weil die Inhaberin Charles gut fand. Sie atmete tief durch. Sie musste sich von dem Gedanken lösen. »Die Frage ist doch, ob wir überhaupt eine Wahl haben. Wir brauchen schließlich jemand, der unsere Möbel verkauft. Das können wir selbst nicht.«

»Genau darum geht es. Allerdings scheint es, als hätten wir tatsächlich eine Wahl. Erinnerst du dich, ich weiß, es waren wirklich viele Leute da, an George Nelson? Netter Typ, hohe Stirn und eher hängende Schultern?«

Ja, Ray erinnerte sich, er war wirklich nett.

»Ganz genau. Wir haben am Vormittag mit ihm gesprochen. Am Nachmittag kam er wieder und hatte zwei andere Herren dabei, die Eigentümer der Herman Miller Inc., einer Möbelfirma, die es schon seit 1905 gibt. Offenbar ein sehr solides und gut aufgestelltes Unternehmen.«

»Und sie haben Interesse an unseren Designs?«

»Es sieht so aus, ja. Wir werden jetzt abwarten müssen. Beide, sowohl Florence Knoll als auch die DePrees, haben versprochen, sich zu melden. Natürlich kann das alles noch schiefgehen oder sich in Luft auflösen. Wenn man aber bedenkt, dass wir vor ein paar Tagen noch vor dem Nichts standen, dann haben wir wirklich eine Menge erreicht.«

* * *

Und so war es auch. Die Presse überschlug sich fast so sehr wie die Trommel. Von Evans war wenig zu hören, Charles vermutete, dass sie sich ein wenig ärgerten, weil Colonel Evans Erben mit einem Misserfolg gerechnet hatten. Umso mehr freute er sich. Tatsächlich machten sowohl Knoll als auch die Herman Miller Inc. ein Angebot für die Zusammenarbeit. Natürlich konnten sie mit den paar Möbeln nicht reich werden, aber immerhin war das ein Anfang. Sie konnten weitermachen.

Im Office konzentrierten sie sich nun darauf, einerseits die Möbel weiter zu verbessern und andererseits Neues zu entwickeln. Es gab noch so vieles, über das sie bisher nicht einmal nachgedacht hatten. Der Spielzeugelefant von Ray fiel ihm ein. Wenn er recht darüber nachdachte, bekam er Lust, noch mehr Spielzeug zu entwerfen.

In diese Überlegungen hinein klingelte das Telefon.

»Hallo, Charles? Hier ist John Entenza.«

»John, wie schön, von dir zu hören, wie geht es dir?« Sie tauschten die üblichen Floskeln aus, dann kam John zum Grund seines Anrufs.

»Charles, hättet ihr, du und Ray, am Wochenende Zeit für einen kleinen Ausflug mit mir? Ich möchte euch etwas zeigen.«

Mehr ließ er sich nicht entlocken, aber Charles war neugierig geworden und sagte zu.

Am Samstagnachmittag fuhr John mit dem Wagen in Westwood vor und holte sie ab. Charles war genauso gespannt wie Ray, deren neugierige Fragen er nicht hatte beantworten können. John begrüßte sie herzlich, ließ sich immer noch nichts entlocken und bat sie beide, in seinem Wagen Platz zu nehmen. Eine Weile fuhren sie am Strand entlang, dann bog John am Palisades Park nach rechts ab und fuhr die Küste entlang, an zahlreichen neuen Häusern und Baustellen vorbei immer weiter die Hügel hinauf. Hier gab es nur noch Natur und unbefestigte Straßen. Langsam ahnte Charles, was Johns Überraschung sein könnte.

John hielt an, und sie stiegen aus. Charles und Ray folgten John bis zu einer Wiese, wo einige Akazien Schatten spendeten.

»Ist es nicht wunderschön hier?« John breitete die Arme aus. Das war es in der Tat. Das viele Grün und dazu der freie Blick auf das Meer. An einem Ende fiel das Gelände ab, so dass man die darunterliegenden Häuser, alles Neubauten, nicht sah. Lange standen sie einfach da und genossen die Aussicht. Abgesehen vom Wind, der mit den Blättern der Akazien spielte, war es so still, dass man sogar das Meer hier oben hörte. In ganz Los Angeles konnte es keinen schöneren Ort geben.

Charles drückte Rays Hand. »Und was hast du mit diesem wundervollen Grundstück vor, John? Willst du bauen?«

John grinste. »Ja, ich denke schon. Es eilt nicht, aber ich dachte an so etwas wie das Haus, das du mit Eero entworfen hast. Ein bisschen müsste an dem Plan vielleicht noch gearbeitet werden, aber ich habe Zeit.«

Charles merkte, dass er sich freute. Das war eine Anerkennung, wie er sie nicht oft bekam.

Ray spazierte umher, wandte sich dann um. »Du hast den perfekten Platz für ein Haus gefunden. Ich hätte dir gar nicht zugetraut, das ganz allein zu schaffen.« Sie zwinkerte, und John lachte.

»Wenn du wüsstest, welche Überraschung ich habe, wärst du nicht so frech, Ray Eames.«

Sie schaute ihn aus zusammengekniffenen Augen an und stemmte die Hände in die Hüften. Charles fand, dass sie zauberhaft aussah.

In Johns Augen glitzerte es, als er weitersprach. »Das hier sind zwei Grundstücke. Das erste endet genau hier, wo ich stehe. Das zweite erstreckt sich dort hinüber«, er deutete in Richtung Norden, »und endet da hinten an den Bäumen. Diese Wiese gehört dazu.«

Charles ging ein paar Schritte an John vorbei und sah sich um, als sähe er etwas Neues. Dabei hatte sich ja nicht viel geändert. Ray tänzelte langsam über die Wiese, als sei sie in einer anderen Welt gefangen.

John fuhr fort: »Ich werde dieses vordere Grundstück kaufen. Es ist genügend Grund für das Haus, das ich mir vorstelle. Einen großen Garten brauche ich nicht. Viel wichtiger sind mir die richtigen Nachbarn. Wollt ihr nicht das zweite Grundstück kaufen?«

Ray erstarrte in ihrer Tanzbewegung. Charles sah John aufmerksam an. Ein Grundstück kaufen … Ein Haus bauen. Ein Haus für Ray und ihn. Sie hatten bei der Haus-Planung mit Eero viel darüber nachgedacht, was sie bräuchten, um glücklich zu leben. Das hier, in dieser perfekten wundervollen Umgebung? Er nickte John zu, nahm seine Frau an der Hand und ging mit ihr über das Grundstück.

»Es ist perfekt«, sagte Ray atemlos. »Einfach traumhaft.«

»Das stimmt.« Charles holte tief Luft. »Eigentlich können wir es uns nicht leisten, zu bauen. Ich weiß nicht, woher wir jetzt das Geld nehmen sollten.« Er schlang seine Arme um Ray. Sie war sicher enttäuscht.

Ray bewegte sich in seinen Armen, so dass sie ihn ansehen konnte. »Und wenn wir jetzt nur das Grundstück kaufen und mit dem Bau warten, bis wir uns es leisten können?«

Charles sah sie nachdenklich an. Dann warf er einen weiteren Blick über das Grundstück, die Bäume und das Meer. Er nickte und küsste sie sanft.

Dann spazierten sie zurück zu ihrem zukünftigen Nachbarn.

Kapitel 30

Los Angeles, März 1946

Sie kauften das Grundstück. Ray fühlte sich an ihre Träume erinnert, die sie gehabt hatte, bevor sie Charles kennengelernt hatte. Als sie gern ein Haus für sich selbst gebaut hätte. Nun begannen sie, gemeinsam zu planen.

»Wir müssen darüber nachdenken, was wir in unserem Haus tun wollen, Charles.«

»Was meinst du damit?« Er sah sie aufmerksam an.

Sie saßen beim Abendessen in einem italienischen Restaurant.

Ray nahm einen Schluck Rotwein. »Denk an unseren Tagesablauf. Wir sind nur morgens und abends zu Hause und empfangen nur selten Gäste. Wir brauchen also kein Haus, um zu repräsentieren, wir brauchen eines, das ganz unseren Bedürfnissen entspricht.«

»Du hast recht. Wir brauchen ein Haus, in dem wir uns erholen und gleichzeitig kreativ sein können.«

»Ja, genau.« Ray wurde ganz aufgeregt. Sie waren etwas Gutem auf der Spur. »Unser Haus soll ganz individuell sein. Unser Haus eben.«

Charles beugte sich über den Tisch und drückte Rays Hand. »So werden wir das machen. Und die Wiese über dem Meer bleibt, wie sie ist.«

Die gemeinsame Planung zog sich über viele Monate hin. Charles und Ray überarbeiteten auch den Entwurf für Johns Haus noch einmal, um ihn bestmöglich an die Grundstücksverhältnisse anzupassen.

1948 flatterte eine weitere Einladung zu einem Design-Wettbewerb ins Office. Charles zeigte Ray den Brief in der Mittagspause, die sie gemeinsam im Hof des Office verbrachten. Ray hatte den Ort mit Möbeln und Pflanzen hübsch hergerichtet.

Das Museum of Modern Art lud ein zu einem internationalen Wettbewerb zum Thema kostengünstiges Möbeldesign ein. Laut Ausschreibungstext wollte das Museum damit die Entwicklung moderner, kreativer und gleichzeitig komfortabler Möbel fördern. Der Bedarf an solchen Möbeln war nach dem Krieg besonders hoch. Zu den Mitgliedern der Jury gehörte auch Mies van der Rohe, ein wichtiger Designer und Architekt, der vor dem Krieg in Deutschland tätig gewesen war.

Ray nickte. Es war klar, dass sie am Wettbewerb teilnehmen würden. Mehr Möbel, einige relativ gewöhnliche, alles, was man einfach herstellen und leicht verkaufen konnte. »Wir brauchen vielleicht zusätzlich einen echten Hingucker. Ein Stück, über das man spricht.«

Charles stimmte ihr zu. »Hast du schon eine Idee?«

Ray wiegte den Kopf hin und her. »Nicht wirklich. Ich glaube, ich würde das gern einfach ein paar Tage im Kopf behalten, vielleicht ergibt sich dann etwas.«

»So machen wir das, Liebes.« Charles küsste sie flüchtig. »Es gibt noch eine weitere Neuigkeit. Die Universität von Kalifornien hat angefragt, ob ich einige Vorlesungen in Design übernehmen könnte.«

Ray lächelte. Obwohl Charles sich schwertat, vor vielen Menschen zu sprechen, suchte er die Herausforderung immer wieder. Sie bewunderte ihn dafür, dass er über seinen Schatten sprang. Ihr selbst fiel es nicht so schwer, auf andere Menschen zuzugehen, nur hatte sie leider wenig Gelegenheit dazu. Als Frau war sie einfach nicht gefragt. »Toll, ich gratuliere dir. Das ist nicht nur für dich von Vorteil, es ist auch für uns und besonders für das Office eine gute Gelegenheit, bekannter zu werden.« Sie meinte ehrlich, was sie sagte. Charles war nun mal das Gesicht des Office.

Charles wirkte erleichtert. Offenbar hatte er sie gerade um Rat gebeten, ohne sie offen um Rat zu bitten. Er räusperte sich. »Wir könnten die Themen für die Vorlesungen ja zusammen durchgehen.«

Auch das formulierte er nicht als Frage. Und doch nickte sie. Man sah vielleicht von außen nicht ihr Gesicht, wenn man an das Eames Office dachte. Aber das Office waren sie beide. Und die Mitarbeiter natürlich.

Notiz für Vorlesung an der University of California,
Charles Eames

Empfehlungen für Studierende

Mache eine Bücherliste
Entwickle Neugier
Betrachte Dinge, als würdest du sie zum ersten Mal sehen
Denke an Dinge in ihren Beziehungen zueinander
Denke immer an das nächstgrößere Projekt
Hüte dich vor schnellen Antworten
Vermeide vorgefasste Meinungen
Studiere Objekte aus der Vergangenheit, aber bedenke gleich-
zeitig, die technischen und gesellschaftlichen Umstände, unter
denen sie entstanden sind
Suche nach dem wahren Bedürfnis, physisch und psychisch
Mach dich auf den Weg, dieses Bedürfnis intelligent zu stillen
(...)
Um ein guter Designer zu sein, musst du auch handwerkliche
Kompetenzen haben, in jedem Sinne neugierig sein
Die Probleme, die man als Handwerker bearbeitet, verlangen
relativ vertraute Lösungen, wenig bleibt für die Intuition

Kapitel 31

Los Angeles, Mai 1949

»Ein bisschen sieht das ja aus wie ein überdimensionales Spiegelei.«

Ray sah irritiert auf.

Frances, die schon seit ein paar Jahren im Office mithalf, war zu ihr getreten und begutachtete den Prototypen für eine Art Sessel, an dem Ray gerade mit zwei anderen Mitarbeitern arbeitete. Ray betrachtete die Sitzfläche. Sollte sie sich ärgern oder lieber lachen? Sie hatte beim Entwurf eher an eine Muschelschale gedacht, etwas, das elegant und schön war, in das man sich aber doch bequem setzen oder sogar legen konnte, eigentlich war sogar Platz für eine zweite Person. Ein Spiegelei. Sie grinste.

»Ich hoffe, du verbindest Spiegeleier mit etwas Positivem, meine Liebe«, sagte Ray.

Frances lief rot an. »Ah, ja. Absolut.« Mit diesen Worten ging sie zurück an ihren Arbeitsplatz.

Ray sah ihr nach. Hatte sie richtig reagiert? Charles war nicht da, er hatte mit John einen Termin auf der Baustelle. Endlich wurden die beiden Häuser nicht mehr nur geplant, sondern auch gebaut. Es hatte lange gedauert, genug Geld zu verdienen, um eine Bank zu überzeugen, ihnen einen Kredit zu geben. Aber nun war es so weit. Am Wochenende würden sie beide den Baufortschritt überprüfen. Heute mussten Aufgaben an die Bauarbeiter verteilt und Anweisungen gegeben werden, das war Charles' alleinige Aufgabe. Ray hielt so lange im Office die Stellung, was nicht so schwer war, denn die Arbeitsabläufe waren eingespielt und die Mitarbeiter arbeiteten Hand in Hand beim Design und der Herstellung der Möbel.

Im Mittelpunkt stand zur Zeit »La Chaise«, wie Ray den Stuhl getauft hatte, an dem sie arbeitete. Denn La Chaise war mehr als nur ein Stuhl. Die Sitzfläche fertigten sie aus Fiberglas, ein ganz neuer Werkstoff, den Charles aufgetan hatte. Er war leicht, konnte in jede gewünschte Form gebracht werden, sehr stabil, sobald er ausgehärtet war, und man konnte das Material selbst einfärben. La Chaise, das hatte Ray beschlossen, sollte weiß sein, ein strahlendes Weiß, das Leichtigkeit und Reinheit vermitteln sollte. Der Stuhl würde der Hingucker auf der Ausstellung werden.

***

Die Vorbereitungen für die Ausstellung liefen wie geplant, Charles war damit hochzufrieden. La Chaise war fertig, was zu großen Teilen Rays Verdienst war. Er selbst war in den letzten Monaten aufgrund des Hausbaus sehr eingespannt gewesen. Es hatte lang genug gedauert, bis sie das Geld dafür zusammengehabt hatten. Aber nun war es bald so weit, dass sie einziehen konnten. Das Haus war, wie er es sich erträumt hatte. Es gab ein großes Wohnzimmer mit einem Kamin und einer ausladenden Sofa-Ecke, die sie selbst entworfen hatten und in der man einfach entspannen konnte. Einen Küchenbereich mit Essecke und dahinter einen Hauswirtschaftsraum. Im ersten Stock, der nur die Hälfte der Fläche einnahm, so dass das Wohnzimmer die volle Höhe des Hauses hatte, befanden sich ihr Schlafzimmer und ein Gästezimmer, das tatsächlich Lucias Zimmer sein würde. Sein Interesse an weiteren Übernachtungsgästen hielt sich in Grenzen. Sehr engen Grenzen. Er mochte Privatsphäre, und er war froh, dass Ray das genauso sah. Meistens wenigstens, sie hatte etwas mehr Spaß an Einladungen als er. Aber dieses Haus war nicht dafür gemacht, große Empfänge zu geben, das war ihm wichtig gewesen.

Über einen Hof war das Hauptgebäude mit einem kleineren Nebengebäude verbunden, das ein Studio beherbergte, in dem sie arbeiten konnten. Und es gab eine kleine Dunkelkammer. Charles hatte das Fotografieren in sein Repertoire aufgenommen. Er dokumentierte die gemeinsame Arbeit, den Baufortschritt und verwendete die Fotos für Artikel in der *Arts & Architecture* und als Dias auch in seinen Vorlesungen. Abgesehen davon machte es ihm einfach unbändigen Spaß, aus der Realität ein Kunstwerk in Form von Fotos zu erschaffen. Es regte ihn dazu an, genau hinzusehen, in Bildausschnitten zu denken. Er wusste, dass das eine Fähigkeit war, die Ray ihm aufgrund ihrer Ausbildung als Malerin voraushatte. Umso begieriger war er, es zu lernen.

Von Billy Wilder hatte er viel über den Film erfahren, ebenfalls ein Medium, das ihn faszinierte. Billy war mittlerweile zu einem renommierten Regisseur avanciert. Für *Das verlorene Wochenende* hatte er immerhin einen Oscar bekommen. Die Sommerferien hatten Ray und er mit Billy und seiner zweiten Frau Audrey verbracht. Billy war für Charles ein sehr wichtiger Freund geworden. Nur gut, dass sich Ray mit Audrey gut verstand, obwohl die Schauspielerin fast zehn Jahre jünger war als sie. Charles kam nicht umhin, sein Verhältnis zu Ray mit dem von Billy und Audrey zu vergleichen. Audrey war eine wunderbare Frau. Sie unterstützte Billy, wo sie nur konnte, gab Partys für die richtigen Leute, baute Billy auf, wenn er an sich zweifelte, und schenkte ihm das Selbstvertrauen, zu einem großen Mann zu werden. In früheren Zeiten hätte man sie wohl als Muse bezeichnet. Ray war ganz genauso, allerdings fühlte Charles sich von ihr nicht nur bestärkt. Sie hinterfragte ihn auch und schien keinerlei Scheu zu haben, ihn zu kritisieren. Sie hatte eigene Ideen und arbeitete daran. Sie ergänzte nicht ihn, sie ergänzten sich gegenseitig.

Im November schrieb Charles an Eero: »Es ist vollbracht. Wir haben endlich eine Möglichkeit gefunden, die Sitzschale elegant mit der Lehne eines Stuhls zu verbinden. Es gibt eine Metallform, die ihresgleichen sucht. Einfach perfekt!« Tatsächlich freute sich Charles über diesen Erfolg mehr als erwartet.

Er wunderte sich laut darüber, aber Ray lächelte nur. »Du ... wir haben fast zehn Jahre daran gearbeitet, diese Vision Wirklichkeit werden zu lassen. Zehn Jahre lang haben wir Materialien getestet, gelernt, mit ihnen umzugehen, sind so oft ans Limit gegangen und darüber hinaus. Meinst du nicht, es ist ganz verständlich, dass du dich gut fühlst?«

Charles küsste sie. »Gut ist sehr untertrieben. Aber du hast recht, wie immer.«

Am Weihnachtsabend 1949 zogen sie in ihr Haus. Es tat Charles fast ein bisschen leid, die wunderbare Wohnung zu verlassen, viele schöne Erinnerungen hingen daran. Als er das Ray gegenüber erwähnte, schlug sie vor, dem Architekten einen Brief zu schreiben und sich für die Zeit in dem Apartment zu bedanken. Das war eines der wenigen Dinge, die sie neben dem Auspacken von Kisten schafften. Dann wurde es schon wieder Zeit, zu verreisen. An Neujahr wurden sie in Chicago erwartet, um eine Ausstellung namens »Gutes Design« zu planen.

Damit würden die 1950er Jahre beginnen.

Kapitel 32

Los Angeles, April 1951

Das Gebrüll lockte Ray aus ihrer kleinen Werkstatt. Sie hatte gerade an einigen Zeichnungen für Billy und seine Frau Audrey gearbeitet. Billy war nun ein paar Mal schon bei ihnen zu Hause zu Gast gewesen und war so fasziniert vom Haus, dass er Charles um einen Entwurf für ein Haus gebeten hatte. Audrey arbeitete nur noch selten als Schauspielerin, die meiste Zeit über sorgte sie dafür, dass es Billy gut ging, schmiss Partys und …

Aber warum hörte denn das Gebrüll nicht auf?

Ray ging den Stimmen nach. Vorn im Office, wo es genug Platz gab, um auch größere Projekte fertigzustellen und zu fotografieren, standen alle Mitarbeiter beieinander. Als sie näher kam, bemerkte sie, dass Charles und Harry Bertoia in der Mitte standen, Harry schwer atmend und mit rotem Kopf.

»Es ist nicht nur ungerecht, es ist auch nicht verständlich, Charles.«

Harry arbeitete schon so lange bei ihnen, sie kannten ihn noch aus Bloomfield Hills. Er war ein fähiger Designer und war in den letzten Jahren unverzichtbar geworden. Er war gebürtiger Italiener und Ray mochte seine offene, manchmal etwas ungestüme Art. Er war so ein herzlicher Mensch und lachte gern. Im Moment aber nicht.

»Charles«, Harrys Stimme war nun leiser, aber immer noch eindringlich. »Ich habe nichts gesagt, als du letztes Jahr bei der Ausstellung in New York die Modelle unter deinem Namen präsentiert hast, obwohl wir alle mitgearbeitet haben und du ohne uns nicht rechtzeitig fertig geworden wärst.«

Ray sah, wie Charles sich wand. Die Situation musste äußerst unangenehm für ihn sein. Er stand aber nur da, die Schultern leicht nach vorn gezogen. Sollte sie zu ihm gehen? Bevor sie sich bewegen konnte, sprach Harry weiter, bitter sein Tonfall jetzt. »Nicht mal die Dekoration mit den Drachen, die Ray so mühevoll hergestellt hat, ist auf deinem Mist gewachsen. Es war ihre Idee und ihre Arbeit. Ich habe nichts gesagt. Niemand hat etwas gesagt, weil wir alle der Meinung waren, dass wir zusammen hier gearbeitet haben, aber es am einfachsten und am besten wäre, wenn du uns alle repräsentierst. Und die Präsentation war ein voller Erfolg, mehr als ein Erfolg.« Er machte eine Pause und alle nickten oder machten zustimmende Geräusche.

Ray ertappte sich dabei, dass sie ebenfalls nickte. Sie lehnte sich an die Wand neben ihr. Plötzlich fühlte sie sich schwach.

»Du hattest die Chance, es dieses Jahr anders zu machen, Charles. Du hattest die Chance, uns allen die Anerkennung zu geben, die wir verdienen. Aber nach wie vor stellst du alles ausschließlich unter deinem Namen vor.«

Charles reckte sich zu seiner vollen Größe. »Harry«, sagte er, »ich verstehe, dass du nicht glücklich bist mit der aktuellen Situation. Aber es ist nun mal so. Das hier ist das Eames Office. Hier werden Eames-Möbel designt. Es ist wichtig, dass die Dinge einen Namen haben. Einen Namen, nicht zehn verschiedene.«

»Du willst also so weitermachen?« Harrys Stimme klang fast

drohend. Warum war er denn so wütend? Ray verstand es nicht wirklich. Natürlich arbeiteten sie alle hier gemeinsam. So funktionierte Design nun einmal. Viele Köpfe waren immer besser als nur einer. Und ein Name besser als viele.

Charles dagegen blieb ruhig, obwohl Ray sehen konnte, dass ihm kleine Schweißperlen auf der Stirn standen.

»Harry«, sagte er, »es ist doch nur ein Name, ich verstehe nicht, wie du dich so aufregen kannst.«

Ray hielt den Atem an. Natürlich war es nur ein Name. Aber der Name war doch fast das Wichtigste. Den Namen mit dem Design zu verbinden, machte doch den Erfolg aus. Mit ihrem Namen wollten sie für ein junges modernes Design stehen, für gute Möbel, die sich ihren Nutzern anpassten, nicht teuer waren und dabei auch noch gut aussahen. Sie wusste, dass Charles das genauso sah. Warum spielte er es herunter?

Die beiden Männer starrten einander in die Augen. Alle ringsherum beobachteten sie gebannt.

Dann fiel Harry förmlich in sich zusammen und stieß die Luft aus. »Charles, wir haben immer gut zusammengearbeitet. Ich hielt uns für Freunde. Ich werde nicht stumm dabei zusehen, wie du meine und unsere Arbeit dazu benutzt, dich zur Ikone des Modernismus zu stilisieren, ohne öffentlich anzuerkennen, dass du ein Team hast, ohne das du die Designs überhaupt nicht bewältigen kannst. Die Art, wie du an den Markt gehst, ist mehr als undemokratisch. Und ich werde nicht mehr länger dabei zusehen, wie du meine Designs unter deinem Namen verkaufst.« Er drehte sich um und ging.

Einen Moment lang blieb es ganz still. Von ihrem Platz am Rand der Gruppe hatte sie einen guten Blick auf die betroffenen Gesichter um sich herum. Sie erwartete, dass Charles noch etwas sagen würde, um die Stimmung zu retten, etwas Klärendes, Erleichterndes, aber er nickte nur stumm und ging hinüber in sein Büro. Ray fühlte sich ganz kalt. Warum hatte er nichts mehr gesagt, anstatt zu versichern, dass es natürlich eine Gemeinschaftsarbeit war, die sie hier leisteten? Sicher dachte er über ihre, Rays, Arbeit anders, denn sie waren ja ein Team. Wie oft arbeiteten sie zusammen und konnten hinterher überhaupt nicht mehr sagen, wer zuerst auf diese oder jene Idee gekommen war.

Nachdenklich kramte sie in der tiefen Tasche ihres Rocks nach dem Päckchen Zigaretten, nahm eine heraus und zündete sie sich an. Sie beobachtete, wie der Qualm im Licht der Sonne, die durch ein Fenster hereinfiel, aufstieg, sich zerteilte und auflöste. Dann stieß sie sich von der Wand ab und ging nach vorn, wo Harry gerade sehr leise dabei war, seine Sachen zusammenzupacken.

Als er sie bemerkte, hielt er inne. »Ray. Willst du dich verabschieden?«

Ray verzog das Gesicht zu einem entschuldigenden Lächeln. »Nein, am liebsten würde ich das nicht tun.«

Harry zog nur eine Augenbraue hoch.

»Ich wünschte, du würdest nicht gehen.« Ray wusste, dass sie das nicht sagen hätte sollen. Aber es war eben das, was sie fühlte. Sie hatte sich an Harry gewöhnt und mochte ihn und seine Art. Konnte nicht alles so bleiben, wie es war?

»Ray, es war wunderbar mit euch. Du bist eine begnadete Designerin. Deinen Ideenreichtum, dein Gespür für Form und Farbe findet man nicht oft. Du bist die Seele dieses Ladens hier. Charles wäre aufgeschmissen ohne dich. Und er lässt deinen Namen genauso unter den Tisch fallen wie den von uns allen.

Hast du darüber schon einmal nachgedacht?« Er stopfte ein paar Stifte in eine Tragetasche. Dann sah er sie an. »Ich kann gehen, Ray. Ich bin in der Lage, als eigenständiger Designer zu arbeiten, wenn mein Einsatz nicht anerkannt wird. Die meisten von uns können das, und sie werden es tun. Ich bin nur der Erste. Aber du, was ist mit dir? Was bleibt dir? Du bist die Ehefrau, du bist nicht namentlich erwähnt, niemand wird jemals wissen, dass du die eigentliche Designerin bist.«

Rays Lächeln gefror in ihrem Gesicht. Was sollte sie dazu sagen? »Ich ... ich bin sicher, dass Charles und ich sehr gut zusammenarbeiten. Er und ich, wir sind Eames. Und ihr anderen gehört auch dazu. Ich ... ich danke dir trotzdem für deine Worte. Ich denke allerdings wirklich nicht darüber nach, wer was macht oder welche Idee hatte.«

»Vielleicht solltest du das manchmal, liebe Ray.« Harry schien fertig zu sein. Er nahm die Tragetasche, in der nicht viel drin sein konnte, umarmte Ray kurz und verließ dann mit schnellen Schritten das Office, ohne sich noch einmal umzusehen.

An diesem Abend saßen sie zusammen beim Essen in ihrem Haus. Es war ein warmer Abend, und Charles hatte die Türen zur Terrasse weit geöffnet, so dass sie zwar drinnen sitzen, sich aber wie draußen fühlen konnten. Man hörte das Meer rauschen, der Wind fuhr durch die Eukalyptusbäume, und Vögel zwitscherten. Eine solch unglaubliche Ruhe konnte es nur hier geben, dem schönsten Ort in ganz Los Angeles und Umgebung, dessen war Ray sich sicher. Sie hatte nicht gekocht, nur einen Salat und einige Sandwiches zubereitet, und nun beobachteten sie bei einem Glas Wein den Sonnenuntergang.

»Ich bin ein bisschen traurig, dass Harry gegangen ist, muss ich zugeben«, sagte Ray und hoffte, dass sie damit die friedliche Stimmung nicht störte.

Charles warf ihr einen Blick zu und nahm einen Schluck Wein, bevor er antwortete: »Ich kann dich verstehen. Aber nimm es nicht schwer. Harry ist der Erste, der uns verlässt, und die Art, wie er es gemacht hat, fand ich reichlich übertrieben. Er wird nicht der Letzte sein. Du und ich, wir beide sind das Eames Office. Die anderen sind Gäste, gern gesehen, sie bringen viel mit und lassen uns einiges da. Dafür bekommen sie auch viel von uns zurück. Sie haben die Möglichkeit, sich in der Praxis weiterzuentwickeln, zu lernen und in einem hervorragenden Team zu arbeiten. Mit uns beiden. Sie werden bessere Designer, während sie bei uns sind. Und irgendwann ist eben der Zeitpunkt gekommen, an dem wir sie ziehen lassen müssen. Sie haben andere Dinge zu tun, andere Aufgaben zu erfüllen in diesem Leben. Es werden noch viele nach ihnen kommen und gehen.«

Ray seufzte. Immer wieder Trennungen? Sie nippte an ihrem Glas.

Charles beugte sich über den Tisch und nahm ihre Hand. »Wir sind so etwas wie eine Schule für sie. Eine vertiefte Ausbildung. Das ist etwas Gutes.«

Ray nickte. »Ich verstehe schon. Ich finde Trennungen nur so grässlich. Es fällt mir schon jedes Mal so schwer, wenn Lucia wieder abreist. Ich hätte eben gern eine gewisse Stabilität in der Umgebung, in der wir arbeiten. Das hilft mir ungemein dabei, kreativ zu sein, dir nicht?«

»Doch, das hilft mir auch. Sieh es aber einmal so: Die Stabilität kommt von uns, von dir und mir. Wir sind die Basis, der Kern, das wahre Wesen des Office, wenn du so willst. Wir werden immer da sein. Die anderen sind nur Satelliten, die uns ein Stück des Weges begleiten und dann weiterfliegen, um eigene Designs zu erschaffen.«

»Ja, ich denke, so kann man es sehen. So kann ich es sehen. Aber ich werde trotzdem immer traurig sein, wenn jemand geht.«

»Ich auch, Schatz, ich auch.« Damit stopfte Charles sich eine Pfeife und sie saßen da und beobachteten, wie der Sonnenuntergang in die blaue Stunde überging.

Tatsächlich gewöhnte Ray sich daran, dass es immer wieder einmal einen Wechsel im Team gab, doch sie hatten immer ungefähr sechs Designer zu ihrer Unterstützung. Es war Charles, der dafür sorgte, dass sie gute und hochqualifizierte Mitarbeiter hatten. Er wählte aus, und wenn jemand nicht zu ihnen passte, weil er nicht verstand, was sie hier taten und was das Ziel ihrer Designs war, dann musste dieser Jemand auch wieder gehen.

Denn ihre Zeit war gekommen. Die Nachfrage nach leichten und bequemen Möbeln stieg mit dem Siegeszug des Fernsehens. Ray erinnerte sich noch gut daran, wie es früher gewesen war: In den Salons und Wohnzimmern gab es eine Reihe von Sitzmöbeln, teilweise am Kamin, am Fenster oder auch in der Mitte des Raums. Man hatte sich aussuchen können, ob man dem abendlichen Radioprogramm lieber am Kamin lauschen oder sich zum Beispiel nebenbei mit einer Stickarbeit in der Nähe einer guten Lichtquelle beschäftigen wollte. Nun gab es den Fernseher, und die Sitzmöbel mussten leicht genug sein, damit man sie bei Bedarf für Gäste vor dem Gerät zurechtrücken konnte.

Sie hatten zuletzt auch ein Sofa entworfen, das wirklich günstig in der Anschaffung war. Es wurde in einem Karton verschickt, am Bestimmungsort musste es nur noch aufgeklappt werden und die Füße montiert. Voilà, ein Sofa. Ray liebte es, wenn etwas einfach und auch ein bisschen überraschend war.

Und da die Möbel ein riesiger Erfolg wurden, man konnte es nicht anders sagen, wurde Charles immer öfter gebeten, Vorträge zu halten. Und er wurde sogar im Fernsehen interviewt, wie an diesem Abend.

Ray sah sich die Ausstrahlung des Interviews mit Edith Head bei sich zu Hause an. Edith war Kostümdesignerin und arbeitete in den Studios. Billy Wilder hatte sie Ray vorgestellt, und wie er prophezeit hatte, hatten sie sich von Anfang an gut verstanden. Der Kontakt mit Edith erinnerte Ray an die Zeit, als sie selbst Modedesign studiert hatte. Ein ganz anderes Leben.

Sie aßen gemeinsam zu Abend und machten es sich dann vor dem Fernseher gemütlich. Hier in ihrem eigenen Haus hatte Ray keine leichten Möbel. Das war nicht notwendig, weil sie die einzelnen Bereiche des Hauses ganz nach ihren Bedürfnissen geplant hatten. Für jede Lebenslage gab es den passenden Ort. Um fernzusehen und zu lesen sowie für den Empfang einiger weniger guter Freunde war eine Nische im Wohnzimmer vorgesehen, die mit einer L-förmigen Sitzgelegenheit vor allem Bequemlichkeit bot. Ray schaltete das Fernsehgerät an und kuschelte sich in die Ecke des Sofas. Edith brachte die Getränke aus der Küche mit und setzte sich neben sie. Sie stießen an.

Es war seltsam, Charles in dem Kasten zu sehen, in Schwarz-Weiß. Ray sah, dass er ein wenig nervös war, aber das hätte wohl nur bemerkt, wer ihn wirklich gut kannte.

Edith rückte die Brille zurecht. »Ich finde, er ist ganz bildschirmtauglich.«

Ray sah sie an und grinste. »Hast du daran gezweifelt?«

»Natürlich nicht. Aber es ist trotzdem immer besser, es zu überprüfen. Deswegen werden doch bei den Castings auch Probeaufnahmen gemacht. Menschen wirken ganz anders, wenn man sie auf Zelluloid bannt.«

Ray dachte darüber nach. »Du hast sicher unglaublich viel Erfahrung damit. Wie lange arbeitest du nun beim Film, Edith?«

Edith schaute sie über ihre große modische Brille hinweg an. »Fünfzehn Jahre oder so. Eine lange Zeit.« Sie trank einen Schluck Wein. »Aber ich möchte nichts anderes mehr tun. Ich liebe, was ich tue.«

Ray wusste genau, was sie meinte. »Das sieht man, Edith. Man sieht den Kostümen, die du entwirfst, einfach an, wie viel Liebe in ihnen steckt. Und … sei mir nicht böse, aber es arbeiten nicht viele Frauen beim Film, oder? Also, einmal abgesehen von den Schauspielerinnen. Und du bist sogar die Chefdesignerin.«

»Na ja, es stimmt schon. Ich arbeite mit vielen Männern zusammen, aber … die meisten Kostümdesigner, die mit mir arbeiten, sind nicht an Frauen interessiert, wenn du verstehst, was ich meine.«

Natürlich verstand Ray. Man sprach in der Öffentlichkeit nicht darüber, alle wahrten die Fassade, aber sie kannte mehrere Männer, von denen sie sicher war, dass sie nur aus Gründen der Diskretion mit Frauen verheiratet waren. Edith war auch verheiratet, doch Ray wusste, dass sie sich zu Frauen hingezogen fühlte. Allerdings war Edith so zurückhaltend und freundlich jedermann gegenüber, dass man sie schon sehr gut kennen musste, um das zu bemerken. Sie hatte sich nie Gedanken darüber gemacht, was mit Ediths Ehemann war. Sie schienen gut zurechtzukommen und führten ein zurückgezogenes Privatleben. Was ging es sie an?

»Und ich sehe mich auf der Arbeit eher als … hm, als Mann, vielleicht als Mensch. Ich arbeite nicht wie eine typische Frau«, fügte Edith hinzu. »Wie ist das bei dir?«

Ray zögerte. »Darüber habe ich noch nie nachgedacht, um ehrlich zu sein. Ich fühle mich einfach als ich, denke ich. Ich mache meine Arbeit, die ich kaum als Arbeit ansehen kann, weil ich ja den ganzen Tag mit Dingen verbringe, die ich gern mache.«

»Würdest du sagen, du arbeitest Charles zu? Also, ist das, was du tust, Grundlage für sein Werk?« Edith sah sie aufmerksam an.

»Oh, das sind zwei sehr unterschiedliche Fragen. Ja, ich leiste eine Grundlage für seine Arbeit, aber er leistet auch die Grundlage für meine. Wir arbeiten zusammen, und je länger wir das nun tun, desto weniger kann man diese beiden Aspekte voneinander trennen. Er ist immer noch der bessere Handwerker, er liebt es, auch den Herstellungsprozess bis ins kleinste Detail zu planen und zu optimieren, und das ist wesentlich für unsere Designs. Mein Beitrag konzentriert sich manchmal mehr auf Form und Farbe oder darauf, dass sich das Design an den Körper und die Bedürfnisse der Menschen anpasst. Unsere Herangehensweisen gehören zusammen. Ich arbeite ihm aber nicht zu. Nicht so wie die anderen Designer im Office.«

»Dann arbeitest du nicht als Frau«, stellte Edith fest.

Ray war verwirrt. »Warum nicht? Was ist an meiner Arbeit männlich?«

»Sieh dich um. Sieh dir die Frauen an, die arbeiten. Sie verkaufen irgendwelche Dinge für einen männlichen Chef oder sie machen Dinge sauber für einen weiblichen Chef. Sie machen Nähte, aber keine Kleider. Sie machen kleine Dinge und bekommen wenig Geld dafür.« Edith prostete jetzt Charles im Fernsehgerät zu. »Charles tut sicherlich gute Dinge, außergewöhnliche vielleicht sogar. Aber er ist ein Mann, das macht es leichter für ihn. Und wie du siehst, bekommt er alle Anerkennung, die er will.«

Ray schürzte die Lippen. »Ja, hm. Ich bin mir gar nicht so sicher, wie wichtig ihm diese Anerkennung ist. Er steht nicht sehr gern im Rampenlicht.«

»Und warum übernimmst du es dann nicht, wenn ihr eigentlich gleich seid?«

Was war das denn für eine Frage? »Niemand würde uns ernst nehmen, wenn ich mein Gesicht in diese Kamera halten würde.« Ray deutete auf den Fernseher.

»Eben. Aber ist das richtig?« Ediths Blick war so intensiv, dass er Ray fast unangenehm war.

Spontan hätte sie am liebsten »nein« gerufen. Nein, das war doch weder richtig noch fair, oder? Sie war geselliger als Charles, sie konnte besser auf Menschen zugehen, mit ihnen sprechen, sehen, was sie bewegte. Und doch war es ihr Schicksal als Frau, die Rolle im Hintergrund einzunehmen.

»Was würde es nützen, sich dagegen zu wehren? Es ist doch, wie es ist. Ich werde nichts ändern können.«

Edith nickte. »Ja, das ist das Problem. Es ist unfair und unnötig. Und trotzdem stecken wir in einer Welt, in der du keine Wahl hast.«

Ray schwieg. Wie anders lief dieser Abend, als sie ihn sich

vorgestellt hatte. Edith war natürlich ganz und gar keine Frau, mit der man sich kichernd betrank und Albernheiten austauschte. Aber das war sie, Ray, ja nun auch nicht. Und doch hatte sie sich einen netten Abend mit einigermaßen leichter Konversation vorgestellt. Stattdessen drehten sich nun einige Fragen mehr in ihrem Kopf, auf die sie keine Antwort wusste.

Auch später, nachdem Edith gegangen war und sie selbst sich mit einem letzten Glas Wein in den Garten setzte und auf das dunkel rauschende Meer schaute, blieb sie nachdenklich. Bisher war es ihr immer am wichtigsten gewesen, überhaupt arbeiten zu können. Das zu tun, was sie liebte. Die klassische Rolle einer Ehefrau war ihr immer zuwider gewesen. Sie hätte sie annehmen können, jetzt, da das Office gut verdiente und sie und Charles endlich ein vor allem in finanzieller Hinsicht relativ sorgenfreies Leben führten. Würde Charles das von ihr erwarten? Sie hatten bisher nicht wieder darüber gesprochen. Aber er unterschied sich in diesem Punkt sehr von anderen Männern.

Ray sah hinauf in den Himmel, an dem Hunderte, Tausende Sterne funkelten. Wie Tausende Frauen, die nach einem langen Tag die Kinder ins Bett brachten und dann noch dafür zuständig waren, dass auch der Herr im Haus glücklich war. Es waren diese Frauen, für die sie arbeitete. Unter anderem. Die in modernen Haushalten lebten, eine schöne und funktionelle Umgebung wollten, ein schönes Heim. Bezahlen mussten die Männer. Doch Ray war sich sicher, dass die Frauen diejenigen waren, die die Entscheidung darüber trafen, wie es in den Häusern aussah, in die die Männer nach getaner Arbeit heimkehrten.

Ihr eigenes Leben war anders. Es ähnelte mehr dem von Edith

und anderen Frauen, die im Filmbusiness zu tun hatten. Ein wenig unter dem Radar, als gäbe es sie nicht, und doch trugen sie Entscheidendes bei, um diese Filme oder diese Möbel zu erschaffen, die Tausende Menschen begeisterten. Edith hatte recht. Es wäre anständig und fair gewesen, ihr und all diesen Frauen die Anerkennung für ihre Leistung zu zollen, die sie verdienten. Aber das Leben war wohl nicht fair.

Kapitel 33

Los Angeles, Juni 1951 – Juni 1954

Das Leben mochte nicht fair sein, aber alles in allem, das musste Ray zugeben, lief es gut. Auch zwischen ihr und Charles. Lucia war mittlerweile einundzwanzig und besuchte das Radcliffe College in Cambridge, Massachusetts, obwohl es Frauen jetzt, nachdem die Wirtschaftskrise überwunden war, schwer gemacht wurde, Architektur zu studieren. Dort hörte sie unter anderem Vorlesungen bei Walter Gropius, was Charles mit großem Vaterstolz erfüllte. Aufgrund des Studiums kam sie nicht so oft nach Los Angeles, wie Ray es sich gewünscht hätte. Sie vermisste das Mädchen, es tat einfach gut, mit ihr herumzualbern und Schuhe zu kaufen oder sich durch die Stadt treiben zu lassen, was Ray sonst nie tat. Sie nähte ihre Kleider selbst, kaufte für sich und Charles immer Schuhe der gleichen Art und hatte auch sonst wenig Interesse daran, sich mit weiblichem Zeitvertreib wie Einkaufen zu beschäftigen. Sie wollte gern gut aussehen, aber sie war nicht bereit, dafür Zeit aufzuwenden.

Was sie hingegen liebte, war, Gäste zu empfangen. Charles mochte keine großen Veranstaltungen, aber er mochte es, ihr gemeinsames Haus zu zeigen. Und so hatten sie regelmäßig Gäste, die Ray mit viel Liebe und Fantasie bewirtete. Es machte ihr einfach Spaß, sich bis hin zur kleinsten Kleinigkeit mit der

Planung zu beschäftigen, etwa indem sie das Essen samt Geschirr und Tischdekoration farblich oder thematisch aufeinander abstimmte.

Im Juni 1951 gaben sie eine Party zu Ehren des Designers Isamu Noguchi, der ebenfalls für die Möbelfirma Herman Miller Inc. arbeitete. Noguchi und seine Verlobte waren eingeladen, dazu einige Leute aus der Filmbranche, die Charles wichtig waren, allen voran Charlie Chaplin. Es war ein außergewöhnlicher Abend, über den sie noch lange sprachen. Aber genau das liebte sie: sich für eine Handvoll Gäste so viel Mühe zu geben, als wäre es ein Bankett für Hunderte wichtige Personen. So gelang es ihr, auch aus kleinen Anlässen Kunstwerke zu machen. Das war es, was sie mit Lebenskraft erfüllte: alles, womit sie sich beschäftigte, in Kunst zu verwandeln, in etwas Schönes, Angenehmes. Solange sie sich darauf konzentrieren konnte, solange sie ganz in ihrer eigenen Welt lebte, ging es ihr hervorragend.

Charles widmete sich zunehmend der Fotografie, vor allem für das Office. Seine Reise zur Schönheit nahm oft den Weg über die Technik, so verstand Ray es jedenfalls.

Ihre gemeinsame Arbeit war so inspirierend und fruchtbar wie eh und je. Inzwischen arbeiteten sie an einem neuen Stuhl-Modell und experimentierten mit einem neuen Material: Plastik. Das konnte in allen möglichen Farben gefärbt und völlig unproblematisch in Form gegossen werden. Außerdem war es nicht teuer und damit ideal angesichts ihre Zielsetzung, für jedermann erschwingliche Möbel auf den Markt zu bringen. Besonders die Farben hatten es Ray angetan, es drängte sie, die Welt bunter und schöner zu machen, gerade jetzt, da sich die

Welt vom Krieg erholte und die Menschen nach vorne blickten. Ray entwarf eine lustige kleine Hängegarderobe, die sie sich in Kinderzimmern vorstellte. Die Haken schlossen am Ende jeweils mit einer bunten Kugel ab. Darüber glitten die Kleidungsstücke, ohne hängenzubleiben, wenn man sie vom Haken zog, wie Kinder es eben oft taten. Und Ray hatte wieder einmal die Möglichkeit, in New York an einer Ausstellung über abstrakte Kunst teilzunehmen, auch wenn sie kaum noch zum Malen kam. Zu sehr nahm sie die Arbeit im Büro in Beschlag. Und hatte sie nicht die Leinwand mit einer viel größeren und interessanteren Fläche getauscht, in dem sie nun Möbel und andere Gegenstände entwarf?

Anlässlich der Ausstellung traf sie Lee endlich wieder, die sie seit der Hochzeit mit Pollock kaum noch gesehen hatte. Immerhin hatten sie einander Briefe geschrieben, auch wenn Lee darin nur wenig über sich selbst preisgegeben und mehr über den Erfolg ihres Ehemannes berichtet hatte.

Als Ray in New York eintraf, erwartete Lee sie schon am Bahnhof. Es war Frühling 1953, eine Jahreszeit, in der Ray New York schon immer gemocht hatte, im Gegensatz zum grausig kalten Winter dort. Lee hatte ihr Atelier in der City aufgegeben, um sich ganz auf Jackson Pollock, seine Arbeit und das gemeinsame Haus konzentrieren zu können, so wie sie es Peggy Guggenheim versprochen hatte. Also gingen sie in ein Café in der Stadt, um sich zu unterhalten.

»Wie geht es dir?« Ray fand, dass Lee schrecklich aussah. Sie bemühte sich, nicht zu mitleidsvoll zu klingen, um die Freundin nicht zu beschämen.

Lees Lächeln misslang. »Ganz gut so weit, es geht doch immer weiter, das Leben. Lass uns nicht über mich sprechen, du bist viel interessanter als ich.«

»Das ist nicht wahr«, protestierte Ray. »Du bist meine Freundin, also möchte ich wissen, wie es dir geht.«

In Lees Augen schimmerte es verdächtig. Ray hielt ihren Blick fest, bis Lee den Kopf senkte. »Ich hätte wissen müssen, dass ich dir nichts vormachen kann. Mein Leben fühlt sich gerade sehr anstrengend an, wenn ich ehrlich bin. Jackson ist so talentiert, aber wenn er trinkt, dann ist er ein ganz anderer Mensch. Selbstzerstörerisch und gleichzeitig gemein. Wir sind zwar verheiratet, aber ich habe mich noch nie in meinem Leben so allein gefühlt.«

»Oh, Liebste.« Ray beugte sich über den Tisch und nahm Lee in den Arm. Es war ihr egal, was die Leute dachten. »Ich wünschte, ich könnte etwas für dich tun.«

Lee befreite sich aus der Umarmung und lächelte schief. »Du kannst nichts tun, ich ja genauso wenig. Das ist nicht schlimm. Es wird bestimmt alles gut werden, oder?« Sie schniefte.

»Natürlich wird es das.« Ray legte alle Zuversicht, die sie aufbringen konnte, in diesen Satz. Was sollte sie auch sonst sagen? Sie holte ein Taschentuch aus ihrer Handtasche und reichte es Lee. »Und wenn du ihn einfach sein lässt, wie er sein möchte, und dich wieder auf deine eigenen Fähigkeiten konzentrierst? Wäre das möglich?«

Lee putzte sich die Nase. »Ich habe Peggy Guggenheim versprochen, dafür zu sorgen, dass es nicht zu viel wird mit dem Trinken. Und dass Jackson regelmäßig malt. Und dafür brauche ich im Moment meine ganze Kraft.« Sie senkte den Kopf. »Wenn ich wenigstens sicher wäre, dass er glücklich ist. Mit mir, meine ich. Dass es nur um ihn, die Kunst und um mich geht. Aber ich weiß, dass er andere Frauen trifft. Solche, die ihn nicht damit traktieren, nüchtern zu bleiben und zu arbeiten. Sie feiern, trinken, schlafen vermutlich auch miteinander. Sehr hübsche Frauen. Sogar talentierte Künstlerinnen. Da kann ich eben nicht mithalten.« Wieder traten Lee die Tränen in die Augen.

Ray schnaubte. »Dein Mann sollte sich schämen. Ohne dich wäre er gar nichts.« Sie war so wütend, dass sie diesen Pollock am liebsten gewürgt hätte. Wie konnte er es zulassen, dass sich eine so talentierte Künstlerin wie Lee in ein derart hilfloses Häufchen Elend verwandelte, während er das Leben auf seine Art in vollen Zügen genoss! Er sollte dankbar sein, eine Frau wie Lee zu haben.

»Vielleicht wäre aber ich auch ohne ihn gar nichts. Wer weiß.« Lee trocknete sich die Wangen und war ab diesem Moment nicht mehr bereit, auch nur ein einziges Wort über ihren Ehemann zu verlieren.

Und schließlich gab Ray nach, und sie sprachen über andere Dinge. Sie nahm Lee schließlich das Versprechen ab, wieder zu malen, damit sie das nächste Mal zusammen ausstellen konnten.

Kapitel 34

Bundesrepublik Deutschland, Sommer 1954

In den nächsten Monaten wurde die Arbeit, die Charles nie zur Routine wurde, durch mehrere Reisen unterbrochen. Er hatte die Teilnahme an einer von der bundesdeutschen Regierung gesponserten Reise gewonnen, und so schwelgten er und Ray für drei Wochen in volkstümlicher und vor allem barocker Kunst und holten damit endlich ihre Hochzeitsreise nach. Billy hatte ihnen einige Tipps gegeben, was sie sich unbedingt ansehen sollten, und so standen sie nun in einem entzückenden Café am Viktualienmarkt in München. Während Charles den Gastraum fotografierte, all die bunten Köstlichkeiten, versuchte Ray mit ein paar wenigen Brocken Deutsch eine Verkäuferin am Tresen davon zu überzeugen, sie in die Backstube einzulassen.

Charles hob die Kamera und sah seine Frau durch den Sucher an. Sie war schön, und in ihrem selbstgenähten Kleid sah sie geradezu extravagant aus. Er war dankbar dafür, dass sie so war, wie sie war. Schön, intelligent, kreativ. Ihm wurde immer noch warm, wenn er sie ansah, und das nach mehr als zehn Jahren gemeinsam verbrachter Zeit.

Später am Tag spazierten sie durch die Innenstadt, in der viele Häuser noch nicht wieder aufgebaut waren. In der Sendlinger

Straße betraten sie eine Kirche, die eng in den Straßenzug eingebaut und von außen betrachtet nicht viel größer als ein Wohnhaus war. Als sie durch den Vorraum in das Kirchenschiff traten, waren sie überwältigt von der barocken Pracht, die sich ihnen bot. Jeder Zentimeter der Kirche war verziert, es war eine Pracht aus Marmor und Gold, wohin das Auge blickte. Charles ließ sich in eine der hinteren Kirchenbänke sinken. Er hob die Kamera, die an einem Lederriemen vor seiner Brust baumelte, ließ sie aber gleich wieder sinken. Nein, ein Foto würde diesen Eindruck nicht einfangen können. Er lehnte sich zurück und betrachtete die reich verzierte und bemalte Decke über ihm. Was für ein Kunstwerk.

Ray war nach vorne gegangen, offenbar um den Altar aus der Nähe zu betrachten. Wie schade, dass er jetzt nicht die Möglichkeit hatte, einen Film über diese Kirche zu drehen, mit einer dieser modernen kleinen Filmkameras. Bald würde er mit Ray reden müssen. Ihr endlich sagen, dass Billy ihn eingeladen hatte, an der Produktion eines Kinofilms mitzuwirken. Was für eine Möglichkeit, sich weiterzuentwickeln! Mit Schauspielern zu arbeiten, mit einer Filmcrew, mit modernster technischer Ausrüstung und natürlich mit Billy Wilder. Er war zu einem der besten Regisseure avanciert, was er drehte, wurde praktisch automatisch zu Gold. Charles fühlte ein Kribbeln im Bauch vor lauter Vorfreude.

Kapitel 35

Los Angeles, Sommer 1955

Während Charles' Abwesenheit anlässlich der Filmarbeiten für Billy Wilders Film über Charles Lindbergh führte Ray das Office allein. Sie zog sich nicht so oft wie gewöhnlich in ihr eigenes Büro zurück, sondern arbeitete mit den anderen zusammen in der großen Halle an der Weiterentwicklung des Stuhls. Aus irgendeinem Grund, den Ray selbst nicht ganz verstand, verdienten sie mit den Stühlen immer noch am meisten. So viel, dass sie sich auch den anderen, weniger lukrativen Projekten widmen konnten. Ray liebte die Stühle, die sie jetzt in allen möglichen Farben herstellten, und sie liebte die Vorstellung, dass sie mit ihnen ein bisschen Fröhlichkeit in die schnell wachsenden Vorstädte brachten.

Seit ein paar Tagen ging ihr eine Idee nicht mehr aus dem Kopf, die sie an den stillen Abenden zu Hause ohne Charles gehabt hatte. Allein machte es weniger Spaß in der Fernseh-Ecke zu sitzen, die war dazu gemacht, zu zweit dort zu sitzen und zu lesen oder was auch immer zu tun. Auf der Terrasse war es auch schön, aber wenn es dunkel wurde, wollte sie sich nicht allein dort aufhalten. Ihr fehlte ein Platz, an dem sie bequem sitzen, lesen und zugleich den Blick durch das Fenster aufs Meer genießen konnte. Ihr schwebte eine Sitzgelegenheit vor, die sie ohne Hilfe bewegen konnte, um sie da hinzustellen, wo sie sie haben wollte. Kein Stuhl, sondern kuscheliger, angenehmer. Ein Sessel.

Nach der Mittagspause, die sie mit Don und Sandro, ihren beiden besten Designern, im Hof verbracht hatte, bat sie die beiden in Charles' Büro. Sie machte Platz auf dem großen Konferenztisch, trat einen Schritt zurück und betrachtete die leere Tischplatte.

Don sah sie gespannt an. »Was hast du für uns, Ray?«

Ray lächelte. »Entschuldige. Ich war nur gerade fasziniert von der Maserung im Holz. Sie erzählt ganze Geschichten, findest du nicht?« Sie sah Don an, dann Sandro, und merkte, dass die beiden ihr nicht folgen konnten. »Verzeiht. Ich sehe wohl nur so selten eine leere Tischplatte, dass sie mich sofort auf Ideen bringt. Ich wollte eure Meinung hierzu.« Damit legte sie einige grobe Skizzen auf den Tisch, mit denen sie ihre Ideen zum Sessel festgehalten hatte. Sie beobachtete gespannt Dons Gesichtsausdruck. Natürlich wäre es leichter, Charles' Reaktion einzuschätzen, der sonst immer ihr erster Ansprechpartner war. Sie hielt den Atem an.

Don sah auf und lächelte sie an. »Ich glaube, das könnte ein großartiges Projekt werden. Was genau hast du dir vorgestellt?«

Ray merkte, dass ihre Wangen zu glühen begannen. Sie freute sich. Ja, das würde gut werden, sie hatte es im Gefühl. Auch Sandro nickte erwartungsvoll. Und dann erläuterte sie ihre Vision von einem Sessel, in dem man sich aufgehoben fühlte, wie in einem kuscheligen Winterhandschuh.

Donnerstag, 25. August 1955

C ♥ ♥ ♥

Hier kommt ein wundervoller Brief für dich!
Wir haben vor einer Minute die Fotos für die Ausstellung, die
dir so wichtig ist, an dich abgeschickt. Wir haben noch ein paar
Farbfotos eingepackt, damit du es dir besser vorstellen kannst.
Deine Notizen zur Ausstellung kamen am Montag, wie interes-
sant, dass wir gleichzeitig ähnliche Gedanken hatten.
Außerdem habe ich mit Don und Sandro an einem neuen
Stuhl gearbeitet, eine Idee, die ich hatte. Ich lege dir eine Zeich-
nung bei. Ich wollte einen Sessel, in dem man gut entspannen
kann, und wir sind gleich beim ersten Gespräch darüber auf
eine Menge guter Verbesserungen gekommen. Zum Beispiel,
dass der Sessel Armablagen haben sollte, um ihn noch gemüt-
licher zu machen. Don hatte die Idee, das Gestell aus Metall
zu gießen, was den Sessel zwar schwerer machen würde, als
ich es mir zunächst vorgestellt hatte, aber wir sind damit viel
flexibler, was den Schwerpunkt betrifft.

Außerdem, gute Neuigkeiten, ist neues Papier angekommen,
ich lege dir einen Stapel Blöcke zur Seite, damit du, wenn du
wieder hier bist, nicht warten musst, bis Nachschub kommt.

Ich werde heute Abend Billy und Audrey treffen,
sie lassen dich grüßen.

Kapitel 36

Long Island, New York, August 1955

Ray war erschüttert, nachdem sie den Brief von Lee gelesen hatte, der heute mit der Post gekommen war. Jackson Pollock war tot. Wie gerne hätte sie ihre Gefühle jetzt mit Charles geteilt. Er war immer noch mit dem Filmdreh beschäftigt, weshalb sie nur wenige Tage erübrigen konnte, um ihrer Freundin beizustehen. Sie hatte Don Bescheid gesagt, war nach Hause gerast, um einige Sachen zu packen, und hatte sich in das nächste Flugzeug nach New York gesetzt.

Vierundzwanzig Stunden später war sie in Springs in East Hampton und hielt endlich Lee im Arm. Sie saßen auf der Veranda von Lees kleinem Holzhaus. Ray hatte Tee gemacht.

»Ich bin so froh, dass du da bist«, sagte Lee. Ihre Augen waren rotgeweint.

»Erzähl mir, was passiert ist. Wenn du möchtest.« Ray war nicht sicher, ob es Lee helfen würde, über Pollock zu sprechen.

»Wir hatten keine leichte Zeit, wie du weißt.«

Ray nickte, schwieg aber, und Lee sprach nach einer kurzen Pause weiter.

»Vor ungefähr einem halben Jahr war es so weit, dass ich mir nicht mehr sicher war, ob ich es aushalten kann. Ob ich so weitermachen kann. Ich liebe Jackson über alles, aber seine Wutausbrüche. Die anderen Frauen. Wir haben so oft gestritten. Vielleicht, wenn ich nicht so viel gestritten hätte, wenn ich ihn mehr unterstützt hätte, vielleicht würde er dann noch leben?«

Ray holte tief Luft. »Das ist …«, sie zögerte, stieß die Luft aus. »Das ist vermutlich Unsinn. Entschuldige, meine Liebe. Mach dir jetzt doch keine Vorwürfe. Erzähl, was passiert ist.«

Und Lee erzählte. Von den ewigen Streitereien und dass sie sich eine Pause ausbedungen hatte, weggefahren war, um den Kopf frei zu bekommen. Sie hatten sich während der Trennung geschrieben, und die Zeit hatte ihr gutgetan. Lee holte einen Brief hervor, in dem Pollock sie gebeten hatte, zurückzukommen, es wieder mit ihm zu versuchen, weil er sie liebte und mit ihr für immer leben wollte. Er hatte darin auch versprochen, weniger zu trinken. Also hatte sie sich auf den Weg nach Hause gemacht.

»Und als ich in Springs ankam, war er tot. Ein Autounfall. Jackson ist betrunken gefahren, im Auto saßen zwei Frauen. Eine von ihnen ist gestorben, die andere hat leicht verletzt überlebt. Ruth Kligman, die Frau, mit der er zuletzt geschlafen hat.« Sie riss die Augen auf. »Oh, Ray, was mache ich nur, wenn sie zur Beerdigung kommt?«

Ruth Kligman kam wirklich zur Beerdigung, die unter großer Anteilnahme der zeitgenössischen Künstlerszene zwei Tage später auf dem Friedhof in Springs stattfand.

Nachdem der offizielle Teil einschließlich Trauerreden von Hans Hofmann, Peggy Guggenheim und Lee überstanden war, stand Ray an Lees Seite, um die Beileidsbekundungen entgegenzunehmen. Sie stellte sich einen halben Schritt hinter ihre Freundin, so dass sie jederzeit eingreifen konnte für den Fall, dass es ihr nicht gut ginge. Aber Lee machte ihre Sache gut, sie wechselte mit jedem Einzelnen ein oder zwei Sätze und brauchte nur hin und wieder eine kleine Pause, um sich die Tränen aus den Augen zu wischen. Dann kam der Moment, den Lee fürchtete, und den Ray erwartet hatte. Ruth Kligman stand vor ihnen. Was sagte man der Geliebten des Ehemanns, die nur knapp einen von ihm verursachten Autounfall überlebt hatte? Ray wusste, was sie am liebsten gesagt hätte: »Scher dich zum Teufel, warum hast du ihn betrunken ans Steuer gelassen?«

Aber Lee machte es besser. Viel besser.

»Ich bin froh, dass Sie leben«, sagte sie. Dann sah sie die nächste Person in der Reihe der Kondolierenden an, und Ruth Kligman wurde zu Luft für diesen Tag. Und das war gut so, fand Ray.

Später saßen sie mit einer Handvoll Leuten bei Lee zu Hause auf der Veranda.

»Was wirst du nun tun?«, fragte Ray.

Lee seufzte. Dann sah sie sich um. »Das ist mein Zuhause geworden. Ich werde hierbleiben und irgendwann wohl wieder anfangen zu malen. Ich nehme an, ich werde es müssen. Oder mir eine andere Arbeit suchen.«

Peggy Guggenheim nahm die Zigarette aus dem Mund. »Sweetheart, das darfst du natürlich, wenn du es willst. Aber soweit ich das überblicke, bist du die Witwe und Erbin eines sehr gefragten Künstlers. Er hat zwar in den letzten Jahren nicht so viel gemalt, aber nun kommt der Nachschub vollständig zum Erliegen. Das wird den Wert von Pollocks Gemälden steigern.«

Lee blinzelte. Dann schien sie zu verstehen. »Du meinst, ich soll die Gemälde verkaufen?«

Ray sah ihr an, dass sie die Idee absurd fand.

»Es käme mir vor, als würde ich einen Teil von ihm verkaufen, wenn ich das täte. Ich wünsche mir nichts mehr als so viel wie irgend möglich von ihm festzuhalten.« Wieder traten ihr die Tränen in die Augen.

Peggy lehnte sich vor und legte ihr eine Hand auf den Arm. »Du sollst und brauchst sie nicht alle auf einmal zu verkaufen, Lee. Du sollst aber gut leben können. Denk darüber nach. Ich möchte dir nur sagen, dass ich dir gern dabei helfe, das so umsichtig und klug wie möglich zu tun.«

Nach diesem Abend war Ray einigermaßen beruhigt. Lee würde lange brauchen, um über den Verlust hinwegzukommen. Aber sie war versorgt und hatte Freunde.

Als Ray spät am folgenden Tag mit dem Auto, das sie am Flughafen geparkt hatte, vor ihrem Haus ankam, war sie erstaunt, es erleuchtet zu sehen. War jemand aus dem Office hier? Mit einem mulmigen Gefühl öffnete sie die Haustür. Im Wohnzimmer spielte Musik, ihre Lieblingsplatte von The four Aces.

»Charles?« Ray legte das Gepäck und ihre Tasche ab.

Da fühlte sie, wie sie jemand von hinten umfasste und sich an sie drückte. Sie spürte Charles' Berührung, roch seinen Duft und fühlte, dass sie zu Hause war.

Kapitel 37

New York, Sommer 1957

Für Charles fühlte es sich an, als würde alles, was Ray und er sich vornahmen, zu Gold. Er lebte das Leben, das er sich immer erträumt hatte. Möbel, Filme – er konnte sich mehr oder weniger mit allem beschäftigen, was er mochte, und damit Geld verdienen. Er konnte sich aussuchen, mit wem er arbeiten wollte, die meisten Designer, die im Office arbeiteten, blieben lange, wenn er mit ihnen zufrieden war, und sie lernten viel. Wichtig war ihm, dass sie genauso viel Begeisterung für die Projekte aufbrachten wie er und schnell verstanden, was er von ihnen wollte. Und dann war da Ray. Sie war das Herz des Office, und alle liebten sie. Wenn ein Problem auftauchte, fiel ihr immer eine unkonventionelle Lösung ein, ohne die ursprüngliche Idee aus den Augen zu verlieren. Sie war immer gut gelaunt und hatte einen sehr persönlichen Zugang zu allen Mitarbeitern.

Und nun war ihre Idee, die längst zu ihrer aller Idee geworden war, endlich Wirklichkeit geworden: ein Sessel zum Entspannen nach einem langen Arbeitstag.

Der Lounge Chair, wie Charles ihn betitelt hatte, war ein Meisterstück. Die Schalen für Sitz und Rückenlehne aus edlem Holz, die Polsterung aus weichem Leder, das an einen heißgeliebten Baseball-Handschuh erinnerte. Das Stück war mit einem Verkaufspreis von 400 Dollar viel teurer als die Möbel, die sie sonst entwarfen, aber der Sessel war wirklich etwas Besonderes. Das sahen auch die Verkäufer bei Herman Miller Inc. so, die das Sitzmöbel offiziell vorgestellt hatten.

Der Organic Chair, also der Stuhl, mit dessen Entwicklung sie vor über zehn Jahren angefangen und den sie seither regelmäßig weiterentwickelt hatten, war, wenn er nicht sowieso am Esstisch stand, jedem Haushalt in den USA ein Begriff.

Wenigstens sagte das Arlene Francis gerade, die Charles zu ihrer TV-Show *Home* eingeladen hatte, wo er den Lounge Chair live präsentieren durfte. Als Arlene ihn dem Fernsehpublikum ankündigte und er Rays Hand losließ, um aus den Kulissen nach vorn vor die Kamera zu gehen, schlug sein Herz bis zum Hals. Er hatte bei der Arbeit mit Billy natürlich Erfahrung mit Kameras gesammelt, trotzdem war es eine Herausforderung für ihn, sich vor diesen Ungetümen möglichst natürlich mit Arlene zu unterhalten.

Nun stand er neben Arlene in der Szenerie ihrer Sendung und wusste nicht recht, wohin mit seinen Händen.

»Sie leben in Los Angeles, Mr. Eames«, leitete Arlene Francis ihre erste Frage ein. »Was führt sie nach New York?«

Diese Frage war natürlich abgesprochen gewesen, und er antwortete wie vereinbart. »Wir sind nach New York gekommen, um unseren neuen Stuhl für Herman Miller vorzustellen.« Er lächelte und hoffte, dass das auch für das Fernsehpublikum charmant wirkte.

Arlene drehte sich zur Kamera. »Liebe Zuschauer, Sie haben bemerkt, dass Mr. Eames die Worte ›wir‹ und ›unseren‹ benutzt hat. Der Grund dafür: Hinter einem erfolgreichen Mann steht fast immer eine interessante Frau. Und in diesem Fall handelt es sich um Ray Eames. Kommen Sie zu uns, Ray!«

Ray trat vor und stellte sich neben Charles, der froh war, ihre Nähe zu spüren.

»Mrs. Eames wird uns heute erzählen, wie sie Charles dabei hilft, diese Stühle zu designen. Wie machen Sie es, Ray?«

Ray lächelte, auch wenn Charles wahrnahm, dass sie aufgeregt war. »Na ja, abgesehen davon, dass ich die Produkte natürlich teste, gibt es eine Million Dinge, die ich tue. Aber das Schwierigste und gleichzeitig Wichtigste ist wohl, die große Idee nicht aus den Augen zu verlieren, während man an den Details arbeitet, und die Fähigkeit, stets kritisch der eigenen Arbeit gegenüber zu sein. Aber das beherzigen alle im Office, einschließlich Charles.«

»Vermutlich ist das der wichtigste Punkt in einer arbeitenden Familie, dass man ein kritisches Auge auf die Arbeit des Ehemanns hat, so dass Verbesserung möglich ist«, sagte Arlene.

Charles zog die Stirn kraus, das war nicht das, was Ray gerade versucht hatte, zu sagen, oder? Dann erinnerte er sich an die Kameras und lächelte schnell wieder.

Arlene konzentrierte sich weiter auf Ray. »Wie sind Sie auf die Idee gekommen, Stühle zu machen?«

Ray sah Charles an. Er sollte übernehmen, was er auch tat. »Ray war Malerin. Sie hat in New York mit Hans Hofmann gearbeitet, das war schon einmal ein guter Start. Ich hingegen bin Architekt und vielleicht wissen Sie, dass ein Architekt natürlich denkt, dass man alles mit dem Auge des Architekten betrachten kann. Alles, auch Stühle oder Kleider.«

Die Moderatorin fragte weiter. »Wir haben hier eine Menge Stühle, die sich alle irgendwie unterscheiden, ich glaube, sie zeigen eine Art Entwicklung auf. Wollen Sie uns zeigen, worin

Ihre Arbeit besteht, Ray?« Ray trat einen Schritt nach vorn, aber bevor sie antworten konnte, drehte sich Arlene zur Kamera und ließ sie gar nicht zu Wort kommen. »Wie ich schon sagte, sie steht hinter ihrem Mann, auch wenn sie schrecklich wichtig ist.« Sie lachte.

Ray lächelte, aber Charles wusste, dass es in ihr brodelte. Sie hatte die Arme vor dem Körper verschränkt und sah zur Decke. Was für eine seltsame Art, ihre Arbeit darzustellen.

Im weiteren Verlauf des Interviews sprachen sie darüber, wie sie die Stühle entwickelt hatten, dann fragte Arlene nach dem Haus. Oh, das war ein Thema, das Charles liebte.

»Das Haus ist eine Gemeinschaftsarbeit von Ray und mir. Erst kürzlich haben wir einen Film darüber gedreht, der im Museum of Modern Art Premiere hatte. Leonard Bernstein hat die Musik dazu komponiert.«

Nun wurden Bilder vom Haus für das Publikum eingespielt.

»Wir haben unser Heim individuell an unsere Bedürfnisse angepasst«, erläuterte Charles. »Dennoch besteht es aus Standardmodulen, die jedermann in der Fabrik kaufen kann.«

»Es sieht weder nach Standard noch nach Fabrik aus, Charles«, sagte Arlene.

Sie sprachen eine Weile über das Haus, bevor Arlene sich ihrem jüngsten Projekt zuwandte. »Lassen Sie uns nun zu etwas anderem kommen«, sagte sie. »Sie haben einen neuen Stuhl entwickelt, Charles.«

Die Moderatorin trat mit Charles zu einer kleinen Bühne, der Vorhang glitt beiseite, und der Lounge Chair war zu sehen. Er war wirklich ein Schmuckstück.

»Er besteht aus Kirschholz und schwarzem Leder, die Polsterung ist aus Federn und Daunen. Er wird in wenigen Schritten zusammengebaut, aber das Wichtigste ist wohl, dass man außerordentlich bequem darin sitzt.«

Nachdem weitere Details zum Stuhl genannt waren, kam Arlene zum Schluss. Ray trat wieder zu ihnen, und Charles war froh, dass sie das Interview gleich überstanden hatten.

»Ich danke Ihnen beiden, dass Sie gekommen sind und uns über Ihre faszinierende Arbeit berichtet haben. Charles, Sie sind so ein großartiger Designer. Und Ray, wir alle müssen Ihnen dankbar sein dafür, dass Sie ihn so bei der Arbeit unterstützen.« Arlene strahlte in die Kamera.

Charles legte seinen Arm um Ray, der das Lächeln im Gesicht gefror.

Später, im Auto auf dem Weg zurück ins Hotel, schwieg Ray eisern. Charles kannte sie gut genug, um zu wissen, dass es ihr nicht gut ging damit, wie das Interview gelaufen war. Er wusste aber nicht, ob sie darüber sprechen wollte. Aber was war eigentlich passiert? Diese Arlene hatte eine seltsame Art gehabt, über ihre Arbeit zu sprechen. Es war eine große Chance für sie beide, im Fernsehen über einen neuen Sessel zu sprechen, wer konnte das schon. Damit erreichte man so viele Menschen, die auch noch genau da waren, wo der Sessel ja auch hinsollte: in ihrem Wohnzimmer. Er fand das faszinierend, auch wenn ihm die Verbindung zum Publikum irgendwie einseitig vorkam. Fernsehen eben. Er musste an einer Ampel anhalten und sah zu Ray. Sie blickte starr geradeaus, sah so klein und verletzlich aus.

»Liebling«, versuchte er es, »ich …« Er wusste nicht weiter.

Ray sagte nichts. Sie atmete aus, was klang, als stöhnte sie, als hätte sie Schmerzen.

Charles fühlte diesen Schmerz mehr mit ihr, als dass er ihn verstand. Woher kam er? Was konnte er dagegen tun?

»Ich liebe dich«, sagte er. Etwas Besseres fiel ihm nicht ein.

»Ist schon gut«, sagte Ray. Und mehr sprachen sie an diesem Abend nicht.

Auch in den nächsten Wochen hatte Charles das Gefühl, dass Ray einen Schmerz in sich trug; einen Schmerz, der an diesem Abend gekommen war, als Arlene nicht hatte verstehen wollen, dass Ray genauso wichtig war wie er selbst.

Äußerlich lief alles so weiter wie immer. Sie standen früh auf, frühstückten zu Hause, fuhren ins Office, arbeiteten, fuhren nach Hause, aßen zu Abend und arbeiteten, bis sie müde wurden. Nur Rays unterschwellige Traurigkeit, war jetzt immer dabei.

Und wenn er ganz ehrlich mit sich war, empfand er diese Traurigkeit als störend. Er brauchte Leichtigkeit. Er brauchte Sicherheit, um seinen Geist und seine Kreativität fliegen lassen zu können. Er musste ohne Begrenzung sein, frei. Waren sie das noch? Er kannte Ray jetzt seit sechzehn Jahren. Es waren die besten Jahre seines Lebens. Ohne sie hätte er nie der sein können, der er wirklich war, hätte er nicht das Leben führen können, das er führte und das er um nichts in der Welt hätte missen wollen. Aber er sehnte sich nach der Unbeschwertheit zurück, die zuvor über allem gelegen hatte.

Vielleicht brauchte Ray ja nur etwas Zeit.

Kapitel 38

Los Angeles, Winter 1957

Ray liebte es, zu spielen. Sie hatte wohl nie aufgehört, ein Kind zu sein, auch im Alter von fünfundvierzig Jahren nicht. Warum auch? War es nicht gerade dieses unvoreingenommene Staunen, mit dem Kinder die Welt betrachteten, das die Basis für Kreativität war? Alle Bedingungen und scheinbaren Grenzen über Bord zu werfen und auch nicht nach Sinn oder Zweck zu fragen, das war immer ihre Art gewesen. Sie trug eine Idee in sich, wog sie ab, nahm sie überallhin mit, und erst wenn sie reif war, breitete sie die Idee auf dem Schreibtisch in ihrem Büro aus. Dann gab sie ihr eine Gestalt, eine Form, die man ansehen und anfassen konnte. Das führte den Prozess des Werdens weiter, ließ die Idee wachsen und Wirklichkeit werden.

Natürlich gab es auch Anregungen von außen.

So hatte die Aluminium Company of America dazu aufgerufen, das neue Material in Kunst und Design zu verwenden. Für Charles, der technische Herausforderungen liebte, war sofort klar gewesen, dass sie etwas beitragen würden, und auch Ray fand die Idee interessant.

Aluminium war leicht und einfach zu formen, sogar mit der Hand. Ray musste lächeln, wenn sie im Gegensatz dazu an das Schichtformholz dachte, mit dem sie sich damals so gequält hatten.

Sie standen an dem großen Tisch in Charles' Büro, auf dem verschiedene Aluminium-Platten ausgebreitet waren. Das Metall glitzerte in der Nachmittagssonne, die durch das Fenster hereinfiel. Es sah schön aus, aber auch langweilig, fand Ray. Ihr fehlte Farbe. Aber das war ja meistens so.

»Ich würde gern das Aluminium mit etwas kombinieren«, sagte Charles und rieb sich das Kinn. »Mit einer ganz neuen Technologie, was auch immer daraus wird.«

»Welche andere Technologie?«, fragte Ray.

»Ich denke an einen Solarantrieb. Den kann man teilweise auch aus Aluminium bauen.«

»Wie funktioniert das?« Ray hatte noch nie von einem Solarantrieb gehört.

»Dabei wird die Kraft der Sonne eingefangen und dazu genutzt, um einen Motor anzutreiben.«

»Die Sonne! Das ist absolut faszinierend. Das muss der beste Motor sein, der je erfunden wurde. Die Sonne scheint jeden Tag. Sie kostet nichts. Und sag, Charles, entsteht beim Antrieb des Motors Rauch? Geruch?«

»Nein, Darling, das ist das Schöne. Es gibt keinerlei Ausstoß von irgendwas.«

»Ja, lass uns das kombinieren.« Ray dachte einen Augenblick nach. »Aber wollen wir bei so viel Nützlichkeit wirklich noch etwas Nützliches entwerfen? Wie wäre es mit einer Maschine, die rein gar nichts tut?«

Charles sah sie an und seine Augen glitzerten.

Und so entstand die Solar-do-nothing-Maschine, eine Art solarbetriebenes Mobile mit bunten Scheiben und Rädern, die sich drehten. Es war eine Freude, die Maschine zu betrachten.

Als Ray die Maschine an diesem Nachmittag betrachtete, war sie zufrieden. Die Arbeit daran hatte sie abgelenkt. Es war absolut albern, dass ihr das Interview und die Art und Weise, wie Arlene mit ihr und über sie gesprochen hatte, noch immer naheging. Aber an diesem Abend war etwas in ihr zerbrochen. Zuvor hatte sie sich immer unantastbar gefühlt. Natürlich hatte sie gewusst, dass sie eine der wenigen Ausnahmen unter den Frauen war. Die meisten Frauen waren eben nicht beruflich tätig und wenn, dann arbeiteten sie entweder für Männer, als Sekretärin zum Beispiel, oder für andere Frauen, indem sie sauber machten, Essen servierten oder Kinder betreuten. Die wenigsten Frauen arbeiteten für sich selbst und für etwas, das sie erfüllte. Die Filmbranche war vielleicht eine Ausnahme, aber wie viele Frauen gab es dort? Vielleicht ein paar Hundert, kein Vergleich zu den Millionen Frauen in den USA, die sich um ihre Familien kümmerten und ihren Männern den Rücken freihielten. Aber was konnte Ray dafür und wieso wurde ihr unterstellt, eine Unterstützerin ihres Mannes zu sein? Für sie war es lebenswichtig, zu arbeiten, diesem Drang, der Schaffenskraft in ihr nachzugeben, sie hinauszulassen. Hätte sie das nicht getan, wäre sie wohl geplatzt oder wahlweise eingegangen wie eine Zimmerpflanze ohne Licht und Wasser. Und das war ganz allein ihr Antrieb.

Warum also war es für Arlene so schwer zu verstehen gewesen, dass sie genauso gut Stühle designen konnte wie Charles? Sie erinnerte sich an den Streit, den es vor Jahren im Office gegeben hatte, weil einer der Designer nicht zufrieden damit gewesen war, dass alle Kreationen nur unter Charles' Namen verkauft wurden. Damals hatte sie sich schwergetan, das zu verstehen. Es war doch nur ein Name, unter dem die Arbeit von ihnen allen verkauft wurde. Arlene schien das nicht so zu sehen. Und sie hatte es Tausenden von Fernsehzuschauern im Land mitgeteilt. Für Arlene war alles, was im Office kreiert wurde, allein Charles' Verdienst. Dabei stimmte das gar nicht.

Ray gab einem der bunten Rädchen an der Maschine einen extra Schubs. Was war es nur, dass sie plötzlich nicht mehr zufrieden war? Warum reichte es ihr nicht, »mitgemeint« zu sein? Diese Fragen trieben sie nun seit dem Interview um, und sie fand einfach keine Antwort darauf.

***

Charles war glücklich wie selten. Seine Arbeit wurde so anerkannt, wie er es sich nie erträumt hatte. Immer mehr große Unternehmen wollten mit dem Office, mit ihm, zusammenarbeiten, und er war es, der persönlich mit den Chefs sprach. Hermann Miller natürlich, aber auch Boeing, Polaroid oder IBM. Firmen, die Tausenden Menschen Arbeit gaben, Unternehmer, die vorausschauend und gewieft waren, wollten seinen Rat, seine Unterstützung. Er war einer von ihnen. Geschäfte machten sie wie einfache Arbeiter per Handschlag. So ein Handschlag war doch ein bisschen wie ein Ritterschlag, oder? In dieser Liga?

***

Ray wurde das Gefühl nicht los, dass sie und Charles sich in unterschiedliche Richtungen entwickelten. Es war, als löste sich langsam, aber unaufhaltsam ein Körperteil auf. Etwas, das ihr näher war als sie selbst, das sie liebte und brauchte, entglitt ihr.

Umso glücklicher war sie, als Charles ihr vorschlug, gemeinsam ein neues Projekt zu betreuen. Die Regierung Indiens hatte ihn angesprochen und darum gebeten, ein Konzept für die Vermarktung einheimischen Kunsthandwerks zu erstellen. Das erforderte, dass jemand nach Indien fuhr und sich die Kunstwerke, das Handwerk, die Manufakturen und natürlich Teile des Landes ganz genau ansah.

»Wir fahren nach Indien. Ich glaube, wir beide haben uns neue Eindrücke verdient. Und auch ein bisschen Urlaub. Was hältst du davon?«

Im ersten Moment war Ray sprachlos. Was würde sie dort erwarten? Aber schon im nächsten Moment fiel sie Charles um den Hals. »Ja, ja! Das machen wir, was für eine ausgezeichnete Idee! Ich danke dir.«

»Danke nicht mir. Die Einladung haben wir unserem hervorragenden Ruf zu verdanken, und du weißt so gut wie ich, dass der unser beider Verdienst ist. Es wird eine Herausforderung, das ist sicher.«

»Herausforderungen sind doch genau das, was wir brauchen, um glücklich zu sein!« Ray lachte. Lange hatte sie sich nicht so leicht gefühlt.

Ganze fünfzehn Wochen, von Ende Dezember bis Mitte April 1958, hielt das Gefühl von Leichtigkeit an. Seit sie in Indiens Hauptstadt Neu-Delhi gelandet waren, schienen Charles und sie endlich wieder eine Einheit zu bilden, diese Verbundenheit, die ihr Lebenselixier war. Sie hatten sich ein Auto gemietet, dessen Fahrer mit ihnen die Bundesstaaten Uttar Pradesh und Rajasthan im Norden des Landes bereiste. In Agra übernachteten sie einige Tage in einem ehemaligen Palast aus rotem Sandstein, in dem Ray sich wie eine Königin fühlte. Weiter ging es über Dörfer Richtung Süden, unterwegs besuchten sie Handwerker, Weber, Schnitzer und Töpfer. Charles hatte stets die Kamera in der Hand und schoss ein Foto nach dem anderen. Manchmal konnten sie gar nicht entscheiden, was sie mehr begeisterte: der Austausch mit den Handwerkerinnen und Handwerken, die Märkte und Bazare, wo Früchte, Gemüse, Gewürze, Stoffe, Haushaltsgegenstände und so vieles mehr angeboten wurden, die Düfte und Gerüche, die dort in der Luft lagen, die Farben und Muster der Saris und der Turbane, der Kopfbedeckung der Sikhs, oder die vielen kunstfertig geschnitzten oder aus Stein gehauenen Details an Häusern, Palästen und Tempeln. In Jodhpur hielten sie sich längere Zeit auf, erkundeten die Altstadt, besuchten das Mausoleum aus weißem Marmor und genossen auf der Festung Mehrangarh hoch über der Stadt den weiten Blick in das Land. Sie sammelten viele Eindrücke, die sie zurück in Neu-Delhi, wie in der Einladung der indischen Regierung beauftragt, einem kleinen Komitee aus verschiedenen Ministerien präsentierten. Es ging darum, einen Vorschlag zu unterbreiten, wie man einen professionellen Handel mit dem unterschiedlichen Kunsthandwerk aus den Bundesstaaten in Gang bringen könnte. Bei dieser Präsentation und den nachfolgenden Gesprächen trafen sie auch Indira Gandhi, die Tochter des Ministerpräsidenten Nehru, die sich sehr dafür interessierte, wie man Devisen ins Land bringen konnte. Ray fand diesen Teil ihrer Arbeit interessant, aber wenn sie später an diese Wochen zurückdachte, erinnerte sie sich am liebsten an die Zeit, die sie so ausschließlich mit Charles verbringen hatte können. Als sie schließlich nach Hause zurückkehrten, war sie traurig, denn es war, als wachte sie aus einem wunderbaren Traum auf. Einem Traum, in dem es nur sie und Charles gab.

Kapitel 39

Los Angeles, Frühling 1959

»Das ist Politik«, sagte Ray.

Charles zog die Augenbrauen zusammen. Wollte er ihr etwa widersprechen? »Na ja …«

»Es ist nichts anderes als Politik, wenn wir einen Film über die USA machen, der in der Sowjetunion gezeigt wird«, beharrte Ray.

»Ich würde es nicht Politik nennen, eher Werbung«, entgegnete Charles. »Propaganda, wenn du ein stärkeres Wort gebrauchen willst. Aber Politik überlasse ich den Leuten, die das täglich machen.«

Er klang ganz sicher, aber Ray hatte trotzdem kein gutes Gefühl bei der Sache. »Sie werden versuchen, Einfluss auf den Film zu nehmen.«

Charles sah sie nachdenklich an. »Du hast recht. Das werden sie versuchen. Darauf sollten wir uns vorbereiten. Und ich werde einen Weg finden, es zu verhindern.«

Es war 1959, eine Zeit der Aufrüstung und des Kalten Krieges. Deswegen fand Ray die Idee sehr gut, den Sowjets mit einem Film zu zeigen, dass die Amerikaner Menschen wie sie waren. Nur sollten sie dabei ehrlich bleiben. Nicht Überlegenheit demonstrieren oder Dinge vorspiegeln, sondern das echte Leben der Amerikaner zeigen. Die Frage war nur, ob Charles'

Kontaktmann in Washington, Inspektor Miller, der die American National Exhibition in Moskau organisierte, das gefallen würde.

Während Charles also in einer Lawine aus Telefonaten, Briefen und Telegrammen Freunde, Kollegen und Bekannte aus dem ganzen Land dazu aufrief, Fotos aus ihrem alltäglichen Leben zu schicken, tüftelte Ray an einem Konzept, wie man diese vielen Fotos in einen Film vereinen könnte. Und es kamen Fotos! Fotos, die Menschen auf ihrem Weg zur Arbeit zeigten, von Schulkindern, Autobahnen, Restaurants, von der Familie beim Abendessen und Schulausflügen. Von der Mitarbeiterin im Diner, die den Fußboden aufwischte, bis hin zum Tankwart bei der Arbeit.

Charles wimmelte während der Arbeit die Nachfragen aus Washington ab. Auch lehnte er eine generelle Abnahme des Films von der US-Regierung vor der ersten Ausstrahlung ab. Stattdessen zeigten sie Inspektor Miller dann und wann kurze Ausschnitte, weiter seien sie noch nicht. Charles legte eine für ihn ungewöhnliche Eloquenz an den Tag und vertröstete ihn immer wieder. Erstaunlicherweise kamen sie damit durch. Ray hatte fast erwartet, dass nur zu bald jemand, vielleicht Inspektor Miller selbst, ins Office käme, um zu sehen, ob die Propaganda auch so gestaltet wurde, wie es gewünscht war. Aber es passierte nicht, wahrscheinlich, weil Charles sich wirklich sehr viel Mühe gab.

Einen Tag vor der Ausstellung, auf der der Film gezeigt werden sollte, flogen Charles und Ray nach Moskau. Am Morgen der Ausstellungseröffnung wurden sie mit einem Taxi vom Hotel zu dem Gelände gebracht. Eigens für die Vorführung des

Films war ein Gebäude errichtet worden. Es beherbergte zahlreiche Leinwände, auf denen der Film gleichzeitig laufen sollte. Charles schleppte zwei Koffer mit den Filmrollen herein und sorgte gemeinsam mit Ray dafür, dass der Film eingelegt wurde.

Inspektor Miller gesellte sich freundlich grüßend zu ihnen, um der ersten Ausstrahlung beizuwohnen. Ray sah sich um. Der Vorführraum war gut besucht, und nun begann auch ihr Herz schneller zu schlagen. Als Film begann, beobachtete Ray die Reaktionen, besonders die von Inspektor Miller. Würde er sich ärgern, dass es hier nicht um militärische und wirtschaftliche Überlegenheit ging? Was da auf den Leinwänden zu sehen war, waren Menschen. Menschen in alltäglichen Situationen, außerdem Häuser, Kunstwerke, spielende Kinder – solche Dinge. Der Film endete mit dem Bild von einem Vergissmeinnicht, dem Symbol der Freundschaft. Das war Rays Idee gewesen.

Miller zog am Ende kurz die Stirn kraus, dann entspannte sich seine Miene. »Ich denke, der Film ist gut«, sagte er. Mehr nicht.

Natürlich war der Film gut. Sie hatten ihn ja gemacht. Sie hatten genau die Reaktion erzielen wollen, die sie an den Zuschauern beobachten konnten, wieder und immer wieder. Glückliche, zufriedene, lächelnde Gesichter.

Als Charles und sie nach drei Wochen in Moskau und Leningrad zu Hause ankamen, wurden sie von zahlreichen Glückwunschbriefen empfangen, die Freunde, Bekannte und Arbeitskollegen, aber auch einige Politiker ihnen geschickt hatten.

»Vielleicht«, sagte Charles nachdenklich, als sie zusammen abends im Hause saßen und die Post lasen, »vielleicht wird man uns jetzt nicht mehr nur für Möbelhersteller halten. Wir können so viel mehr.«

Ray nahm einen Schluck aus ihrem Weinglas und sah ihn an. Ja, sie konnten mehr. Sie konnten Möbel und Filme und Spielzeug und Stoffe und noch ganz andere Sachen erschaffen. Dinge, die sie gemeinsam konnten. Ray hatte diesen Film zwar mitgestaltet, und das hatte ihr auch viel Spaß gemacht. Aber das Drumherum, die vielen Anzugträger, die Firmenbosse und Chefetagen, mit denen Charles nun seine Zeit am liebsten zu verbringen schien, mochte sie nicht. Das war eine Welt, in der sie nichts zu suchen hatte, in der sie nur Beiwerk war und zuständig für den Kaffee. Sie unterdrückte ein Seufzen. Vielleicht sollte sie sich lieber wieder mehr auf Kunst, Malerei und Skulpturen konzentrieren.

Kapitel 40

Los Angeles, Januar 1963

Es war ein Dienstag, an dem Rays Welt aus den Angeln geho-
ben wurde. Es war sonnig und angenehm warm, nicht zu heiß,
ein leichter Wind wehte vom Meer her. Vor ein paar Tagen war
Charles von einer Reise nach New York zurückgekommen, wo
er vom Konzern IBM beauftragt worden war, eine Ausstellung
über Mathematik zu organisieren. Es sollte um die Geschichte
des Fachs gehen, aber auch das Konzept erklärt werden. Charles
war begeistert, Ray hingegen fand das Thema sehr theoretisch.
Sie hatte sich aber darauf gefreut, mit Charles gemeinsam
einen Zugang zu finden, mit ihm zusammen zu überlegen, wie
sie Ausstellungsstücke gestalten könnten. Bisher hatte er noch
keine Zeit dafür gehabt.

Und nun stand sie in der Tür zum Hof des Office und sah
Charles, der eine Frau in den Armen hielt.

Ray wich unwillkürlich zurück ins Haus. Sie hatte nicht gesehen, mit wem Charles dastand, wichtiger war im Moment,
dass sie nicht entdeckt wurde. Sie drückte sich an die Wand,
ihr Herz klopfte bis zum Hals, Blut rauschte in ihren Ohren.
Mühsam erlangte sie die Beherrschung über ihren Körper zurück. Stimmte das wirklich, was sie soeben gesehen hatte? Ray
spähte vorsichtig doch noch einmal in den Hof.

Ja. Charles stand mit dem Rücken zu ihr und hielt eine Frau

umschlungen, deren Gesicht an seiner Brust verborgen war. Schnell wandte sie sich ab und hastete zurück in ihr Büro. Sie schloss die Tür hinter sich ab, ließ sich auf einen Stuhl fallen und zündete sich eine Zigarette an. Immer noch fegte ein Sturm durch ihren Kopf, ihr Herz klopfte wie verrückt. Sie inhalierte tief und stieß den Rauch aus.

Wie konnte er es wagen? Hier im Office?

Wie konnte er es wagen? Liebte er sie nicht mehr?

Noch nie hatte sich Ray so allein gefühlt wie in diesem Moment.

Ray blieb, wo sie war, bis es an der Zeit war, nach Hause zu fahren. Obwohl sie den ganzen Nachmittag darüber nachgedacht hatte, was sie gesehen und gehört hatte, kam sie zu keinem Ergebnis. Sollte sie Charles darauf ansprechen? Sie wusste es nicht. Also schwieg sie zunächst. Sie brauchte einfach mehr Klarheit.

Charles wirkte ganz normal. Er fuhr den Wagen nach Hause, erzählte, was er den Tag über getan hatte, und verschwand für eine halbe Stunde im Arbeitszimmer, während Ray sich um das Abendessen kümmerte. Sie bereitete eine große Schüssel Salat zu, briet Hühnerbrüste dazu und deckte den Tisch.

»Das Essen sieht köstlich aus, Liebes«, sagte Charles, als er am Tisch saß. »Aber wie geht es dir? Ist alles in Ordnung?«

Ray sah ihn alarmiert an. »Ja, alles okay, warum?«

Charles grinste. »Weil du das Besteck vergessen hast. Das ist dir noch nie passiert.«

Ray wurde rot und sprang auf, um in der Küche Gabeln und Messer zu holen. Wenn sie nicht darüber sprechen wollte, was sie gesehen hatte, musste sie sich beruhigen. Sie legte die

Hände auf die brennenden Wangen, in der Hoffnung, dass sie abkühlten. Einmal tief durchatmen. Sie nahm das Besteck und kehrte lächelnd an den Tisch zurück.

»Du hast recht. Ich muss wirklich an etwas anderes gedacht haben. Aber jetzt können wir es uns schmecken lassen.«

In den nächsten Tagen fiel es Ray schwer, so zu tun, als sei alles normal. Aber was half es? Sie musste vernünftig sein, musste alles durchdenken. Zum allerersten Mal, seit sie Charles kannte, hatte sie ein Geheimnis, das sie nicht mit ihm teilen konnte. Auch wenn er genau genommen damit angefangen hatte. Und obwohl so viel zu tun war, bat sie Charles darum, ein paar Tage zu Lee reisen zu dürfen, was er ihr sofort gewährte.

Pro und Contra

Gründe dafür zu gehen:
– *Stolz. Das darf man nicht mit mir machen.*
– *Liebe. Bedeutet das nicht das Ende einer großen Liebe?*
– *Wertschätzung. Wie kann er mir das antun?*

Gründe dafür zu bleiben:
– *Ich liebe Charles. Das hat sich nicht geändert.*
– *Möglicherweise liebt er mich auch noch.*
– *Vielleicht war das nur eine einmalige Sache.*

– *Was soll ich arbeiten, wenn ich gehe?*
– *Wovon soll ich leben, wenn ich gehe?*

Kapitel 41

Los Angeles, Februar 1963

»Wenn du dich scheiden lassen willst, musst du nachweisen, dass Charles schuld daran ist, dass eure Ehe nicht mehr funktioniert.« Lee zog an ihrer Zigarette. »Es gilt nun mal die Schuldfrage. Hast du denn irgendwelche Beweise?«

Ray schüttelte traurig den Kopf, und die Freundin nahm sie in die Arme. »Meine arme Kleine.«

Sie saßen auf Lees Veranda in den Hamptons zusammen auf einer Bank und schauten in den Garten. Es dämmerte schon, und Lee hatte Wolldecken herausgelegt und Tee gekocht.

Lee nahm eine Zigarette aus der Schachtel, zündete sie an und reichte sie Ray. »Du musst dich schrecklich fühlen.«

Ray seufzte. »Schrecklich ist gar kein Ausdruck. Mein Herz schmerzt, ich konnte mir bisher gar nicht vorstellen, dass ein Gefühl so einen extremen körperlichen Schmerz auslösen kann. Ich habe mich in meinem ganzen Leben noch nie so allein und verlassen gefühlt.«

»Glaub mir, ich kann es dir nachfühlen.«

Ray warf ihr einen Blick zu, und eine Weile rauchten sie schweigend. Dann fröstelte es sie und sie zog die Wolldecke enger um sich. »Du hast damals aber oft daran gedacht, Pollock zu verlassen, oder?«

Lee nickte und stieß Rauch aus. »Ja, ich habe darüber nachgedacht. Aber ehrlich gesagt war meine Situation eine andere. Jackson hat nie auch nur eine Sekunde Rücksicht auf mich genommen, er hat sich nicht darum gekümmert, ob alle Welt mitbekommt, dass er mich betrügt.«

Ray verzog das Gesicht. »Stimmt. Immerhin scheint Charles diskret zu sein.«

Lee lächelte. »So ironisch es klingt, dafür kannst du ihm dankbar sein. Das ist immerhin anständig von ihm.«

»Anständig?« Ray hätte fast laut gelacht. »Was zur Hölle ist daran anständig?«

Lee schwieg.

»Entschuldige bitte. Ich habe es nicht so gemeint«, sagte Ray nach einem Moment des Nachdenkens.

»Oh doch, das hast du«, antwortete Lee. »Und es ist richtig, was du sagst. Du hast jedes Recht, wütend zu sein über diesen Verrat. Vor allem und gerade weil Charles über all die Jahre den Eindruck erweckt hat, das mit euch wäre etwas Besonderes. Ein echtes ›Für immer‹.«

»So kann man sich irren«, sagte Ray, und plötzlich hatte sie das Gefühl, sich dringend die Nase putzen zu müssen. Sie suchte in der Tasche ihres Rocks nach einem Tuch.

Lee warf ihr einen Blick zu. »Ich weiß nicht. Ich will gar nicht schmälern, was er getan hat, will ihn nicht in Schutz nehmen. Die Frage ist aber doch, ob du eine Wahl hast.«

Sie saßen noch lange an diesem Abend, aber sie sprachen nicht mehr viel. Ray fand den Gedanken, dass Lee immer ihre Freundin sein würde, dass sie mit ihr jemand hatte, zu dem sie immer gehen konnte, sehr tröstlich. Sie würde immer bleiben. Waren Freundschaften nicht ebenso wichtig wie die Liebe? Oder sogar wichtiger?

Am nächsten Morgen schob Lee ein Buch über den Frühstückstisch. Es handelte von der Selbstbefreiung der Frau, geschrieben von einer Autorin namens Betty Friedan, die Ray gänzlich unbekannt war. Sie sah Lee fragend an.

»Vielleicht ist es zu früh, vielleicht gibt es dir aber auch noch eine weitere Möglichkeit, deine Situation einzuordnen.«

Ray packte das Buch zu ihren Sachen und zog es erst ein paar Tage später wieder heraus, als sie auf dem Flughafen auf das Boarding wartete. Die Bank, auf der sie sich niedergelassen hatte, war ziemlich unbequem, was sie ablenkte, als sie zu lesen begann. Also zog sie einen Stift heraus und skizzierte die Idee einer leichten, aber bequemen Stuhlreihe, die sich hier auf dem Flughafen perfekt einfügen würde. Sie musste bequem sein, aber auch ganz einfach und gerade. Sie sollte zum Sitzen einladen, so dass viele Leute sich niederlassen würden, aber nicht so, dass man sich gegenseitig störte.

Dann las sie weiter.

Nach und nach wurde ihr bewusst, was Lee gemeint hatte. Betty Friedan beschrieb das Leben der typischen amerikanischen Hausfrau, das von Eintönigkeit und Langeweile geprägt war. Sie stellte einen Zusammenhang her zwischen dieser Tatsache und dem Fakt, dass immer mehr amerikanische Frauen zu Tabletten und Alkohol griffen, um dieses Leben überhaupt auszuhalten. Und sie schrieb, dass man zu einer anderen Definition von Weiblichkeit finden müsse, wonach das Frau-Sein mehr bedeute, als eine perfekte Hausfrau zu sein.

Ray hätte fast ihren Flug verpasst.

Zwei Dinge wurden ihr klar. Mit ihrem Design, mit den »schönen« Möbeln und den Erleichterungen für die häusliche Umgebung, hatte sie ganz sicher einen Beitrag dazu geleistet, das Gefängnis für viele dieser Frauen angenehmer zu machen. Darüber musste sie nachdenken.

Der andere Punkt war, dass sie, offenbar im Gegensatz zu der Mehrheit der Frauen in den USA, etwas besaß, das ihr ganz allein gehörte. Sie hatte eine Arbeit, die sie liebte.

Kapitel 42

Los Angeles, Frühling 1964

Charles wollte diesen Auftrag. Ein Pavillon für die Weltausstellung in New York! Er wollte diesen Auftrag von IBM so sehr, wie er noch nie etwas in seinem Leben gewollt hatte. So kam es ihm jedenfalls vor. Computer waren die Zukunft, davon hatte er sich in unzähligen Gesprächen mit Fachleuten überzeugen können. Und er wollte Teil dieser Zukunft sein. Nachdem er sich jetzt zwanzig Jahre lang damit beschäftigt hatte, die Menschen zu verstehen, sich in das einzufühlen, was sie wollten, glaubte er fast, zu einer Art Experten für den Menschen geworden zu sein. Immerhin hielt er regelmäßig Vorträge, nicht nur für Studenten, darüber, dass Design sich an Menschen anpassen musste und nicht umgekehrt.

Auf einem dieser Vorträge hatte er auch dieses Mädchen kennengelernt, Laura. Sie studierte Design, und er empfand die Zeit, die er mit ihr verbrachte, weil sie wöchentlich für ein paar Stunden im Office arbeitete, wie einen frischen Wind in staubigen Hallen. Laura war wie ein Extra, etwas, das er nicht mehr erwartet hatte. Sie war unglaublich wissbegierig und wollte, dass er ihr alles zeigte und erklärte, was er wusste. Sie wünschte sich einen Lehrer und hing an seinen Lippen. Das tat ihm gut, er konnte es nicht leugnen. Aber sie war nicht so wichtig, dass er sein Interesse an der Mathematik und der Zukunft auf ihre

Bekanntschaft zurückgeführt hätte. Nein, es tat ihm einfach gut, mit jemand über die Dinge zu reden, die Ray nicht so interessierten. Wenn er über den Auftrag für IBM sprach, hatte er immer das Gefühl, dass ihr das alles zu abstrakt war. Ray schien das Feuer für seine neuen Leidenschaften zu fehlen.

Auch in diesem Moment empfand er das, als sie im Office zusammen an dem großen Tisch in seinem Büro saßen und planten, was in dieser Woche an beruflichen Themen anstand. Er wagte einen weiteren Versuch, Ray zu begeistern.

»Weißt du, Ray, diese innere Abwehr und das Misstrauen, das du gegenüber Computern spürst, das ist ja gerade das Gefühl, das viele Menschen haben. Ich glaube schon, dass du und ich und das Office perfekt dafür geeignet sind, um Menschen diesen Fortschritt näherzubringen.«

Ray nickte, dann seufzte sie. »Vermutlich hast du recht. Und wenn ich ein wenig darüber nachdenke, fällt mir sicher etwas dazu ein.«

Charles war erfreut, und er dozierte weiter, während Ray die Post öffnete. Hätte sie damit nicht noch warten können? »Wir werden den Leuten die Ängste nehmen, werden ihnen zeigen, dass es nur zu ihrem Vorteil ist, wenn sie mit der Zeit gehen.«

»Woran dachtest du? An einen Film? Einen Zeichentrickfilm vielleicht?« Ray zog einen Brief aus einem Umschlag.

Ein Zeichentrickfilm! Ja, das war eine geniale Idee. Damit könnten sie auf sehr einfache Weise erklären, was ein Computer tat und wozu er gut war. Wenn er noch mehr solche Ideen vorbrächte, dann bekamen sie den IBM-Auftrag bestimmt. Er musste sofort einen Plan entwickeln.

Ray hatte inzwischen den Brief gelesen und sah ihn an.

»Kannst du dich an Indira Gandhi erinnern? Wir haben sie in Indien kennengelernt.«

Charles nickte zerstreut. Seine Gedanken waren beim Pavillon.

»Indira Gandhi ist die Tochter des ersten Ministerpräsidenten von Indien. Sie möchte, dass wir sie dabei unterstützen, eine Ausstellung über ihren Vater auf die Beine zu stellen. Indien! Stell dir nur vor, Charles.«

Charles sah das Leuchten in Rays Augen. Ach herrje. Nach Indien zu fahren, das kam gerade überhaupt nicht infrage, woher sollte er die Zeit nehmen? Abgesehen davon war ein Auftrag aus Indien ja gut und schön, aber die Zusammenarbeit mit IBM war für das Office um ein Vielfaches wichtiger. Aufträge wie diese sicherten die Gehälter der Designer im Office und gaben ihnen die Möglichkeit, frei von wirtschaftlichen Zwängen zu arbeiten. Nach Indien wollte er jedenfalls nicht.

Ray schien in seinem Gesicht zu lesen, was in ihm vor sich ging. Und er las in ihrem, dass sie darüber traurig war.

»Du würdest das gern machen, nicht wahr? Du möchtest nach Indien fahren.« Er sah sie ernst an.

Ray nickte. »Ich würde zu gern mit dir in dieses Land reisen. Wir waren so glücklich dort.«

Charles überlegte. Den Auftrag, diese indische Ausstellung zu organisieren, konnten sie durchaus annehmen und Mitarbeiter aus dem Office dafür abstellen. Seine Anwesenheit vor Ort war nicht unbedingt erforderlich. »Wenn du willst«, sagte er deshalb, »könntest du allein die Ausstellung betreuen, ohne mich. Ich muss und ich will den IBM-Auftrag bearbeiten.«

Ray zögerte. Er sah ihr an, dass sein Vorschlag nicht das war, was sie sich vorgestellt hatte. »Ray, versteh doch. Ich kann hier nicht weg. Aber wir könnten doch, wenn das alles geschafft ist, vielleicht gemeinsam Urlaub machen.«

»Ja«, sagte Ray mit einem seltsamen Blick, »ja, das sollten wir tun. Wäre es dir recht, wenn ich mit jemand aus dem Office nach Indien flöge? Deborah vielleicht?«

Charles war erleichtert. Das ging leichter, als er befürchtet hatte. »Ja, natürlich. Frag sie doch gleich. Aber, Ray …«

Sie war schon aufgestanden, hielt aber inne und sah ihn an. »Ja?«

»Wir sollten das Konzept für IBM noch gemeinsam durchgehen, bevor du fliegst. Ich brauche deine Unterstützung.« Und das stimmte. Er hatte gute Ideen, und sie hatten einige gute Designer im Büro. Aber ihm war wohler, wenn Ray ihre Ideen einbrachte. So wie immer.

Kapitel 43

Gujarat / Rajasthan, Indien,
Oktober – Dezember 1964

Das Thermometer zeigte dreißig Grad im Schatten. Trotzdem hatte Ray das Gefühl, endlich wieder frei atmen zu können, als Ray mit Deborah in Ahmedabad aus dem Flughafengebäude trat. In dieser Millionenstadt befand sich das Design-Institut, mit dem sie an der Ausstellung über Nehru arbeiten würden. Es war auf die Initiative von Charles und Ray hin entstanden, die im Anschluss an ihre gemeinsame Indien-Reise ein Ausbildungskonzept dafür entwickelt hatten. Ziel des Instituts war es, die vielen Handwerksbetriebe der nördlichen Bundesstaaten Gujarat und Rajasthan international wettbewerbsfähig zu machen.

»Ich glaube, das ist der Fahrer, der uns zum Museum bringen soll«, sagte Deborah und zeigte auf einen Mann, der ein Schild mit der Aufschrift »EAMES« vor seiner Brust hielt.

Ray hielt auf ihn zu, und Deborah folgte ihr.

»Sie bringen uns zum Sanskar Kendra?«, fragte sie den Mann.

Er nickte und öffnete den Kofferraum seines Wagens, um Deborahs und Rays Gepäck zu verstauen. Sie stiegen ein, und dann begann eine rasante Fahrt, die sie zum Stadtmuseum führte. Auf den Straßen waren nur wenige Automobile auszumachen, dafür umso mehr Fahrräder, Motorräder und Rikschas. Ray wurde ganz schwindlig.

Deborah und Ray wurden vom Museumsdirektor Dashrath Patel begrüßt und in ein oberes Stockwerk geführt. Hier war es noch heißer, und Ray wünschte sich, sie könnte im Freien arbeiten. Aber solche Wünsche äußerte man besser erst, wenn man schon eine Weile mit den Menschen arbeitete. Dashrath war ein attraktiver Mann in den Dreißigern, der sich ihr als Designer und Bildhauer vorstellte. Außerdem war er einer der Lehrer am Institut. Er zeigte Ray und Deborah, wo ihre Arbeitsplätze waren, und brachte sie dann zu einem Hotel in der Nähe.

Ray wollte nicht viel Zeit in diesem stickigen Büro verlieren, deswegen stimmte sie am nächsten Morgen Dashraths Vorschlag zu, den Sabarmati-Ashram zu besichtigen. Sie fuhren mit einer Riksha in den Nordwesten der Stadt. Währenddessen erklärte Dashrath, was ein Ashram war.

»Es ist ein spiritueller Ort. Man geht dorthin, um Ruhe zu finden. Man tut nicht viel, verrichtet einfache Arbeiten für den Ashram, betet und meditiert. Vor allem wenn man sich in einer Lebensphase befindet, in der vieles auf einen eindringt, man viele Gedanken mit sich herumträgt, ist diese innere Einkehr sehr wichtig.«

Ray antwortete nicht gleich, sie überlegte. Vielleicht würde ihr eine Zeit in so einem Ashram guttun? Was Dashrath sagte, traf durchaus auf sie zu, und wenn sie ganz ehrlich war, gab es immer noch eine wichtige Frage, die sie für sich nicht geklärt hatte. Sollte sie Charles' Untreue einfach hinnehmen und verdrängen? Bis jetzt war das nicht gelungen. Plötzlich und unerwartet, in den unpassendsten Momenten, waren die Gedanken daran wieder da und ließen sich nicht so einfach wieder verdrängen. War sie wirklich der Mensch, der eine solche Frage mit sich allein ausmachen und am Ende stillschweigend lösen konnte? Und was hatte das alles überhaupt mit indischen Göttern und Spiritualität zu tun? Sie hatte anderes zu tun.

»Wie lange bleibt man denn in einem Ashram?«, fragte sie.

»In diesem hier nicht allzu lange. Es ist der, den Mahatma Gandhi gegründet hat. Heute sind die Leute vor allem dort, um sein Andenken zu ehren.«

Nach dieser Ankündigung hatte Ray eigentlich mehr erwartet als ein schlichtes eingeschossiges Gebäude im Schatten einiger Bäume und umgeben von Bananenstauden. Sie spazierte mit Dashrath über das Gelände und wunderte sich, dass sie sich so gar nicht spirituell berührt fühlte. Sie besichtigten auch Mahatma Gandhis Zimmer und die Bibliothek, beides fand Ray sehr interessant, und sie überlegte, ob man etwas davon für die Ausstellung nutzen sollte. Sie fragte Dashrath danach.

»Oh, unbedingt. Gandhi ist untrennbar mit der Geschichte Indiens und auch mit der Geschichte von Jawaharlal Nehru verbunden. Nach Gandhi führte Nehru den Freiheitskampf Indiens gegen die Engländer an. Nun, nachdem auch Nehru von uns gegangen ist, stehen wir vor der Aufgabe, erneut eine große Persönlichkeit auszumachen, die Indien führen wird.«

Ray musste an Indira Gandhi denken, Nehrus Tochter. Sie hatte sie auf der ersten Reise in dieses Land als eine sehr charismatische, kompetente Persönlichkeit kennengelernt. Aber gab es denn überhaupt weibliche Staatsoberhäupter? Die englische Queen fiel ihr ein. Aber das waren Spinnereien. Was war nur mit ihr los? Immer wieder schweiften ihre Gedanken ab, statt bei der Geschichte Nehrus zu bleiben. Sie machten ja keine Ausstellung über die Rolle der Frau in der Gesellschaft. Sie sollte sich konzentrieren.

Zurück im Museum plante sie mit Dashrath und Deborah, welche Themen sie in der Ausstellung abdecken wollten. Natürlich stand Nehru im Mittelpunkt, dieser große Mann, der Indien in die Unabhängigkeit geführt hatte. Außerdem planten sie, die indische Nation in ihrer geografischen und kulturellen Vielfalt darzustellen und die kunsthandwerklichen Traditionen des Nordens, insbesondere Rajasthans aufzuzeigen. Rays Herz schlug schneller. Beim Gedanken an ihre erste Reise durch diesen Bundesstaat erinnerte sie sich an Farben, Düfte, prachtvolle Bauten … Ja. Das war ihr Part. Sie entwarfen einen Plan, wie sie die nächsten Wochen am besten nutzen konnten. Schließlich beschloss Ray, dass es am besten wäre, wenn Deborah im Museum die Stellung hielt und sie, Ray, sich auf die Suche nach weiterem Material begab und dabei Fotos machte. Dashrath erklärte sich bereit, sie auf einer Rundreise durch Rajasthan zu begleiten.

Ray war froh. Die viele Arbeit und die Eindrücke würden ihr helfen, ihr geschundenes Herz zu besänftigen.

Schon ein paar Tage später brachen sie auf. Dashrath hatte, wie Charles vor ein paar Jahren, ein Auto mit einem Fahrer für sie besorgt. Sie würden über Udaipur und Jodhpur nach Jaipur reisen und dann über Koa zurück in den Süden.

»Der Bundesstaat Rajasthan«, erklärte Dashrath, »besteht aus vielen Fürstentümern. Jede Stadt auf unserer Route ist nicht nur von unterschiedlicher Natur und Umgebung geprägt, sondern auch von den ehemaligen Herrschern.«

Udaipur beeindruckte Ray mit seiner Altstadt und der wunderschönen Lage an drei Seen. Auf einem davon unternahmen sie eine Bootstour im Abendlicht. Es wäre zauberhaft gewesen, wenn Ray nicht ständig an Charles hätte denken müssen. So einen romantischen Ausflug hatten sie schon lange nicht mehr zusammen unternommen. Ob er das wohl mit dieser anderen Frau tat?

Die Festung Mehrangarh in Jodhpur leuchtete rot in der Abendsonne, als sie zwei Wochen später in die Stadt einfuhren. Auf den Straßen sah Ray neben vielen Fahrrädern und Fußgängern eine erstaunliche Anzahl von Kamelen, die teilweise hoch beladen mit verschiedenen Säcken und Stoffrollen waren. Das passte, fand sie, denn die Umgebung war trocken und staubig, die Stadt lag am Rand der Wüste Thar, wie sie sich erinnerte. Nach dem Abendessen im Hotel führte Dashrath sie hinauf zur Festung, wo sie im Fackelschein eine Form des traditionellen indischen Tanzes kennenlernte. Die Musiker trugen lange rote Mäntel, die an den Säumen mit silberfarbenen und grünen Borten versehen waren, dazu passend rote Turbane. Ray erkannte mehrere Trommeln, dazu Blechinstrumente, die wie Flöten aussahen, aber ganz anders als diese gespielt wurden. Überstrahlt wurde der Anblick von der prachtvollen Kleidung der Tänzerinnen.

Je länger Ray mit Dashrath unterwegs war, um Fotos zu machen und Ausstellungsstücke zusammenzutragen, desto mehr gefiel ihr die Reise, vor allem die Menschen, denen sie in Städten und Dörfern begegneten.

Dashrath war ein kreativer Geist wie Ray selbst. Immer wieder erlebte sie, dass sie beide in einer kleinen Werkstatt standen, einen aufwändig geknüpften Teppich oder ein zweckmäßiges Kochgefäß betrachteten und gemeinsam den künstlerischen Ausdruck darin zu erfassen suchten. Ray fühlte sich an die erste Zeit mit Charles erinnert und an die Zeit davor, als die Kunst den größten Teil ihrer Gedankenwelt und ihrer Zeit eingenommen hatte. Beinahe unmerklich, schleichend, hatte sich ihr Fokus seitdem verschoben, von der reinen Kunst hin zu alltagstauglichen Dingen. Und das Praktische, Alltägliche hatte immer mehr die Oberhand gewonnen. Sie wollte gar nicht sagen, dass das schlecht war. Sie mochte ihr Leben und wohin es sie geführt hatte. Nur diese eine Sache …

Ray schüttelte sich, um den Gedanken loszuwerden.

»Ist alles in Ordnung, Ray?«, fragte Dashrath. Sie saßen gerade in einem kleinen Café in Jaipur, nachdem sie eine Stunde durch die bezaubernde Altstadt mit ihren rosa gefärbten Fassaden gelaufen waren. Dashrath legte eine Hand auf ihren Arm. »Geht es dir gut?«

»Ja, mach dir keine Sorgen«, sagte Ray lächelnd. Es tat ihr gut, dass dieser aus ihrer Sicht junge Mann sich um ihr Wohlergehen kümmerte.

Dashrath zog seine Hand wieder weg, was in Ray ein leichtes Bedauern hervorrief, für das sie sich innerlich sofort schalt. Aber im nächsten Moment dachte sie, dass sie sich wohl nicht wegen jeder kleinen inneren Regung schämen musste. Waren Gefühle nicht dazu da, einfach gefühlt zu werden? Sie sah Dashrath an und ließ sich für einen Moment von seinen dunklen Augen gefangen nehmen, und ihr Magen machte einen kleinen unkontrollierbaren Hüpfer. Na also. Wirklich unkontrollierbar, diese Gefühle. Aber man musste ihnen ja nicht nachgeben. Jedenfalls nicht einfach so.

»Erzähl mir über den Hinduismus«, schlug sie vor. Vielleicht war Ablenkung gerade in diesem Moment vonnöten.

Dashrath nickte bedächtig. »Vielleicht sollten wir eine weitere Tasse Tee bestellen, denn das ist etwas komplizierter, als es sich anhört.«

Als Ray zustimmte, hob er die Hand und wechselte ein paar Worte mit einem Kellner. Dann fuhr er sich mit der Hand über das glattrasierte Kinn und sah Ray an. »Der Hinduismus ist keine einheitliche Religion, sondern beinhaltet viele verschiedene Glaubensvorstellungen. Es gibt auch nicht den einen Gott, sondern eine große Anzahl von Göttern. Desgleichen kennt die Religion nicht einige, sondern mehrere heilige Schriften, die Veden und die Upanishaden. In Letzteren findet sich die Lehre vom immerwährenden Kreislauf der Wiedergeburten und wie man daraus erlöst werden kann.«

Der Tee wurde an den Tisch gebracht, Ray nahm sich eins der kleinen Gebäckstücke, die dazu auf einem Teller serviert wurden. Das alles sah eher englisch als indisch aus, aber das war ihr im Moment ganz einerlei.

»Du kennst die Lehre von der Wiedergeburt, das Samsara?«, fragte Dashrath.

»Ich denke schon. Man wird unablässig wiedergeboren, und je nachdem, was man für ein Leben geführt hat, wie gut, tugendhaft und tapfer man gewesen ist, wird man als etwas Besseres oder weniger Gutes wiedergeboren. Das Ziel ist, Erlösung zu finden und aus diesem Kreislauf auszubrechen, so dass man nicht mehr wiedergeboren wird. Was ich allerdings schade finden würde.«

Dashrath lächelte. »Wenn du gut warst, wirst du in einer höheren Kaste wiedergeboren. Du …«

»Moment«, sagte Ray. »Wie ist das mit den Kasten? Gehört das zum Hinduismus oder, wenn du so willst, zur Vielfalt der indischen Religionen dazu?«

Dashrath atmete tief ein. »Ja und nein. Die Stände und darüber hinaus die Kasten sind dazu da, das Zusammenleben unserer Gesellschaft zu regeln. Man wird in seine Kaste geboren und hat damit automatisch seinen Platz in der Gesellschaft.«

»Aber«, Ray zögerte, »ist es nicht möglich, die Kaste zu wechseln?«

Dashrath sah sich nach dem Kellner um. Er machte ein Zeichen, legte ein paar Scheine auf den Tisch und sagte: »Lass uns doch noch ein paar Schritte gehen. Wir haben den Palast der Winde noch nicht gesehen.«

Ray sah ihn misstrauisch an. Wollte er nicht über das Kastensystem sprechen? Aber soweit sie verstanden hatte, war es doch fast unmöglich, Indien zu verstehen, ohne darüber zu sprechen.

Dashrath bot ihr seinen Arm und sie spazierten weiter. Sie fühlte sich wohl an der Seite dieses gutaussehenden Mannes. Ray registrierte sehr wohl, dass die Leute auf der Straße ihnen neugierige Blicke zuwarfen. Sie gingen eine viel befahrene Straße entlang, bis ein hohes Gebäude in Sicht kam, dessen Fassade aussah wie eine Ansammlung von scheinbar übereinandergestapelten kleinen Türmchen mit zierlichen Fenstern.

»Was für ein außergewöhnlicher Anblick«, sagte Ray.

»Es ist nur eine Fassade«, erklärte Dashrath. »Sie gehört zum Stadtpalast, den wir vorhin schon gesehen haben, nur von einer anderen Seite. Durch die vielen Fenster konnten die Haremsdamen ungesehen beobachten, was auf der Straße vor sich ging.«

»Weißt du, Ray, viele Menschen, die aus dem Westen kommen und mit denen ich gesprochen habe, verurteilen das Kastensystem. Sie sind in einem anderen System geboren und aufgewachsen, in einem System, in dem jeder für sein eigenes Glück verantwortlich ist. Das mag auf den ersten Blick vorteilhaft aussehen. Aber ist es nicht auch so, dass nur sehr wenige es wirklich schaffen, sich aus den Umständen, in die sie hineingeboren sind, zu befreien? Ist das nicht in den meisten Fällen eine Illusion?«

Ray wusste darauf im ersten Moment nichts zu antworten. Beruhte ihr eigenes Leben mit Charles, die Arbeit im Office, ihre scheinbare Freiheit, zu tun, was sie wollte, nicht auch auf einer Illusion?

Dashrath sprach weiter: »Die Kasten geben auch Halt, vermitteln Sicherheit. Kannst du das nachvollziehen?« Er sah Ray aufmerksam an.

Ray antwortete nicht gleich. Sie dachte an Charles. Er hatte ihr bisher Halt gegeben. Vielleicht hatte ihr sogar ihr Status als Ehefrau Halt gegeben, weil der ja eigentlich auch als unabänderlich galt. Bis dass der Tod euch scheide, sagte man. Dabei war Charles selbst ja das beste Beispiel dafür, dass eine Ehe durchaus nicht für immer Bestand hatte. Daran hatte sie in den letzten zwanzig Jahren keinen Gedanken verschwendet. Wenn sie aber an all die Ehefrauen dachte, die es auf der Welt gab: Vertrauten nicht die meisten darauf, dass sie einen festgeschriebenen Platz in der Welt hatten? Der ihnen einerseits Vorteile bot, andererseits aber auch eine Menge abverlangte? Freiheit, zum Beispiel. Ein eigenes Einkommen. Ein eigenes Konto. Sie selbst war da eine Ausnahme.

Ray seufzte. »Es ist ein schwieriges Thema. Ich kann aber

nachvollziehen, dass es wichtig ist, zu wissen, wo man seinen Platz im Leben hat. Aber ich fände es schrecklich, nicht kreativ arbeiten zu dürfen, wenn mein soziales Umfeld es mir verbieten oder es nicht gutheißen würde.«

Ein paar Wochen später endete die Reise mit Dashrath. Ray kehrte zurück ins Museum nach Ahmedabad, um mit Deborah zusammen weiter an der Ausstellung zu arbeiten.

Die Eindrücke der Rundfahrt durch Gujarat und Rajasthan hallten noch lange in ihr nach. Wie in einer anderen Welt hatte sie sich gefühlt, freier und unbeschwerter als all die Monate, Jahre womöglich, zuvor. Diese Reise hatte ihr sehr deutlich vor Augen geführt, was sie hatte, Sicherheit zum Beispiel, einen Platz als Ehefrau, eine Rolle, eine Funktion. Und was sie nicht hatte: Freiheit und eine Garantie auf Liebe.

Banana Leaves

Charles,

es ist so heiß in Gujarat, und der leichte Wind vom Meer, den du auf unserer Terrasse genießen kannst, fehlt hier völlig. Man möchte sich mit dem Blatt einer Bananenstaude Wind zufächeln.

Es gibt aber eine viel wichtigere Anwendung für Bananenblätter, und ich will dir diese kleine Geschichte nicht vorenthalten, weil sie sich auch um das Problem Kastensystem dreht, von dem wir in der Ausstellung nicht viel zeigen dürfen. Jedenfalls nicht als Problem.

Ein sehr armer Mann in Indien verwendet das Bananenblatt, um sein Mahl davon zu essen. Wenn er ein wenig höher gestellt ist, hat er ein irdenes, gebranntes Gefäß mit dem Namen »tali«. Darauf folgt ein glasierter »tali«, dann einer aus Messing, Bronze oder poliertem Marmor, die alle sehr schön sind. Oben in der Hierarchie, und ich muss dir sagen, dass es dann für mich wirklich fragwürdig wird, gibt es versilberte Gefäße, solche aus Silber und sogar aus Gold. Wozu braucht ein Mensch das, einfach um zu essen? Und schließlich gibt es Menschen, die nicht nur an Vermögen überlegen sind, sondern vermutlich sogar an Verstand oder Spiritualität. Sie gehen noch einen Schritt weiter und essen von einem Bananenblatt.

Ist das nicht interessant?

Ich will dir aber noch auf deine Frage antworten. Du hattest mich darum gebeten, eine Idee für einen Film zu entwickeln, der aufzeigt, wie man ein Problem durch einfache Entscheidungen lösen kann.

Nimm dir als Beispiel eine Frau, die eine Essenseinladung organisiert. Sie hat eine gewisse Anzahl an Gästen, die ihr vermutlich vorgegeben wurde. Sie setzt sich also hin und erkennt, dass sie ein Problem hat. Sie muss für jeden den richtigen Platz am Tisch finden, so dass alle einen angenehmen Abend haben, alle miteinander sprechen können und sich niemand zankt. Sie schreibt diese Anforderungen auf. Dann sammelt sie Informationen über ihre Gäste. Wer kann gut mit wem, wer hat ähnliche Interessen, wer könnte vielleicht geschäftlich voneinander profitieren. Schließlich ordnet sie die Informationen und fällt eine Entscheidung. Bevor sie diese aber endgültig umsetzt, erstellt sie einen Sitzplan auf Papier, den sie mit ein bisschen Abstand noch einmal überdenkt. So kommt sie zur besten Entscheidung. Build the model, test the model. Ganz einfach.

Eine schöne, einfache Methode, um Entscheidungen zu treffen, findest du nicht?

In Liebe

Ray

Kapitel 44

Los Angeles, Januar 1965

Nach drei langen Monaten war Ray zurück in Los Angeles. Endlich. Charles hatte noch nie so lange Zeit ohne sie verbracht. Und obwohl er einige Male mit Laura ausgegangen war, obwohl sie sich getroffen hatten und obwohl sie wirklich zauberhaft war, war sie eben nicht Ray. Das war ihm jetzt klar geworden. Was ihm so gefehlt hatte, während sie in Indien gewesen war, war ihr schöner wacher Geist, ihre Seele. Er liebte diese Frau, die er gleich in seine Arme schließen würde. Er stand am Flughafen, in den Händen ein selbst gemaltes Schild, auf dem »Welcome home, Mrs. Eames« stand, umrahmt von vielen Herzen. Er war kein Künstler wie Ray, aber die Geste zählte doch, oder?

Da, endlich sah er sie, wie sie mit Deborah aus dem Ankunftsbereich trat, und er hob das Plakat hoch in die Luft.

»Mrs. Eames!«, rief er. »Mrs. Eames, bitte!«, als sei er ein Taxifahrer, der zur Abholung eines Fluggast bestellt worden war.

Ray sah in seine Richtung und lächelte, als sie ihn erkannte. Ihr Feenlächeln, wie sehr hatte er das vermisst. So lange schon hatte nicht mehr darauf geachtet, wie schön Rays Lächeln war. Am meisten lächelten ihre Augen, und alles an ihr strahlte. Er meinte, dieses Lächeln für immer in sich einsaugen zu müssen, und er wusste, dass er nie wieder darauf verzichten wollte.

Dann endlich schloss er seine Frau in die Arme.

Abends saßen sie zusammen auf ihrer Terrasse und schauten aufs Meer.

»Diesen Anblick habe ich so vermisst«, sagte Ray und seufzte tief.

Charles musste grinsen. »Ich hoffe, du hast auch mich ein bisschen vermisst.«

Rays Miene wurde ernst. Was war denn los?

Sie rückte ihren Stuhl ein wenig zurecht, so dass sie ihn ansah. »Charles, ich habe sehr viel nachgedacht, während ich in Indien war.«

Er wollte etwas sagen, doch sie hob ihre Hand. »Lass mich erzählen, bitte. Danach darfst du, ja?«

Charles nickte.

»Letztes Jahr schon habe ich dich zufällig gesehen. Mit einer anderen Frau.«

Sie sprach langsam, und Charles schoss die Röte ins Gesicht. Aber er schwieg und wartete ab, was sie zu sagen hatte.

»Im ersten Moment brach für mich eine Welt zusammen. Ich hätte am liebsten alles hingeschmissen, unser gemeinsames Leben, die Arbeit. Ich war so verletzt, und ich verstand nicht, wie du uns so verraten konntest. Wir waren doch eine Einheit, ein Paar, das so viele Widrigkeiten gemeinsam überstanden und stets aufs Neue Wunderbares erschaffen hat. Für mich waren wir ein Wesen aus zwei Körpern, mit zwei Gehirnen und vier Händen. Mehr und enger als nur ein Team. Wir waren eins. Und dann schien es, als hätte ich mich getäuscht. Oder hattest du mich getäuscht? Ich musste darüber nachdenken, wie ich reagieren sollte.«

»Bist du deswegen nach Indien gefahren?« Charles hatte einen Kloß im Hals.

»Auch. Aber das war später, ich hatte vorher schon nachgedacht, was ich tun sollte. Aber in Indien bin ich zu einem Ergebnis gekommen.«

Charles spürte, dass sein Herz bis zum Hals schlug. Er wusste, andere Männer hätten in dieser Situation versucht, alles abzustreiten. Aber er hatte nicht vor, Ray mit dem Versuch zu beleidigen. Er wusste, was er getan hatte, und obwohl er seiner Zeit mit Laura vermutlich eine andere Bedeutung beimaß, als Ray es tat, hatte er nicht vor, irgendetwas zu beschönigen. Er hätte sich gerne bei ihr entschuldigt, aber er wusste nicht recht, was er sagen sollte.

Ray holte Luft und sprach weiter: »Ich möchte ehrlich zu dir sein. Ich habe dich immer geliebt und werde es immer tun. Lange habe ich darüber nachgedacht, ob es nicht besser wäre, einfach nicht darüber zu sprechen, einfach zu vergessen, was ich gesehen und erfahren habe. Aber das kann ich nicht. Ich kann nicht so tun, als wäre nichts gewesen. Vor allem aber möchte ich von dir eine ehrliche Antwort auf meine Frage: Liebst du mich noch?«

»Ich liebe dich, und ich habe dich mehr vermisst als je zuvor in meinem Leben. Ich möchte, dass wir zusammen sind, Ray.« Die Worte kamen ganz einfach und klar aus seinem Mund, weil es nichts gab, worüber er nachdenken musste.

Ray sah ihn an. »Und verzeih, wenn ich dir auch diese Frage stelle: Willst du dein Leben mit mir zusammen verbringen?«

Charles stand auf, trat vor Ray und zog sie in seine Arme. Sie erwiderte seine Umarmung, auch wenn sie sich recken musste, wie immer. Er steckte seine Nase in ihr Haar, küsste es, atmete ihren Duft ein.

»Ich will mit dir zusammen sein. Immer und für immer. Ray. Du bist meine Frau, und ich bin dein Mann. Das werden wir immer sein.«

Nachwort

Charles und Ray Eames waren in den 1950er Jahren so etwas wie ein hippes Paar, das mit innovativen Ideen ein Start-up gründete und mit Spaß und harter Arbeit die Design-Welt veränderte. Ihre Möbel sollten möglichst preisgünstig sein und einer breiten Käuferschicht die Möglichkeit eröffnen, sich von den wuchtigen Möbeln der Vorgängergenerationen zu befreien. Bis heute sind die Kreationen von Ray und Charles Eames gefragte, und mittlerweile kostspielige, Designerstücke.

Gleichzeitig waren die beiden Meister der Inszenierung, nicht nur in Gestalt von Möbeln, Filmen, Ausstellungen und zahlreichen anderen Projekten, sondern auch und vor allem ihrer selbst.

Es gibt reichlich Literatur über das Werk der Eames, aber nur sehr wenige persönliche Aufzeichnungen, die Aufschluss über ihren Charakter und ihr Verhältnis zueinander geben könnten. Allerdings haben sie uns eine Menge kleiner liebevoller handgeschriebener Nachrichten hinterlassen. Charles hat sowohl an Ray als auch an Lucia immer wieder Bilderrätsel geschickt. Ray hat selbst das Zigarettenpapier ihrer geliebten Benson & Hedges beschrieben und aufgehoben. Da ich diese Mitteilungen hier nicht abdrucken kann, schauen Sie doch einmal nach auf der Internetseite von Vitra (dem europäischen Lieferanten

für Eames-Möbel). Dort finden Sie zum Beispiel den Heiratsantrag von Charles.

Obwohl, oder vielleicht gerade weil Charles und Ray lange
Zeit dafür kämpfen mussten, als arbeitendes Paar wahrgenommen zu werden, ist es schwer, ihre jeweils individuelle Persönlichkeit herauszuarbeiten. Das ist es, was ich versucht habe.
Diese scheinbar perfekte Einheit in ihre Bestandteile zu zer-
legen, um anschließend zu verstehen und umso mehr zu bewundern, wie hervorragend sich die beiden Individuen ergänzt
haben. Ich glaube, diese Herangehensweise hätte den beiden
gefallen.

Wie geht das also, fast vierzig Jahre miteinander zu verbringen, als Paar und als Arbeitsgemeinschaft? Wie fühlt es sich an,
tagtäglich zusammen zu sein, immer noch kreativer zu werden, fast symbiotisch zu leben, wo doch heute in jedem Bezie-
hungsratgeber zu lesen ist, dass man sich seinen eigenen Raum
bewahren sollte, damit die Beziehung gelingen kann? Wie wird
man symbiotisch, ohne die eigene Persönlichkeit aufzugeben?

Das habe ich versucht zu erzählen. Und Charles ist mir hoffentlich nicht böse, wenn ich ihm eine Affäre angedichtet habe,
über die es zu jener Zeit, nämlich in den 1960er Jahren, nur
Gerüchte gibt. Ich habe das Leben der beiden erzählt, um eine
Entwicklung zu zeigen, die bestimmt stattgefunden hat, nur
vielleicht nicht genau so. Außerdem hat Charles tatsächlich
eine andere Frau getroffen, nur später als im Roman. Judith
Wechsler, damals achtunddreißig und frisch promoviert, ver-
liebte sich in den 1970er Jahren in den achtundsechzigjährigen
Charles. Im Frühjahr 1975 veröffentlichte Charles mit Judith
den Film *Cézanne*. Judith hatte über Cézanne promoviert, und
an diesem Beispiel bringt er ihr bei, wie man Filme macht, wie

man mit Bildern erzählt. Wie dieses Verhältnis endet, ist ungeklärt.

Wie immer hat die Recherche für dieses Buch großen Spaß gemacht. Für mich stellte sich zum einen die Frage, ob es zwei Menschen wirklich schaffen können, ihre Genialität zu vereinen und damit zu potenzieren. Charles und Ray scheint das gelungen zu sein, auch wenn ich hier nur einen kleinen Einblick in die vielen Projekte geben konnte, die die beiden zusammen geschaffen haben.

Zum anderen beschäftigte mich beim Schreiben, wie es sich in der Zeit nach dem Zweiten Weltkrieg mit der Emanzipation der Frauen verhielt. Denn auch in den USA gab es nach den freieren 1920er und 1930er Jahren ab den 1950er Jahren einen Trend, der Frauen eher an den Herd zurückbrachte (nachzulesen in Betty Friedans Buch).

Ich danke dem Team vom Aufbau Verlag, dass sie es möglich gemacht haben, über dieses außerhalb von Architektur und Design relativ unbekannte Paar zu schreiben. Danke auch an Carla, Claudia, Kilian und Benedikt für immerwährende Unterstützung.

Und an Sie, liebe Leserinnen und Leser. Danke fürs Lesen. Mir hat es viel Freude gemacht, in das Leben und die Liebe dieser beiden Genies einzutauchen, und ich hoffe, ich konnte Sie damit gut unterhalten.

Personenverzeichnis

(Alphabetisch)

Don Albinson (22. November 1921–17. November 2008) studierte an der Cranbrook Academy of Art und arbeitete mit den Eames am Organic Chair. Er diente im Zweiten Weltkrieg als Pilot, anschließend kam er mit seiner Familie nach Los Angeles und arbeitete im Office, wo er 13 Jahre lang Chef-Designer war. Ab 1964 arbeitete er für den Möbelhersteller Knoll.

Ben Baldwin (29. März 1913–4. April 1993) war ein amerikanischer Architekt und guter Freund von Ray aus frühen Jahren.

Charles Eames (17. Juni 1907–21. August 1978) brach sein Architekturstudium in St. Louis ab und machte erst später an der Cranbrook Academy of Art einen Abschluss. Dort blieb er zunächst als Professor, bis er zusammen mit Ray seine erste Ehe und die Academy hinter sich ließ. In Los Angeles gründete das Paar das »Office« und war maßgeblich an der Entwicklung des Mid-Century-Stil in den USA beteiligt. Abgesehen von Möbeln und Spielsachen, schufen die beiden auch Filme und Ausstellungen. Charles blieb sein Leben lang mit Ray verheiratet und arbeitete bis zu seinem Tod im Office. Im August 1978 stirbt Charles.

Lucia Eames (11. Oktober 1930–1. April 2014), Tochter von Charles Eames und seiner ersten Frau Catherine, war Bildhauerin und Designerin. Nach Rays Tod übernahm sie die Verantwortung für den Nachlass von Charles und Ray. Seit 2004 liegt diese Aufgabe bei der Eames Foundation, die auch das Wohnhaus von Charles und Ray erhält und zugänglich macht. Lucia hatte fünf Kinder, ihr Sohn Eames Demetrios trat in ihre Fußstapfen und bewahrt heute das Erbe seiner Großeltern.

Ray Eames (15. Dezember 1912–21. August 1988) war Malerin, Künstlerin, Designerin und die zweite Ehefrau von Charles Eames. Nach Charles' Tod 1978 übernahm Ray die Leitung des Office allein. Am Ende ihres Lebens wurde Ray endlich anerkannt als eine der Frauen, die amerikanisches Design maßgeblich beeinflusst haben. Sie starb noch vor der Veröffentlichung eines Buchs, das sie über die gemeinsame Arbeit mit Charles verfasst hatte, am 21. August 1988, dem zehnten Todestag von Charles, im Alter von fünfundsiebzig Jahren.

John Entenza (1905–27. April 1984) war ein amerikanischer Journalist und Verleger. 1938 begann er als Redakteur bei der Zeitschrift *Arts & Architecture*, 1943 übernahm er die Zeitschrift. Er legte damals das Case Study Houses Programm auf, an dem viele renommierte Architekten teilnahmen und in dessen Rahmen unter anderem sein Haus und das Eames House gebaut wurden.

HANS HOFMANN (21. März 1880–17. Februar 1966) wuchs in Bayern auf. Er war mathematisch und musisch begabt und studierte in München und Paris Malerei, wo er viele berühmte Maler traf. Nach Ausbruch des Ersten Weltkriegs konnte er nicht zurück nach Paris und eröffnete in München eine Kunstschule, die bald sehr bekannt und gut besucht war. Unter den Nazis galt seine abstrakte Kunst als entartet; 1932 emigrierte er nach New York. Dort eröffnete er eine Kunstschule und prägte den amerikanischen abstrakten Expressionismus.

LEE KRASNER (27. Oktober 1908–19. Juni 1984) war New Yorkerin durch und durch. Als Malerin, Collage-Künstlerin und Schülerin von Hans Hofmann zählt sie zur ersten Generation der abstrakten Expressionisten in New York. Erst seit den 1990er Jahren wird ihr Werk eigenständig wahrgenommen und ausgestellt.

DASHRATH PATEL (1927–1. Dezember 2010) war ein indischer Designer und Bildhauer, außerdem einer der ersten Lehrer am National Institute of Design in Ahmedabad.

JACKSON POLLOCK (28. Januar 1912 – 11. August 1956) war ein amerikanischer Maler und wie seine Frau Lee Krasner ein Vertreter des abstrakten Expressionismus; seine Stilrichtung war unter anderem das Action Painting. Als einer der ersten amerikanischen Maler wurde er noch zu Lebzeiten mit großen europäischen Künstlern der Moderne auf eine Stufe gestellt. 1956 verursachte er betrunken einen Unfall, bei dem Ruth Kligman, seine Geliebte, schwer verletzt wurde. Ihre Freundin Edith Metzger und Pollock selbst starben.

DEBORAH SUSSMAN (26. Mai 1931–20. August 2014) war eine amerikanische Grafikdesignerin, die am Bard College promovierte. Sie arbeitete ab 1953 bei den Eames, ab 1968 hatte sie ein eigenes Büro. Ihr wohl berühmtestes Projekt waren die Plakate für die Olympischen Sommerspiele in Los Angeles 1984.

AUDREY WILDER (YOUNG) (30. Oktober 1922–1. Juni 2012) war Billy Wilders zweite Ehefrau. Sie war eine amerikanische Schauspielerin und Sängerin. Das Paar war mit den Eames sehr gut befreundet, Charles und Ray begleiteten die Wilders sogar auf ihrer Hochzeitsreise.

BILLY WILDER (22. Juni 1906–27. März 2002), Sohn jüdischer Eltern, war ein österreichischer Drehbuchautor, Regisseur und Produzent. Ab 1927 lebte Wilder in Berlin und arbeitete als Drehbuchautor. 1933 zog er nach Paris, 1934 konnte er in die USA einreisen und erhielt schließlich die amerikanische Staatsbürgerschaft.

CATHERINE WOERMANN (29 Dezember 1905–1. Januar 1996), Tochter eines amerikanischen Bauunternehmers, war Charles Eames' erste Ehefrau. Als sie sich kennenlernten, war Catherine Studentin der Architektur. Die beiden heirateten 1929, die Hochzeitsreise führte sie durch Europa, wo Charles von den Architekten Mies van der Rohe, Le Corbusier und Walter Gropius inspiriert wurde. 1930 wurde die gemeinsame Tochter Lucia geboren, 1941 ließ sich das Paar scheiden.

Zitate und Literatur

Zitate

Seite 5: »Zu allen Zeiten …« Essential Eames: *Zitate und Bilder*, S. 202

Seite 80: Heiratsantrag. Brief von Charles Eames an Ray Kaiser. Zitiert nach: Maryse Quinton: *Charles & Ray Eames. Das Lebenswerk der Designlegenden* (Brief übersetzt von der Autorin)

Seite 211: Empfehlungen für Studierende (Advice for Students): Charles Eames aus: Ostroff, Daniel: *An Eames anthology*, Yale University Press, 2015 (übersetzt und gekürzt von der Autorin)

Seite 283: Banana Leaves – Anekdote zum indischen Kastensystem: Charles Eames aus: Koenig, Gloria: *EAMES*, TASCHEN, Köln, 2021, S. 83

Die übrigen Briefe stammen aus der Feder der Autorin.

Literatur

Adams, Willi Paul: *Die USA im 20. Jahrhundert*, Oldenburg Verlag, München 2012

Essential Eames: *Zitate und Bilder*, Vitra Design Museum, Weil am Rhein 2017

Demetrios Eames: *An Eames Primer*, Universe Publishing New York, 2013

Friedan, Betty: *The Feminine Mystique*, 50th Anniversary Edition, w.w. Norton & Company 2013 (deutsch: *Der Weiblichkeitswahn oder die Selbstbefreiung der Frau: Ein Emanzipationskonzept*, Rowohlt, 1975)

Catherine Ince, Lotte Johnson: *Die Welt von Charles und Ray Eames*, Dumont, Köln 2016

Kirkham, Pat: *Charles and Ray Eames. Designers of the twentieth century*, The MIT Press 1998

Koenig, Gloria: *EAMES*, TASCHEN, Köln, 2021

Ostroff, Daniel: *An Eames anthology*, Yale University Press, 2015

Quinton, Maryse: *Charles & Ray Eames*, Das Lebenswerk der Designlegenden, Knesebeck, München, 2015

Reeder Sarah, *Ray Eames in 1930s, New York,* 2021

Thérèse Lambert
Die Rebellin
Die Freiheit bedeutet ihr alles, dann begegnet Lou
Andreas-Salomé ihrer ersten großen Liebe - Rilke
Roman
416 Seiten. Klappenbroschur
ISBN 978-3-7466-3716-7
Auch als E-Book lieferbar

„Die Welt wird euch nichts schenken. Wenn ihr ein Leben wollt, so stehlt es."

München, 1897: Die faszinierende, intellektuell brillante Lou gilt als eine der klügsten Frauen ihrer Zeit und zieht Männer wie Paul Rée und Nietzsche in ihren Bann. Doch als Liebende behält sie stets ihr Herz für sich – bis sie dem jungen Rilke begegnet und mit ihm eine leidenschaftliche Amour fou erlebt. Aber dann wird Rilke immer labiler, und er engt sie zunehmend ein – muss Lou sich von ihm abwenden, um frei zu bleiben?

Ein packender, hervorragend recherchierter Roman über die große, tragische Liebe zwischen Lou Andreas-Salomé und Rainer Maria Rilke

Regelmäßige Informationen erhalten Sie über unseren Newsletter.
Jetzt anmelden unter: www.aufbau-verlage.de/newsletter

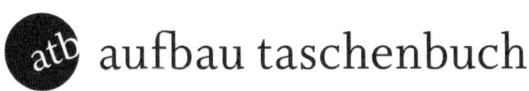

Thérèse Lambert
**Alma und Gropius – Die unerhörte Leich-
tigkeit der Liebe**
Roman
398 Seiten. Klappenbroschur
ISBN 978-3-7466-3867-6
Auch als E-Book lieferbar

Eine unvergleichliche Amour fou: Alma Mahler und Walter Gropius.

Östereich, 1910: Alma ist mit Gustav Mahler verheiratet, der ihr untersagt, selbst zu komponieren. Als sie den jungen Architekten Walter Gropius kennenlernt, ist es Liebe auf den ersten Blick. Mit Mahlers Tod
scheint der Weg frei für sie, doch Eifersucht und überschäumende Leidenschaft verhindern, dass sie zueinander finden – bis Gropius schwer
verletzt aus dem Krieg zurückkehrt. Sie heiraten, und Gropius findet in
Alma eine brillante Muse und Unterstützerin in seiner Entwicklung zu
einem der großen Architekten der Moderne; sie hofft, bei ihm endlich
emotionale Geborgenheit zu finden. Aber dann muss Gropius zurück an
die Front. Kann die Liebe der beiden der grausamen Schwere des Krieges
standhalten?

Die bewegende Liebesgeschichte der größten Femme fatale ihrer Zeit
und dem Gründer des Bauhaus.

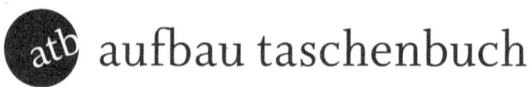

Joan Weng
Die Modeschöpferin von Manhattan
Roman
240 Seiten. Broschur
ISBN 978-3-7466-3952-9
Auch als E-Book lieferbar

Die Haute Couture der Liebe

August, 1939: Die Welt steht am Abgrund, doch Manhattan tanzt – in den Kleidern von Valentina Schlee, den exquisitesten der Welt. Die Modeschöpferin und ihre junge Assistentin Daisy arbeiten nur für die reichsten, schönsten und glamourösesten Damen der Gesellschaft: Marlene Dietrich, Katharine Hepburn und vor allem eine – die große Greta Garbo. Doch während Daisy sich zu einem Mann hingezogen fühlt, den sie nicht lieben darf, merkt sie bald, dass auch Valentina ein Geheimnis mit sich trägt …

Ein facettenreicher Roman über eine riskante Liebe inmitten der goldenen Ära Hollywoods

Regelmäßige Informationen erhalten Sie über unseren Newsletter. Jetzt anmelden unter: www.aufbau-verlage.de/newsletter

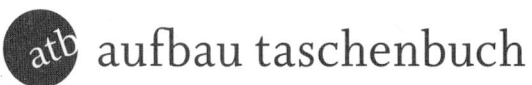

aufbau taschenbuch